徳間文庫

多島斗志之裏ベスト１

クリスマス黙示録

多島斗志之

徳間書店

クリスマス黙示録

1990年12月

1

カーテンをあけると、曇り空だ。

雪が降ってきそうだ、とタミは思った。

何の約束も予定もない休日。足跡のない砂浜のようなものだ。まるごと自分のものだという嬉《うれ》しさと同時に、ひとりぼっちのさみしさもある。

彼女は冷蔵庫から牛乳を出し、紙パックのまま飲んだ。朝食はそれですませたことにして、ベッドからシーツをひきはがした。しばらく洗っていなかったのを思い出したのだ。アパートの地下のランドリー・ルーム。読み残しの小説をめくりながら洗濯と乾燥を終えたあと、一週間分の食料を買うために外へ出た。風がつめたい。

買い物のついでにビデオのレンタルショップに立ち寄った。

『ワーキング・ガール』か『フィールド・オブ・ドリームズ』を見たかった。けれど、あいにくどちらも貸し出し中だった。

かわりに『ダイ・ハード』を借りることにした。

クレジットカードを出して手続きを終えると、赤毛の女店員が、

「メリー・クリスマス」

と言った。スタンプでも押すような、感情のない声だった。

「メリー・クリスマス」タミも無表情にこたえて、借りたビデオをショルダーバッグに押し込みながら店を出た。

まだ十二月の第二週なのに、挨拶《あいさつ》が「ハロー」や「グッバイ」から「メリー・クリスマス」に変わりつつある。気の早い家ではツリーの飾りつけも始めている。

毎年、この時期をむかえるのが、タミは憂鬱《ゆううつ》だった。

街で見知らぬ人間にからまれたり、いやがらせを受けたりすることがあるからだ。

理由はパール・ハーバーだ。

新聞、雑誌、TV。この時期、何を見てもパール・ハーバーだ。日本軍による〈卑劣な奇襲攻撃〉。競うようにしてその特集が組まれる。半世紀以上も前の出来事であるのに、このアメリカではいっこうに風化する気配がない。

特にこの数年は、ちょっとひどい。

異常な好景気に沸《わ》く日本の会社が、札束をこれでもかと積み上げてアメリカの不動産や企業をつぎつぎに買い漁《あさ》っているせいだ。一般のアメリカ人の目には、そんな日本が経済的侵略者として映っているようだ。

「わたしは日本人が嫌《きら》いです。とっても不愉快なんです」

昨日もカー・ラジオからそんな言葉が聞こえてきた。市民が電話で参加する討論番組だった。

「だってそうじゃありませんか。かれらの狡《ずる》さは昔も今も変わっていないわ。かれらがパール・ハーバーでやったあの卑怯《ひきょう》なやりくちは、今でも形を変えて続けられているんです。それをわたしたちは黙って見ているだけなのよ。ほんとに不愉快です」

つよい苛立《いらだ》ちが、声にこもっていた。

反論の電話も、むろんあることはあった。

「日本を目の敵《かたき》にするのは、いけないと思うわ。わたしの友達の日本人は、この時期になると、みんなとても厭《いや》な思いをしているわ。子供に学校を休ませる人もいるわ」

すると、すぐさま再反論の電話がかかる。

「そんなことは自業《じごう》自得だ。かれらが今の態度を変えれば、われわれだってかれらへの態度を変えてやるさ」

知らぬまにアメリカの骨をしゃぶっている不気味でずるがしこい民族。日本に対するそのイメージは、いまやすっかり定着しつつある。苛立ちと反感と嫌悪《けんお》感が黒いインクのようにアメリカ人たちの心を染めてゆくにつれ、パール・ハーバーの悪夢と現在とを重ねて語られることが多くなった。

そしてＴＶでくりかえし流される当時の記録フィルムが、何も知らなかった子供たちの胸にも怒りの芽を植えこんでゆく。

だからタミはアパートへ帰ってもＴＶを見たくなかった。映画のビデオを借りて帰ることにしたのはそのためだ。

二十九歳。

タミ・スギムラは、アメリカ国籍の日系人である。彼女にかぎらず、日系人はみんな戸惑いと不安を覚えていた。いやな風潮だった。自分たちには手のほどこしようがないだけに、なおさら憂鬱な気分だった。

しかも、彼女には予感があった。どこかで、何かの拍子《ひょうし》にちいさな火花が散る予感。散った火花が炎を生む予感。そんな不吉な思いが胸の中にずっと横たわっていた。

コーンフレークスとチーズで昼食をたべながら、タミは『ダイ・ハード』を見始めた。

故郷のロサンゼルスが舞台になっている。けれども始まってまもなく、このビデオを選んだことを彼女は少し後悔した。がむしゃらに世界を食い荒らして繁栄する日系企業。そのイメージが、やはりこの映画にも盛りこまれている。テロリストを装って高層ビルを占拠した強盗団が、日系人社長に金庫の解錠暗号を問いつめる場面があった。

　それを見ながら、タミは思った。

　この場面で、アメリカの観客たちはいったいどちらに感情移入するだろうか。被害者である日系人社長のほうにだろうか。それとも強盗団の側にか。

　ただ、強盗団の要求をこばむ日系人社長の態度はなかなか毅然《きぜん》としていた。そのように描《えが》かれていることが、タミにとってはせめてもの救いだった。

　この場面で、不意に電話が鳴った。

　一瞬、ビデオの音声かと思ったが、そうではなく、彼女がいるソファの横の、ガラステーブルの上の電話だった。タミはビデオの映像を静止状態にして電話に手をのばした。緊迫した日系人社長の顔が、静止画像でＴＶ画面に大写しになっている。

「スギムラです」タミは電話にこたえた。

　すると受話器からためいきが聞こえた。タミは眉《まゆ》をよせ、電話を切ろうかと思った。性的ないたずら電話かと思ったのだ。しかし切らなくてよかった。

「オマリーだ」

　タミの上司、リチャード・オマリーだった。「いたのか」

「ええ、いました」

「来客中かね」

「いえ、ひとりです」――ひとりぼっちです、という響きにならぬよう、明るく屈託のない口調をこころがけた。

オマリーは自分のまわりに不幸な者がいると、落ちつかない気分になる性格だった。いい人物であり、いい家族を持ってはいるが、夕食に招かれて、むりやり家庭の団欒《だんらん》にひきこまれるのは敬遠したかった。

しかしその心配は不要だった。

「そうか。それはついていた。休みのところをすまないが、仕事の話だ」

「どうぞ」言いながらタミはコーンフレークスの皿をガラステーブルにそっと置いた。

連邦捜査局（ＦＢＩ）。

それが、ふたりの勤務先だ。ニュージャージー州トレントン駐在事務所。オマリーはそこの主任捜査官であり、タミは特別捜査官の一員として、かれの下にいる。

「ワシントンＤＣへ出張してもらいたいのだ」

「明朝ですか？」

「いや、いますぐにだ」

「すぐ？」

「ああ、すぐにだ」

「はい」タミは腕時計に目をやった。十二時半だった。

「しばらく帰ってこられないかもしれない。そのつもりで支度をして行くように」

「しばらく、というのは、どれくらいですか？」

「わからん。それは相手しだいだ」

「相手？」

「くわしい話は向こうで聞いてもらうことになるが、とりあえず用件と背景とを簡単に説明するから、もしも料理中なら火を消してきなさい」

「いえ、だいじょうぶです。火は使っていません」

コーンフレークスの皿を見ながら彼女は答えた。

「四日前のことだ」

オマリーは説明をはじめた。ＴＶ画面からは、大写しになった日系企業の社長が静止状態のまま、切迫した目でこちらを見ている。「ボルティモア・ワシントン空港の近くで事故があった。十四歳の少年が車に撥《は》ねられて死んだのだ。撥ねたのは日本人の女だ」

「………」受話器を耳にあてたまま、タミは坐《すわ》りなおした。

「英語を学ぶためにアメリカに来ている女だ。二十一歳。名前は、カオリ・オザキ」

「カオリ・オザキ」

「知っているのか？」

「いえ、復誦《ふくしょう》しただけです」

タミは早く先が聞きたかった。単なる交通事故でないことは判《わか》っていた。交通事故の取り調べにFBIは乗り出さない。

「事故のいきさつは、こうだ。――カオリ・オザキは女友達ひとりと一緒に車で空港の近くを通りかかった。道路ぎわに少年たちのグループがいたので、道を尋ねようとした。少年たちが周《まわ》りに寄ってきて、ベトナム人かと彼女らに訊《き》いた。日本人だと答えると、少年たちは急に喧嘩《けんか》を売るような態度になった。逃げ出そうとする彼女らの車を、少年たちが面白半分に妨害した。恐慌《きょうこう》状態に陥《おちい》ったカオリが、誤って少年の一人を撥ねてしまった」

やはりだ、とタミは思った。いやな予感が、やはりこういう形で当たってしまった。少年を撥ねた日本人の女は、どうなったのか。逮捕されたのだろうか。

オマリーの説明がつづく。

「地方検事が取り調べをしたが、少年の側に非があったので、カオリは法律上の責任は問われず、告発されなかった。ちなみに彼女の父親は日本の財界人だ。テネシーにある日米合弁企業にも関係している。ただし、そのことが地方検事の処置に影響を与えたかどうかは知らない。さて、問題はここからだ」

電話の向こうでゴクリと何かを飲む音がした。コーヒーでもひとくち含んで喉《のど》を湿らせたのだろう。

「――死んだ少年の母親が納得しなかった」

「…………」

「きのう少年の葬儀があったのだが、そのあと母親は復讐《ふくしゅう》を宣言して失踪《しっそう》したそうだ。彼女の妹から、地元警察に通報があった」

「母親が復讐？　カオリ・オザキに対してですか？」

「むろん、そうだ」

また飲みものを含む音がした。「母親の名前はザヴィエッツキーだ。ヴァルダ・ザヴィエッツキー。三十六歳。ポーランド系だ。夫はいない。母と息子の二人暮らしだった」

「失踪後の彼女のゆくえは、まだつかめていないのですか？」

「つかめていない。そこで、ザヴィエッツキーは一種のテロリスト、もしくはその行為を犯《おか》す危険性のある人物と見なされるわけで、ＦＢＩにお鉢《はち》が回ってきた。ボルティモア支局が中心になって彼女の捜索をはじめている」

「わたしの出張はその応援ですか？」

「いや、きみの仕事はカオリ・オザキの警護だ。彼女はニューヨークにアパートを借りているらしいが、事故のあとワシントンの知人宅に身を寄せている。で、彼女のそばに捜査官を一人置くことになった。日本語が話せる女性捜査官の名前を本部が検索した。コンピューターがきみの名前を告げた。——そういうわけだ」

「わかりました」

少年を撥ねた日本人女性。彼女に復讐しようとしている母親。

出張の用件と背景はおおむね判ったが、しかし、相手は三十六歳の女ひとり。息子を失って逆上しているとはいえ、対応のしかたが少しおおげさなようにも思えた。タミがそのことを口にすると、オマリーは吐息まじりにこう言った。

「ザヴィエツキーは、現職の警察官だ。ボルティモア市警の巡査部長だ」

「…………」

「射撃の成績がかなり優秀だそうだ。彼女はゆくえをくらますさいに、銃を持ち出している」

「……そうですか」タミは、電話を持っていないほうの右手を髪につっこんだ。思ったより厄介《やっかい》な状況にあるようだ。

そのとき、低い男の声が不意にTVから聞こえた。目をあげるとビデオの画像が動いていた。静止画像のタイム・リミットがきて、ひとりでに動き出したのだ。つぎの瞬間、強盗団のリーダーが、にぶく光るオートマチック・ピストルで、いきなり日系人社長の頭を撃ちぬいた。射撃音とともに画面に血が飛び散った。

2

雪のせいで列車が少しおくれた。

ユニオン駅の駅舎を出ると、正面の噴水器が白く凍《こお》りついていた。噴水のはるか向こうに連邦議会のドーム屋根が見える。雪をまとって、これも大きな砂糖菓子のようだ。ワシントンの街は、この冬二度目の雪で白一色だった。

タクシー乗り場には、いま一緒に列車をおりてきた者たちが列をつくっている。タミは歩いてゆくことにした。列車の暖房でほてった頬《ほお》に、つめたい空気が心地よい。スーツケースをさげて、Ｅストリートを西へ向かった。

灰色の厚手のセーターと黒いコーデュロイのパンツ。そして枯れ葉色のハーフコート。ブーツの底はすべりにくい硬質ゴムで、歩道の雪にしっかり歯型をきざんでゆく。

街路樹の枝にも雪、道路を行き交う車の屋根にも雪。その光景を眺《なが》めながら、タミは一番ストリート、二番ストリート、三番ストリートを順に横切っていった。

九番ストリートまで来ると、左手に一ブロック全体を占める大きなビルがあらわれる。ベージュ色の外壁に正方形の窓がびっしりと連なっている。

ＦＢＩの本部である。

玄関の階段をのぼってゆくと、警備員が声をかけてきた。

「見学ツアーなら、あっちに並んでください」

階段のわきを示した。

タミはハーフコートのポケットから身分証を出した。

中年の黒人警備員は苦笑した。

「失礼しました。荷物を持ちましょうか」

「いいえ、けっこうよ、軽いから」

「遠方からですか？」

警備員は先導するようにして歩きながら、話しかけてくる。アジア系の女性捜査官が珍しいからかもしれない。

「トレントンから出張してきたんです、ニュージャージーの」

「トレントンに地方支局があったかな」

「駐在事務所があるの。五人だけの小さなオフィス」

「ああ、なるほど」

警備員はもういちどタミのラフな格好を見てから、うなずいた。

ＦＢＩは服装にやかましい。とくに本部はそうだった。男はみんな銀行幹部のように地味なスーツ。女もほぼそれに準じている。だが少人数で勤務する駐在事務所の捜査官は別で、どんな服装をしようとも構わないことになっていた。

「仕事、うまくやってください。メリー・クリスマス」愛想のいい男だった。

「メリー・クリスマス」タミも笑顔を返してロビーに入っていった。


本部に来るのは久しぶりだ。受付で身分証を示して磁気カードを受けとり、ゲートを通って職員専用区域へ入っていった。今回の訪問先は刑事部の国内公安・テロリスト課だが、エレヴェーターへ向かう前に、まずトイレに立ち寄った。

郷にいっては郷にしたがえだ。スーツケースをひらいて、着替えを取り出す。ニューヨークのウォール街や、このワシントンの官庁街を闊歩《かっぽ》するキャリア・ウーマンたち。彼女らがユニフォームのようにして着る、かっちりした男仕立てのグレーのスーツだ。青いブラウスを下に着た。去年つくったばかりだが、スカートのウエストが少しきつくなっている。腰を曲げて靴《くつ》を履きかえるときに、それを感じた。履きかえた靴は、黒いタウンシューズだ。

鏡で姿を見る。腋《わき》の下につけた拳銃《けんじゅう》ホルスターのせいでスーツのラインがすっきりしないが、それはやむをえない。

髪にブラシを入れる。夏にみじかく切って軽くパーマをかけたが、今はそれが肩近くまで伸びて、すそにウェーヴが残っている。

化粧もなおした。黒いひとみがひかっている。オーケーだ。疲れが顔に出ていないのを確かめて、エレヴェーターへ向かった。

およそ七千人の人間がこの本部ビルの中で働いている。一割がタミと同じ特別捜査官、のこりが一般職員である。

本部の下に五十六カ所の地方支局がある。

支局の規模はさまざまだ。ニューヨークやロスやシカゴのように数百人の特別捜査官をかかえる大支局から、数十人の規模のところまである。連邦警察であるから、各支局の管轄《かんかつ》圏はかならずしも州の境界とは一致しない。支局が二つも三つも置かれている州もあり、まったく置かれていない州もある。

地方支局の下に駐在事務所が三百九十カ所。タミが勤めるトレントンの駐在事務所はニューアーク支局の管轄となっている。トレントンはニュージャージー州の小都市で、合衆国草創期の史跡以外にこれというものもなく、近郊の市や町をひっくるめても人口三十万に満たない。そのため支局は置かれず、駐在事務所で間《ま》に合っているわけだった。

そんなローカル・オフィスから、久しぶりにこの巨大な本部ビルに足を踏み入れると、それだけでいくらか緊張してしまう。

国内公安・テロリスト課。

その広いオフィスでは何十人もの男女がデスクに陣どり、ファイルを調べたり、電話をしたりしていた。男が多く、女がすくない。白人が多く、それ以外がすくない。空席も目立つが、おそらく地方へ出張中なのだろう。

タミは手のすいている者を見つけて声をかけようと思ったが、だれもが自分の仕事に没頭しているか、そう見せかけるのに巧みで、彼女のことなど目に入らないようだった。スーツケースをさげて突っ立っている自分が、透明人間のように思えた。

不意に肩をたたかれた。

「タミ、元気でやってるかい？」

タミと同年配の金髪長身の男が、後ろに立っていた。黒っぽいスリーピースの上着をぬいだ姿で、目の色に合わせたようなブルーグレーのネクタイをしている。にきび痕《あと》のある顎《あご》と、コインの投入口のような縦に細長い鼻の穴が、タミの目の上にあった。

「ビル？　ビル・マクマホン？」

タミと同期で入局し、ＦＢＩアカデミーで十六週間の初任教育をいっしょに受けた男だった。

「六年ぶりだね」

「あなた、本部にいるの？」

　タミはおどろきと羨望《せんぼう》の目でかれを見あげた。彼女もいずれは本部へ転任して監督官としての勤務を二、三年経験することになるはずだが、かれは早くもその段階にいる。

「キリップ捜査官を捜してるんだろう？」

　ヒューバート・キリップという男のもとへ行くように。それがオマリー主任捜査官の電話での指示だった。

「ええ、そうよ。どこかしら」

「キリップ氏はワシントン・ヒルトンできみをお待ちかねだ」かれは親指を背後に向けた。ちょうどその方角にあたるのだろうか。それとも単なるジェスチュアなのか。

「ホテルで？」

「そうだ」かれは離れてゆきながら、首だけ振り向けて訊《き》いた。「場所は判《わか》るかい？」

「いいえ。どのあたりだったかしら」

「コネティカット・アヴェニューを北だ」自分のデスクに腰をおろし、のこりは背中で言った。「しばらく行くと右手に見える」

「歩ける距離？」

「いや。車か地下鉄だな」手にしたファイルに向かって答えた。

「ありがとう」

タミは、忙しそうなオフィスをもういちど見まわしてから、廊下へひきかえした。

ワシントン・ヒルトンの建物を上空から眺めれば、きっと巨大な「3」という数字に似ていることだろう。壁面が半孤形に湾曲した棟が二つつながっている。変わった形の大規模ホテルだった。

フロント・デスクも弓なりにカーヴしている。受付でキリップの名前を言うと、客室に電話をしてタミの到着を告げてくれた。

ロビーで待っていると、小柄《こがら》な男がエレヴェーター・ホールからやってきた。ロビーにいる東洋系の女はタミひとりだった。男はまっすぐ彼女のところへ歩いてきた。

「ウォール街から株でも売りにきたのかね？」

それがキリップの第一声だった。タミがあいさつして握手の手をさしだそうとすると、いきなりそう言ったのだ。

「は？」とタミは問いかえした。

キリップがタミの服装をじろりと見たことに彼女は気づいた。

「もっと身軽に動ける格好をしろという意味でしたら、それも持ってきています」タミは足元のスーツケースを目でしめした。着替えずに、セーターとズボンのままで来ればよかったと、彼女は思った。

「それならいい」横柄《おうへい》な口調だった。

「問題の女性警官――」

「ザヴィエツキー」

「ええ、ザヴィエツキーの所在について、何か手掛かりはありました？」

「あったら、こんな所できみを待っていない」

「…………」

キリップは白人だが、背丈はタミとほとんど変わらない。FBI捜査官の採用基準には、むかしは身長の条件もあった。五フィート七インチ（一七〇センチ）以上というものだったが、女性志望者に不利だというので十五年前に廃止された。キリップはそれ以降に入局したことになる。たぶん四十過ぎだろう。曇り空のような灰色の目をした、何もかもが不服でたまらんといった顔つきの、あつかいにくそうな相手だった。

顎でうながされて一緒に入ったホテル内のコーヒーショップ。その片隅《かたすみ》のテーブル。おさえぎみの照明に、かれの暗褐《あんかっしょく》色の髪が鈍く光るのを見ながら、タミは居心地の悪さに、靴の中でつまさきをたわめた。

彼女は思い出していた。

四時間前のトレントン。オマリー主任捜査官との電話中に、TV画面から映画ビデオの射撃音がとつぜん響いたときのことをだ。

「タミ、どうした」オマリーがおどろいて声を高めた。「タミ・スギムラ、だいじょうぶか？」

「すみません。ビデオの音です」

「ビデオか……。何を見ていたんだね」

「映画です。『ダイ・ハード』です」

「ふむ、ＦＢＩ《われわれ》のことをボロクソに描《えが》いてある映画だな」

「そうなんですか？」

「ああ、ひどい描きかたをしてある。冷血で、尊大なエリート意識のかたまりで、そのくせ何も判っていない鼻持ちならないやつらとして描いている。ま、当たっていないとは言わんが」

　ＦＢＩに対するそんなイメージを、このキリップのような男が、さかんに撒《ま》き散らしているのかもしれない。タミはそう思いながら、どうぞ、と硬い声で言った。

「どうぞ、仕事の説明を始めてください」

　するとキリップは彼女の目をじっと見た。タミはできるだけ無表情をたもってそれを見返した。すこし努力が要《い》った。やがてかれが、

「すまん」と低い声で詫《わ》びた。

「………」タミはかれの顔を見まもった。

「わたしの態度に気を悪くしただろう」

タミは慎重に答えた。

「ええ、いい感じは受けませんでした」

「ちょっと気が立っていたんだ。だからといって、きみに当たる理由にはならん」

「そう思います」彼女はうなずいてみせた。「原因がわたしに無いのなら」

「原因はきみじゃない。原因はワシントンの糞《くそ》ったれどもだ。……失敬」

「かまいません。わたしもしょっちゅうその言葉を使います、胸の中で」

キリップは運ばれてきたコーヒーをひとくち含んだ。その味にまで不服そうな、かれの顔つきだった。

「あなたは本部の方《かた》じゃないんですか？」

タミが訊いたが、それには答えず、

「列車で来たのかね」無関係なことを尋ねてきた。

「ええ」

「トレントンからはどれくらいかかる」

「ほぼ二時間半です。ただし、きょうは雪で少しおくれましたが」

「ボルティモアを通ってきたわけだな」

「ええ、通りました。ヴァルダ・ザヴィエッキーはあそこの市警察にいたんですね」

「わたしもあそこの支局の者だ。ザヴィエッキーの捜索と日本の女の警護、その両方の責任を本部から押しつけられた」

「そのことが不満なんですか？」

「………」キリップはタミの目を見たが、冷静に話をつづけた。「日本の女――」

「カオリ・オザキ」

「そう、カオリ・オザキだ。彼女はいま、このホテルのツイン・ルームにいる」

「ここに？　知人の家に身を寄せていると聞いてきたのですが」

「わたしがここへ移らせたのだ。ＤＣポリス（ワシントン市警察）から女性刑事をひとり借りて、彼女につけてある。きみがそれを引きついでくれ」

「わかりました」

「彼女は英語を学びに来ているそうだが、まだあまりうまくはない。日本語を話す者がそばにいてやれば安心だろう。ただし、これはわたしの意見ではなく、本部の考えだ。きみ、射撃の腕は？」

　タミのスーツの下の拳銃ホルスターのふくらみを、かれはちらりと見た。

「あまりいい成績はとっていません」彼女は正直に答えた。「手首が弱いからだと言われました」

キリップの表情はとくに変わらなかった。

かれは焦《こ》げ茶色のスリーピースを着ていた。その上着の内ポケットから写真をとりだした。二枚あった。

「ヴァルダ・ザヴィエッキーだ」

証明書用に撮《と》られたと思える正面の顔写真と、全身のスナップ写真だった。

「五フィート一一インチ（一八〇センチ）。大柄だ」

「なかなか美人だわ」

「見かたによってはそう言える」

「目の色がよく判らないわ」

「ブルーだ。髪は濃い茶色。気の強い性格が、眉《まゆ》と目と顎に感じられる」

タミもそう思った。

「でも、彼女は本当にカオリ・オザキを殺す気でいるのかしら。一時の興奮から復《ふく》讐《しゅう》を口走っただけではないのかしら」

胸の中の疑問。だが、ここでそれを言ってみたところで意味がない。タミは気づいて口をつぐんだ。それをはっきりさせるためにキリップはザヴィエッキーのゆくえを追っているのだ。はっきりするまでは、当然、最悪のケースを想定して対処するしかない。

「わたしは彼女と会ったことがあるんだ」キリップは静かに言った。

　タミは顔をあげてかれを見た。

「地方警察のための巡回講座のときだ。きみも経験しているだろう」

「ええ、何度か講師をしました」

「ボルティモア市警の警官にたいする巡回講座の講師に出向いたとき、聴講生のなかにザヴィエッツキーがいた。四年ほど前のことだ。大勢のなかにいた彼女を、しかもそんなに前のことをなぜ憶《おぼ》えているかというと、するどい質問でわたしを困らせたことがあるからだ。体格もいいが頭も切れる女だ」

　キリップは写真を指先で軽くたたたいた。

「けさ、ボルティモア市警に寄って、彼女に関する資料を漁《あさ》ってきた。ついでに彼女の上司や同僚の話も聞いてきた」

　写真から離した指で、ひたいを揉《も》んだ。

「彼女が警官になったのは八年前、二十八歳のときだ。それまでにいくつか職を変えている。そのうち二回は自分の意志ではなく、不況による人員整理で失職している。小さかった子供を抱えて、苦労したようだ」

「夫はいないと聞きましたが、離婚ですか、それとも未婚で子供を産んだんですか？」

「離婚だ。子供が二歳のときに別れている。亭主はゆくえ知れずだ。おそらく養育費はもらえずじまいだったろう」

「ひとりで育てたわけですね、十四歳まで」

「努力家なんだ。警察官に対する奨学制度を利用して、メリーランド大学刑事司法学部に在籍中だった。卒業に必要な百二十単位のうち、九十八単位をすでに取得している。その間、巡査部長にも昇進している。——彼女は、自分の人生に目的を持って、それをやりとげようとするタイプだ。流されて生きるタイプじゃない。このことを、われわれは憶えておく必要がある」

「射撃の——」

とタミは言った。「射撃の成績も優秀だと聞きました」

「その通りだ。しかもそれは訓練場での成績だけではないんだ。警邏《けいら》課に六年、刑事課に二年。この勤務のあいだにザヴィエッツキーは実際の銃撃戦を三度経験している」

「相手に命中させているんですか?」

「凶悪犯を二人射殺している。つまり、彼女は実際に人を殺した経験があるのだ」

「…………」

「現在、わたしのほかに三名の捜査官が彼女のゆくえを追っている。ボルティモア市警はもちろんだが、メリーランド州警察、DCポリス、それにDCとボルティモアの間にある四つの郡保安官事務所にも協力をたのんである」

だとすれば、時間の問題ではないか。

タミはそう思った。たとえ現職の警察官とはいえ、たった一人の女を相手にそれだけの態勢をくめば、発見は時間の問題だ。

その表情をキリップは読み取ったようだ。

「きみはこの件について、かなり楽観的な見方をしているようだ。ちがうかね？」

「ええ」タミはかるく眉をあげてうなずいた。「たぶん、あなたよりは楽観していると思います」

キリップは両手の指をあわせて三角形をつくり、それを鼻先にあてて、考えこむ顔をした。やがて、つぶやくようにこう言った。

「ヴァルダ・ザヴィエツキーはボルティモア市警のヒロインなんだ」

「ヒロイン？」

「彼女は同僚たちに好かれていた。能力を評価されていた。誇りにしている者もいた。そういう空気を、わたしはけさ市警察のオフィスでたっぷり吸わされてきた。あそこの連中はほとんど全員、内心では彼女に同情している。共感している。肩入れしている」

「………」

「彼女の同情者は市警察の外にもいるはずだ。メリーランド大学で彼女と席をならべている警察官たちだ。その中には州警察の者もいる。郡保安官助手もいる。このDCポリスの者だっているんだ。かれらは自分のオフィスでザヴィエッキーをかばう言動をするだろう。所属はちがっても同じ警察官ということで、この同情は横にひろまりやすい。警察社会の中の世論となって蔓延《まんえん》するのに時間はかからないだろう。そしてそうなった場合、かれらはＦＢＩへの協力を渋るだろう。うわべはともかく、実質的な協力は望めなくなるに違いない。つまりザヴィエッキーは、たった一人でわれわれに闘いを挑《いど》もうとする孤独なテロリストではなくなるということだ。警察社会の空気が彼女を支援すれば、孤独な闘いをするのは、むしろわれわれのほうだ。それを考えずに楽観的な見方をしていると、きっとあとで臍《ほぞ》をかむことになる」

タミはゆっくりと息を吸い、そして吐いた。

「すみませんでした。そこまでのことを、わたしは考えていませんでした」

「きみだけじゃない。本部の連中にもこのことが判っていないのだ。カオリ・オザキの後見人を気取っているチェスターもだ」

「チェスター？」

「ネッド・チェスター。テネシー州選出の下院議員。共和党だ。かれはカオリの父親と友人同士だそうだ」

「カオリが身を寄せていた知人というのは、かれのことだったんですか」

「ああ、わたしがむりやり攫《さら》ってきた」

「あの……」タミは思ったことを口にした。「彼女を、いったん日本へ帰らせたらどうでしょうか。安全のためにはそれが一番だと思うのですが」

「そのとおりだ。わたしもそれを勧めたさ。だがチェスターが大反対した。そんなことをすればアメリカの恥になるといって憤慨した。たかがヒステリー女ひとりから外国の留学生を守る自信もないのなら、国は何のためにおまえたちに高給を払っているのだとからまれた。一緒にいた本部の課長が、あわててカオリの保護を請け合った」

「でも、カオリ自身が帰りたいと言えば、チェスターさんにだってそれを止めることはできないでしょう」

「本人も帰りたいとは言わんのだ。……理由はわかるかね？」

タミはすこし考えてから言った。

「男、ですか？」

キリップはにがにがしげにうなずいた。

「知り合って二週間たらずの男と、ニューヨークのアパートで同棲《どうせい》している。おそらく日本の親は知るまい。彼女が帰りたがっているのは日本ではなくニューヨークだ」

「……全体の状況が、ようやくわかってきました」

タミが言うと、キリップは片頰で皮肉っぽく笑った。

「わかってくれたかね。要するに、今ここに必要なのは日本語に堪能《たんのう》な捜査官ではなく、警護のプロだ」

「ミス・キャストだとおっしゃりたいんですね」

「そのとおりだが、しかしそれはきみの責任ではない」

「わたしにできるのは、ただ最善をつくすことだけです」

「そういうことだ。ではDCポリスの刑事からカオリを引きついでくれ。その瞬間から、彼女の安全に関してはきみがすべての判断を下すことになる。わたしはザヴィエツキーの捜索に専念する。むろん連絡は取りあうが、直接の手助けはできなくなる」

キリップは立ちあがって、そっと握手の手をさしだした。「きみの自信を奪うようなことばかり言ったが、慢心させるよりはいいと思った」

タミも立って、テーブル越しにその手をにぎった。

「あなたのおっしゃることはとても正しいと思います、わたしに対する見方も含めて。忘れないようにします」

キリップの灰色の目に一瞬だけ本物の微笑がうかんだ。今のは家庭だけで見せる微笑かもしれない、とタミは思った。

エレヴェーターへ向かいながら、彼女は訊いた。

「ザヴィエツキーを支援する空気のことですが、これは彼女の相手が日本人だからという面もあるんでしょうか」

キリップは立ちどまって、硬い目でタミを見すえた。

「言うまでもない」

3

カオリ・オザキ。

この二十一歳の娘から、タミはあまり良い印象を受けなかった。

部屋にはカオリとワシントン市警察局の女性刑事のほかに、カオリの女友達のリサ・ヤマモトという日本人娘がいた。

女性刑事は黒人だった。彼女とタミが握手で引きつぎをするあいだ、カオリとリサは椅子《いす》にかけたままヒソヒソ、クスクス日本語でしゃべりあっていた。

「信じられない」

という言葉が漏れ聞こえた。どうやら黒人女性刑事の大きな尻を嘲《わら》っているようだ。

視線にしまりのない娘たちだった。二十歳《はたち》を過ぎているのに少女のような態度が目についた。社会的成熟度がとても低い感じを、タミは受けた。

引きつぎを終え、ドアのロックを確認してからあらためて日本語で自己紹介すると、

「日本人ですか？」

とカオリが訊《き》いた。ベッドのうえに、ファッション雑誌とスナック菓子と脱ぎ捨てたパンティーホースが散らばっている。

「日系人です」

とタミは答えた。「三世です」そして部屋を見回しながら言った。「退屈でしょうね。でも、もう少し我慢してください」

「いつまで？」

「状況が変わるまでです」

カオリは嘆息し、『考える人』のような姿勢で床のカーペットを見つめた。長い髪が、ゴムマリのようなつるんとした顔の横に垂れて、カーテンのようだった。白いセーターと黒い革のタイトスカート。組んだ脚の先がぶらぶらと揺れている。

友達のリサ・ヤマモトは、カオリのそばのベッドの端に腰かけて、物憂《ものう》そうに雑誌のページをめくっている。同じような長い髪をして、前髪にだけ妙なカールがついている。白っぽく擦り切れさせたジーンズ、そしてさまざまな色を微妙に編みこんだ高価そうなセーターを着ている。カオリが少年を撥《は》ねたとき、いっしょに車に乗っていた女友達というのは彼女かもしれない。それを確かめることを、しかしタミはさしひかえた。事故のことをむりに思い出させることはない。

タミはバスルームでセーターとズボンに着替え直した。スーツケースをしまうためにクロゼットを開くと、ルイ・ヴィトンのバッグがふたつ並んでいた。ハンガーにかけられた高価なコートやドレス。タミはそれらを感心してながめた。FBI捜査官の給与は公務員としてはかなり高いものだが、それでも衣類にこれだけの贅沢《ぜいたく》をしたことは一度もない。知り合いの女たちの中にも、そんなことをする者はいない。まして職を得る前の学生の時代にはなおさらだ。

タミは書きもの机の椅子をカオリのかたわらに引きよせた。言葉をかわして、互いのことをもう少し解《わか》り合っておこうと思った。

しかし、カオリは迷惑そうだった。

タミが何かを質問すると、カオリはリサと顔を見合わせて相談し、その会話をタミへの返事に代えた。「……だっけ?」「……だよ」「……か」

早口で不明瞭《ふめいりょう》な彼女らのやりとりに、語尾だけしか聞きとれなかった。

タミがあきらめて口をつぐむと、彼女らはほっとして、居心地のよい自分たちだけの会話にもどった。ふたりが話すニューヨークのディスコやクラブやブティックの名前が、タミには全然わからなかった。

やがてドアにノックがあった。

タミは立ちあがって拳銃《けんじゅう》ホルスターのフックを外しながら、歩み寄った。ドアの前には立たずに、脇《わき》の壁の部分に身をよせた。

「だれ？」

「ルーム・サービスです」男の声だった。

「………」タミは奥を振り向いて、訊いた。「あなたたち、何か頼んだの？」

リサが立ってきた。

「そうだ、ピザ頼んだんだよ」

「待って。わたしが出るから奥にいて」タミは彼女をさがらせて、注意深くドアを開いた。

ボーイは甘い眼差《まなざ》しをしたハンサムな白人の男だった。

「やっぱ、さっきとおんなじ彼だよ」後ろからリサの声がした。

「よろこぶんじゃないよ、リサ」カオリが奥でふくみ笑いをした。

銀色のトレーに蓋《ふた》つきの皿と、飲み物のグラスが載っている。

「悪いけれど」とタミはボーイに言った。「持って帰ってくれるかしら。ただし代金はつけておいていいわ」

それを聞きとってリサが寄ってきた。

「え、なぜえ」

「ルーム・サービスはいっさいだめ」

「だって、さっきも取りましたよ」

「いまからは、いっさいだめ。食事はＦＢＩの職員に運ばせるわ」

ボーイにチップを渡すためにポケットをさぐろうとしたタミの横から、リサが一ドル硬貨をさしだした。

チップといっしょに小さな紙きれが手渡されたのをタミは目にした。

ボーイが手の中でその紙きれを見て、リサに笑いかけた。リサも意味ありげに笑っている。とりたてて特徴のないリサの顔だが、栗色の目が精一杯の媚《こび》をうかべてひかっている。

タミが横を向いた隙《すき》に、ボーイがリサに目でうなずくのが、気配でわかった。

それはタミの関知することではなかったし、批判するようなことでもなかった。リサは警護の対象外であり、友達を慰めるために訪れているだけだ。気に入った男に接近しようとするのは彼女の自由だ。しかしタミは胸の中で〈イエロー・キャブ〉という言葉を思い出していた。日本から来た若い女たちをアメリカの男たちが陰でそう呼んでいることを、タミは知っていた。キャブは、むろんタクシーのことだ。手をあげれば誰でも乗れる。

リサだけではない。カオリにしても、知り合って二週間たらずの相手とニューヨークで同棲《どうせい》しているという。

持ってはいけないと思う反感を、だが、知らず知らず育てあげている自分に気づいて、タミは反省した。若さや率直さに対するひがみだ。気をつけよう。

「んじゃ、あたし帰るね」リサがカオリに言った。

「いいよなあ、自由なひとは。あたしも早くジェフちゃんのとこに帰りたいよ」

「ちょっとの辛抱《しんぼう》だってば」

「泊まってかない？」

とカオリがリサの手をにぎった。

「ツインじゃこういうとき不便だよね」リサは部屋を見回した。

「スイートがあいてなかったんだってよ」

「ほんとかな」

「あやしいけどね」カオリが横目でちらりとタミのほうを見た。

「とにかく帰るよ」

カオリはあきらめて友人の手を放し、声をひそめるようにして言った。

「さっきの、うまいこといきそう？」

「………」リサはクッと笑ってVサインをつくった。

「がんばんなよ」

「んじゃね」

リサ・ヤマモトが部屋をあとにして、タミとカオリのふたりだけになった。

その部屋は八階だった。半円形の建物にかこまれた庭が眼下にあった。雪に覆《おお》われたその庭を、従業員がふたり寒そうに背をまるめて横切ってゆく。テニスコートもプールも、季節外れのわびしさを帯びながら、夕闇《ゆうやみ》のなかに沈みはじめている。目をあげると、平らにひろがった市街のかなたに、ワシントン・モニュメントのオベリスク状の尖塔《せんとう》が、ライトアップされて浮きあがっていた。ここから見えるのは尖塔の上部三分の一ほどだが、その形と輝きが、真鍮《しんちゅう》に包まれた銃弾をタミに連想させた。


夜。

妙な声を聞いてタミは目をさました。

声は隣のベッドから聞こえた。カオリだった。彼女がうなされているのだった。

タミはベッドサイドの明かりをつけてカオリを揺り起こした。カオリは汗びっしょりだった。目を見ひらき、呼吸がふるえている。

「どうしたの？　夢でも見たの？」タミは手をとってさすってやった。

カオリは上半身をまるめてうつむき、しくしく泣きだした。

「事故のときの夢を見たのね」

カオリはうなずいた。

タミが肩を抱いて撫《な》でさすると、カオリはタミの顎《あご》の下に顔をうずめてきた。タミは両腕をまわして抱きしめてやった。絹のパジャマ越しにやわらかな体臭が匂《にお》った。少女のような無垢《むく》な体臭だった。

母親のように背中を撫でながら、タミはしずかに言った。

「日本へ帰りなさい。そのほうがいいわ。そのあいだにわたしたちが、亡《な》くなった少年の母親を見つけだして、説得するわ。彼女の考え方が間違っていることを判らせるわ。そのあとでまたアメリカへ来たければ来なさい。とにかく今はいったん帰国しなさい」

タミの腕の中で、カオリはすなおにうなずいた。

翌朝、ニューヨークから電話があった。

カオリの同棲相手からだった。

「ジェフからよ」

タミが受話器をさしだすと、カオリはひったくるようにして、長い黒髪のカーテンの内側に押しこんだ。

なぜ今まで電話をくれなかったのか、どこへ行っていたのか、とカオリはたどたどしい英語を、自分でももどかしそうに操りながら、文句を言っている。電話の向こう側でジェフが何やら言いわけしているらしい。話をするカオリの声がしだいに弾んできた。電話はえんえんと一時間つづいた。

　電話を終えたときには、カオリは帰国する気がなくなっていた。

4

　十時すぎに、別の電話があった。チェスターの秘書からだった。

　ネッド・チェスター。テネシー州選出の下院議員。カオリ・オザキの父親と友人同士。――きのう、キリップがそう言っていた。

　例の事故のあと、カオリはかれの家に身を寄せていたのだが、キリップが強引にこのホテルへ移らせたのだという。

　そのチェスターが秘書を通してメッセージをつたえてきた。昼にそちらへ様子を見にゆく。ついでにランチを一緒にとろう、というメッセージだった。

「ランチはどこでとるのですか?」タミが質問すると、

「アシュビーズにこれから席を予約します。そちらのホテル内にあるレストランです」

　と女秘書の、低い、魅力的な声が答えた。

「残念ですが」タミは言った。「不特定の人間が出入りする場所でカオリを食事させることはできません」

するると、

「ちょっとお待ちください」

そう言って電話が途切れ、やがて男の声にかわった。

「チェスターだ。きみの名は？」

「タミ・スギムラ捜査官、ＦＢＩ」

「キリップの部下かね」

「部下ではありませんが、かれの仕事を手伝っています」

「このいやがらせは、キリップの意思かね、それともきみの意思かね」

「わたしの考えですが、いやがらせをしているわけではありません」

「カオリをホテルの外へひっぱり出そうというんじゃない。ホテル内のレストランで、ほんの一時間ほど食事をして慰めてやろうというだけだ。それすら危険だといって妨害するのは、昨日わたしがＦＢＩの逃げ腰の態度を叱《しか》ったことへの、仕返しのつもりではないのか？」

「それはちがいます。ただカオリの安全を考えてのことです」

「いずれにしろ、わたしが彼女にランチをふるまうことは許さないというわけだな」

「それもちがいます。彼女と食事をなさりたいのでしたら、このホテル内にそのための部屋を取ってください。しかも偽名で。わたしが彼女をそこへ連れていきます」

「…………」つかのまの沈黙のあとで、チェスターが言った。「よかろう。そうしよう」


十二時十五分に、女秘書の声で、チェスターの到着を告げる連絡があった。

タミは廊下に誰もいないことを確かめてから、カオリを連れて部屋を出た。

カオリは日本人にしては脚の長い娘だった。タイトなワンピースがよく似合っている。藤色と灰色の中間のような落ち着いた色だ。彼女といっしょに部屋を出るとき、タミは自分の服装のことで少し迷った。スーツに着替えるべきかどうか考えたが、結局グレーのセーターと黒いコーデュロイのズボンのままで行くことにした。拳銃《けんじゅう》のホルスターもあえてむきだしのままにしてある。


チェスターが取った部屋は、ひとつ上のフロアにあった。

女秘書に迎えられて中に入ると、広いスイート・ルームだった。

〈スイートがあいてなかったんだってよ〉

〈ほんとかな〉

〈あやしいけどね〉

昨日のカオリとリサの会話を思い出した。キリップが経費を節約したのか。それともこのスイート・ルームは今日になって空いたのか。あるいはＶＩＰや上客の不意の利用にそなえた別枠《べつわく》の部屋なのか。

居間のソファ類はすでに片づけられ、ダイニングとしてのセッティングがされていた。

チェスターはカオリを両腕の中に抱いたあと、後ろにいるタミを見て、「なるほど」と言った。「電話で聞いたとき、変わった名前だとは思ったが、そうか、きみは日系人だったのか」

「ええ、そうです」握手をかわしながら、タミはうなずいた。

「本部に勤務しているのかね？」

「いえ、トレントンから呼び出されました、ニュージャージーの」

「ほう、ＦＢＩも一応はそういった配慮をしてくれているわけだ」かれはほほえんで、すこし機嫌《きげん》を直したことをタミにしめした。

彼女は黙ってみじかく微笑を返した。

そしてキリップの言葉を思い出していた。

〈今ここに必要なのは日本語に堪能《たんのう》な捜査官ではなく、警護のプロだ〉

ネッド・チェスターは四十代後半、鼻梁《びりょう》がしっかりとした、精悍《せいかん》な風貌《ふうぼう》の男だった。やや赤みがかった皮膚。金髪のまじった褐色《かっしょく》の髪。目は灰色だが、キリップのよりはずっと明るい色だ。適度にシェイプアップされた立派な体格を、チャコール・グレーのスーツがかたちよく包んでいる。とても見栄《みば》えがよい。選挙区ではおそらく女性有権者からも高い人気を得ていることだろう。さほど大きな争点がない場合には、やはり自分もこういう男に票を入れるだろうとタミは思った。

「彼女はレイナ・ギルバート。さっき電話で声を聞いたと思うが」チェスターは女秘書を紹介した。

レイナが歩み寄って、タミと握手をかわした。

濃紺にペンシル・ストライプの入ったスーツを着ている。ただし男っぽい仕立てではなく、ウエストをしぼって女らしい線を出している。白い絹のブラウスの胸元にも柔らかなフリルがついている。あわい褐色の髪にあわいブルーの目、そしてあわいピンクの肌《はだ》をした美人だった。三十前後、タミとほぼ同年齢だろう。

「メリー・クリスマス」

電話のときと同じ、耳にこころよいチャーミングな低音でタミに言った。のびやかで、しかもきびきびとした物腰だった。

「メリー・クリスマス」

こたえながら、タミはチェスターとレイナの肉体関係を想像している自分に気づいた。

ふたりの悠然《ゆうぜん》とした態度から感じるある種の圧迫感のようなものを、そういうかたちで撥《は》ねのけようとしたのか、あるいは単なる下劣な好奇心なのか、自分でもどちらとも言いかねた。

「さあ、掛けようじゃないか」チェスターがみんなをうながした。

チェスターは鶏肉《とりにく》、レイナとカオリはマッシュルーム、タミは鮭《さけ》。あとは温野菜とロールパン、そして飲み物はペリエだった。だれもビーフやポークの料理をとらなかった。こういう昼食がはやるようになったのは、いつごろからだろうか。食事は人間にとっての必要悪と見なされつつあるようだ。気をゆるめれば、健康に悪害をもたらす。――そんなことを考えながらフォークを口に運んでいると、チェスターがタミに問いかけてきた。

白いクロスがかけられた長方形のテーブル。やや長くなったほうの両端にチェスターと女秘書が腰をおろし、かれらと直角にタミとカオリが向かい合って坐《すわ》っている。最初はしきりにカオリに話しかけていたチェスターだが、彼女がただ微笑してうなずいたり首を横に振ったりするだけなので、しだいに間《ま》が持てなくなり、話しかける相手を変えたのだ。

「ミズ・スギムラ、きみは日本語の能力でＦＢＩの受験資格を得たのかね？」

「いいえ」タミは顔をあげて否定した。

ＦＢＩ特別捜査官《スペシャル・エージェント》の採用規定。それにはこうある。

年齢二十三歳以上三十五歳未満で、つぎのいずれかの学歴・経験を必要とする。

・法学部大学院を卒業していること。
・大学で会計学を専攻し、公認会計士と同等の資格を持っていること。
・大学で外国語を専攻し、流暢《りゅうちょう》に話すこと。
・化学、生化学、薬学、電子工学、電気工学、機械工学、地質学、毒物学、コンピューター科学等を専攻し、博士号または修士号を有するか、三年の実務経験を持っていること。

タミは高校を出るまで、ロサンゼルスで祖父母や両親とともに暮らしていた。会話の半分は日本語だった。読み書きは高校と大学で学んだ。選択科目に日本語があったのだ。しかし日本語を専攻したわけではない。

「法学部大学院《ロー・スクール》を出て応募しました」

「法律専攻か」

捜査官の三分の二がそうだった。

「きみは日本へは何度か行ったことがあるのかね？」

タミはかぶりを振った。

「いいえ、ありません」

「わたしは五回行った。日本とテネシーとは、よく似ている。最初に行ったのは秋だったが、紅葉した山々や古い民家を見て、テネシーに帰ったような気がしたものだ。働く者の勤勉さもよく似ている。われわれは北部の連中とは考え方がちがう。日本に対してヒステリックな反感は持っていない。そんな反感は何の益にもならない。現に南部では、たいていの州が日本とうまくやっている。だから日本の企業も喜んでやってくる」

言いながらカオリのほうを見て微笑してみせたが、彼女はそういう話題にはまったく関心がないようだ。長い髪を左手でおさえながら温野菜を口に運んでいた。

「彼女の父親も」チェスターはタミに目を戻した。「わたしや州知事の誘致運動に応《こた》えて、合弁企業の設立に尽力してくれた」

「ええ、聞きました」

「日本は敵ではない。大切な友邦だ」

「そうであってほしいと、わたしも思います」

「道理の通じないヒステリー女からカオリを保護することも、こちらの友好意識の証明になるのだ」

「………」タミはあいづちを打たなかった。やはりそういうことか、と少し醒《さ》めた気持ちでチェスターを見た。かれはカオリを利用しているだけなのだ。

「ところで、それはＦＢＩスペシャルかね？」かれの目はタミの拳銃ホルスターに向けられている。

　茶色い牛革のショルダー・ホルスター。その中身はスミス&ウェッスンM65、・三八口径回転式拳銃《リヴォルヴァー》だ。ステンレス製で、重さ三〇オンス（八五〇グラム）、銃身長は短めの三インチ。私服警察官向きにつくられたもので、ＦＢＩスペシャルという通称がある。女の手でも握りやすいコンパクトな、丸みのある銃把《じゅうは》が、ホルスターから覗《のぞ》いている。

　タミがそれを射撃訓練場以外で発射したことは、しかしＦＢＩでの六年間にまだ一度もなかった。

「ええ、そうです」

「装弾は三五七マグナム？」

「いいえ、マグナムはわたしの手首には反動が強すぎます。三八スペシャルがこめてあります。ＦＢＩの規定でもあります」

「わたしは、拳銃はオートマチックのほうが好きだ。リヴォルヴァーは野暮ったくて、銃としての精妙さがない」

「そのかわり故障もありません」

愚かな問答だとタミは思った。チェスターはタミの射撃の腕にではなく、たずさえている拳銃にだけ関心を示したのだった。いずれにしてもカオリの前で話すにはふさわしい話題ではなかった。女秘書が話題を変えた。

「あ、ミズ・スギムラ、あなたのファースト・ネームは何とおっしゃったかしら」

「タミ、です」

「それは日本的な名前なのかね?」チェスターが割りこんできた。

「だと思います。祖母の名前をもらいましたから」

「どんな意味があるんだね」

「たぶんPEOPLEと訳すんだと思います」

祖母の名は、漢字で〈民〉と書く。

カオリが下を向いて笑いを洩《も》らした。

「いい名前だ」チェスターが言った。「このワシントンにふさわしい名前だ。カオリという名前の意味もうつくしいが、タミもなかなかいい」

「かれは名前のもつ意味にとても興味を持ってらっしゃるんです」レイナが補うように言った。

「そうなんだ。名前の語義をしらべることが、わたしの趣味のひとつでね。たとえば、このレイナだ。彼女の名前の語源はサンスクリット語で、〈忠誠〉を意味する」

　レイナが小さく肩をすくめた。笑顔に品格があった。それは自然のものではなく自己訓練でつくりあげた品格であることが、タミにはわかった。自分を律し、自分をみがき上げることに熱心な、強い上昇志向を彼女の中に感じた。タミ自身にもそういう志向がないわけではないが、レイナを相手にすると、かなり気後《きおく》れがする。

「彼女のファミリー・ネーム、ギルバート」とチェスターがつづけた。「これはさらに素晴らしい。フランス語源で〈輝ける忠誠〉を意味する。つまり彼女の名前は前も後ろも〈忠誠〉で固められているわけだ。わたしの秘書として、これ以上の名前はないと思わないか」そう言ってタミに笑いかけてから、急に真顔になって正面のレイナに目をやった。「ただし、わたしが彼女を採用したのは、もちろん名前でじゃなく、能力でだ。言うまでもないが」

　この話は当のレイナの前でこれまで何度もくり返されてきたものらしく、彼女は黙っておだやかな微笑をうかべている。

「ここで、たいていの者は――」チェスターがひとりで喋《しゃべ》っていた。「じゃあネッド、きみ自身の名前の語義は？　と訊《き》いてくるものだが、ミズ・スギムラ、きみはそういうありきたりな会話の展開を好まないようだね」

「いま尋ねようと思っていたところです」タミは答えたが、実際は、言われてから気がついたのだった。時間つぶしの会話を進めるには、たしかに、ありきたりの展開が一番いい。

「わたしの名前の語義も、いまの仕事にとって悪くはない。ネッド、これをエドワードの短縮形だとすると、〈繁栄の守護者〉という意味を持つ。もしエドムンドの短縮形だとしても――命名者が亡《な》くなっているので、どちらのつもりだったのか判《わか》らんのだ――〈幸運と富の守護者〉になる。アングロサクソン語源だ」

「政治家にはぴったりの名前ですね。とくにこのアメリカの政治家には」

アメリカの政治家は幸運と富をもたらしたりはしない。それを持つ者を守護するだけだ、とタミは思っている。

「しかしファミリー・ネームのほうは、どちらかというと軍人向きなんだ。チェスター、これはラテン語源で〈防御陣地の住人〉を意味する」

ばかばかしい気持ちでチェスターの蘊蓄《うんちく》を聞かされているうちに、けれどタミはふとキリップ捜査官のことが脳裏にうかんだ。曇った灰色の目の、不機嫌《ふきげん》そうな顔。かれはどんな語義の名前を持っているのだろうか。

時間つぶしの会話のついでに、チェスターに尋ねてみることにした。

「その他の名前についても、語源とか語義をご存じなんですか？」

「たとえば？」

キリップ捜査官のファースト・ネームは、ヒューバートである。

「たとえば、ヒューバート」

「ふむ、ヒューバート。それはチュートン語源だ。語義は〈意志の輝き〉」

チェスターはすらすらと答えてみせた。

「意志の輝き……」タミはその言葉とキリップの顔を重ねてみた。〈輝き〉という部分が、なにかイメージ的にそぐわなかった。

「なぜ即答できたか、わかるかね？」チェスターが意味ありげに笑った。「その名前についてはは昨日しらべたばかりなんだ。わたしを不愉快な気分にさせた男がひとりいてね、そいつの名がヒューバートだった」

「…………」

「きみの上司のヒューバート・キリップ捜査官」

「上司ではありません」

地方警察官とちがってFBI捜査官には階級がない。特別捜査官は、かたちの上ではみんな同格である。役職上の上下関係はあるが、キリップとタミとの間にはその関係もない。

「きみもおそらく、かれの名前を持ち出したんだろうと思うが、……それともきみにはヒューバートという知人が多いのかね」

「多くはありません」余計なことを訊くべきではなかった。

「キリップというのは、あれはマン島の出身者の名だ」

「マン島？」

「イギリスとアイルランドの間に浮かぶ島さ。以前はオートバイ・レースで有名だった。知らないかね？」

「ああ、マン島レース、聞いたことがあります」

「キリップ、すなわち〈フィリップの息子〉だ。イングランドならフィッツフィリップ、アイルランドならオフィリップ、スコットランドならマックフィリップというところだが、それらの中間に浮かぶマン島ではキリップになってしまう。間のぬけた田舎くさい名前だ。考え方も田舎くさい。たかがヒステリー女ひとりを相手に逃げ腰だった」

「かれは慎重な対応をしようとしているんです。かれのやりかたは正しいと思います」

チェスターは聞こえなかったような顔をしてつづけた。

「ついでに、そのヒステリー女の名前についてもしらべてみたよ。ヴァルダというのはチュートン語源で〈戦場の女傑〉をあらわす。〈意志の輝き〉対〈戦場の女傑〉だ」

そう言って笑いを洩《も》らしかけたが、女秘書のたしなめるような視線に気づき、あわててカオリの横顔に目をやった。彼女がどこまで聞き取れているのかは不明だが、これも不注意な話題であることは確かだった。

この男もやがては上院の議席を狙うつもりでいるのだろうけれど、おそらく無理だろうとタミは思った。かれの器《うつわ》は下院議員どまりだ。

下院議員は、ふと気づいたように、腕時計に目をやった。

5

「キリップだ。そっちの様子は?」

「チェスター下院議員が来て、いっしょに昼食をとりました。それだけです」

「そうか」

「……そちらは?」

「うむ、まだザヴィエツキーの所在がつかめない。ボルティモア郊外の彼女の自宅は、郡の……アナランデル郡だ、そこの保安官事務所が見張ってくれている。そっちのホテルのロビー付近と、ついでにチェスターの自宅周辺にも、うちの支局の捜査官とDCポリスを配置してあるが、いまのところ目撃報告はない」

「彼女、ニューヨークへ向かった可能性はないのかしら」

「なくはない。だからニューヨーク市警に要請して、カオリ・オザキのアパート入口も監視してもらっている。デラウェアにいるザヴィエッツキーの叔父の家も、ボルティモア市内の妹のアパートも監視下にある」

「ザヴィエッツキーのもくろみを警察に通報してくれたのは、妹だと聞きましたが」

「そのとおりだ。警察の手で思いとどまらせてほしいという気持ちからだろう。しかし念のために彼女の周辺も見張らせている」

「張るべきところにはすべて網が張られているというわけですね」

「ただし、昨日も言ったが、かれら警察官にどこまで正確な報告を期待できるか、疑問はある。気をゆるめないでくれ」

「ええ、わかっています」

「ところで、まずいことが一つある」

「何かしら」

「ザヴィエッツキーとカオリ・オザキのことが新聞に書かれた。ボルティモア・サンだ。市警の誰かが漏らしたんだ」

「写真入りで?」

「ザヴィエッツキーのほうは写真入りだ」

「だったら、むしろ一般の人たちへの手配写真の効果を持つかもしれないわ。そう思いませんか？」

「うちの捜査官の中にも、それを期待している者がいる。カオリ・オザキの国籍が日本でさえなければ、わたしもそれを期待するところだ」

「アメリカ人の反日感情？　たしかに反日感情は強まっているけれど、でもそうでない人だっていますわ」

「パーセンテージの問題だ。それに時期も悪い」

「パール・ハーバー？」

「とにかく、わたしは民間からの通報など期待していない。むしろ妙なセンセーションを引き起こさなければいいがと思っている」

「たしかに、その心配も、一方では感じます」

「カオリがそっちにいることは記事には書かれていなかったが、いずれ嗅《か》ぎつけられるのは間違いない。他の新聞やＴＶまでが取り上げ始める可能性もある。そうなるときみは、ザヴィエッツキーだけでなく、そういう連中からもカオリを守らねばならなくなる」

「……ええ、覚悟はしておきます」

「ザヴィエッツキーが本気かどうか、きみはそれを疑問視していたようだが、彼女が銃を持って行方《ゆくえ》をくらませてからすでに四十八時間だ。一時の興奮なら、もう醒《さ》めてもいいころだ」

「……ええ」

「もういちど言うが、気をゆるめないでほしい」

「わかりました」

6

手錠のようだ、とヴァルダ・ザヴィエッキーは思った。

犯人の腕を後ろに回させて、その手首にはめようとするときの、大きく開いた手錠のかたち。それを、このホテルの建物は思い出させる。

手錠型のホテル。この一室に息子を殺した女がいる。

ルーム・ナンバーも、ヴァルダはすでに知っている。教えてくれた男は、しかし迂《う》闊《かつ》に近づいてはならないと言っていた。部屋の中だけでなく、ロビーにも見張りがいると言っていた。かれらは全員、ヴァルダの写真を持っている。彼女がホテル内に足を踏み入れたとたんに、ホールド・アップをかけられてしまうだろう。

セルマ、あんたのせいよ。

ヴァルダは溜《た》め息を洩らした。こんな面倒なことになったのも妹のせいだ。妹が通報したために、FBIがあの日本人女をホテルに隔離してしまった。

いまは夕刻の帰宅時間だ。車で混《こ》むコネティカット・アヴェニューとTストリートの交差点付近。ヴァルダは歩道ぎわへ黒のシヴォレー・コルヴェットを寄せて、ワシントン・ヒルトンの湾曲した壁面と、そこに並ぶ窓の灯《ひ》をひとりで見つめている。自分の車ではない。ボルティモアで盗んできた車だ。

昨夜はアーリントン墓地の中にこの車を駐《と》めて眠った。

ポトマック河を西へ渡ったヴァージニア州側にある広大な国立墓地。なだらかな丘陵地に、白い石の墓碑がはるか彼方《かなた》まで整然とつらなっている。いちめんの芝生も、昼間降った雪に覆《おお》われてどこまでも白く、まるで氷河の上にいるような気分だった。

墓地の北側には、合衆国海兵隊の戦争記念碑がある。硫黄《いおう》島の高地に海兵隊員たちが星条旗を押し立てようとしているありさまを巨大なブロンズ像にした記念碑だ。第二次大戦で日本を叩《たた》きのめしたときの輝かしい象徴だ。

ほんとうはその側《そば》で眠りたかったのだが、公園警察のパトロールの目に止まるおそれがあった。それで、午後五時の閉園前に、網の目のような墓地内の道路をあちこち走り回ったあげく、奥まった場所にある行き止まりの道を見つけ出し、マイルズ・ドライヴという名のついたその道の終点の、太い木立の陰に車を駐めたのだった。警邏《けいら》巡査時代の自分の経験から、よほどのことがない限りパトロールの車もそんなところまでは入ってこないことを知っていた。

ひと晩中エンジンを回してヒーターを効かせた。

ビーフジャーキーとポットのコーヒーで空腹をおさえたあと、座席の背もたれを後ろに倒して、横になった。かすかなエンジンの振動に身をひたしながら、以前にもこんなふうにして車の中で寝たことがある、と彼女は思った。

十代のころだ。父親に反抗して家を飛び出したときだ。

母が男をつくって出ていったあと、父親はよく子供を殴るようになった。ヴァルダはいつまでも黙って殴られている気はなかった。椅子《いす》を楯《たて》にして刃向かった。そんなとき、妹のセルマは部屋の隅にうずくまって泣いていた。昔から気の弱い妹だった。

ヴァルダの反抗に逆上した父親は自分の寝室から拳銃《けんじゅう》を持ち出してきた。本気で殺す気かもしれない、そう思った彼女は、あわてて家を飛び出した。キーをつけたまま庭先に駐めてあった父親のフォード・ワゴンに乗って近くの森へ逃げこんだ。そして、その夜を車の中で過ごした。やはり冬の寒い夜だった。

気の強い女だ、とよく言われた。

結婚後、夫のフレディの浮気を知ったときも、有無を言わさず追い出した。フレディは和解を申しいれてきたが、彼女は拒絶した。かれは裁判所が命じた慰謝料と養育費を一度も払わずに行方《ゆくえ》をくらませてしまった。

自力で捜し出そうとしたが見つけられなかった。なぜアメリカには住民登録の制度がないのかと腹が立った。あれから自分ひとりの力で息子のティムを育ててきた。

ほんの数年前、小学生のとき、四月の教室公開《オープン・ハウス》で他の親たちにまじってティムの教室に入ってゆくと、家族紹介の絵が壁に貼《は》り出されていた。ティムの絵には「ママの特技は居眠りしながら返事をすること」と書き添えてあった。あのころは毎日とても疲れていたのだ。

高学年になるとティムはAかBレベル上ばかりの通信簿《リポート・カード》をもらってくるようになった。年二回の担任教師との面接に出向いても、ティムのことをいつも褒《ほ》められた。ハイスクールに入ってからもそれは変わらなかった。

このあいだの感謝祭。いつものように独身の妹を呼んで三人で祝った。父親がいないので、毎年ヴァルダ自身が七面鳥にナイフを入れていたが、ことしはティムに切らせた。そのあとでしみじみと語り合い、かれの父親を追い出したことを詫《わ》びた。ティムはわかってくれた。

「あの女、最初に道を訊《き》いてきたとき、ティムに色目をつかってたんだぜ」――ティムが殺された場所に一緒にいた少年たちから聞いた言葉だ。ティムは子供のころ、天使のような顔だとよく言われた。成長とともにとてもハンサムになってきた。耳の形だけは別れた夫に似ていたが、あとはヴァルダ自身の顔立ちをかなり濃く受けついでいた。

ろくでもない母親、ろくでもない父親、ろくでもない夫。そのあとで得た、素晴らしい息子だった。

そのティムを、あの日本人女が殺した。

〈ティムに色目をつかってたんだぜ〉

……あの黄色い女がティムを殺した。

ヴァルダは暗い車の中で拳銃を撫《な》でた。もう何年も愛用しているコルト・パイソン。その輪胴《シリンダー》には・三五七マグナムが装塡《そうてん》されている。マグナムは薬包が長く、そのぶん火薬量が多いので威力がある。必要以上に威力がありすぎるため警察官はあまり使わなくなりつつあったが、彼女はいつもマグナムしか装塡しなかった。

ボルティモア記念スタジアムの近くで押し込み強盗を包囲し、犯人の一人を射殺したときも、この拳銃からマグナムを発射した。カルヴァート・ストリートのコンヴィニエンス・ストアを襲った強盗殺人犯を倒したときも、やはりそうだった。

……銃のこころよい重みを胸に抱いて、昨夜は墓地の片隅《かたすみ》で明け方までまどろんだ。

しかし、きょう一日も、あの女には近づくことさえできぬまま、早くも暮れようとしている。そしてまた夜だ。

今夜はどこで眠ろうか。

7

アーリントン国立墓地をふくむポトマック河西岸の一帯は、ヴァージニア州アーリントン郡である。アーリントン郡の西に接して、リトルチャーチという名の小ぢんまりとした市がある。

人口一万ほどの住宅地で、住民のほとんどは白人のホワイトカラーだ。小さくとも、州議会の承認をうけた歴《れっき》とした自治体であるから、いちおう自前の警察を雇っている。リトルチャーチ市警察部は、警察官二十八名、一般職員十五名という陣容である。

この数を少ないと言うことはできない。なぜなら、州内には警察官五名以下の自治体が三十七カ所もあるのだ。

リトルチャーチ市警察部は、運用課と管理業務課とに分かれている。警察官はすべて運用課の所属で、その運用課には警邏《けいら》係と捜査係があり、係長は警部補である。

警邏係長の下には五名の巡査部長と十三名の警邏巡査。

捜査係長の下には一名の巡査部長（部長刑事）と四名の刑事。

いちおうそのように編成されてはいるものの、しかしこの警察では、私服刑事・制服警官の区別なく、巡査部長以下は全員が三交代制で現場勤務につくことになっていた。だから刑事たちも捜査係の車で市内の巡回に出る。

トム・ウッズ部長刑事はこのところ、午後十一時から翌朝七時までの深夜勤務の組に入っていた。

狭い市域の北端部の道筋にそって、かれはその日もゆっくりと車を走らせていた。午前二時を回り、家々の灯《ひ》も消えて、静まりかえっている。黒い影となってつらなる街路樹の合間《あいま》から、ときどき街灯のあかりが道路におちている。そんなわずかな照明のもとでも街全体がほんのりと明るみを帯びているのは、両側に並ぶ家々の芝生に一昨日の雪がまだ薄く残っているからだった。

どの家にも車庫があるが、歩道ぎわに置きっぱなしの車も少なくない。

そのうちの一台。白いトヨタのセダン。中に人が乗っていることにウッズは気づいた。かれは車を止め、車内から窓越しに様子をながめた。

相手は暗い運転席に坐《すわ》ったまま、じっとしている。

こんな時間に、こんな場所で、何をしているのだろうか。不審尋問をしないわけにはいかなかった。

ウッズは拳銃《けんじゅう》をぬいて、相手の車とは反対側の、助手席のドアのほうへ寄った。肥満ぎみのかれの移動に合わせて車がゆさゆさと揺れた。ドアを開くと冷気が頬《ほお》をつつみ、あやうく咳《せ》き込《こ》みそうになった。

去年も一昨年も、リトルチャーチ市内での凶悪事件の発生件数はゼロだった。しかし、だからといって今年もそうだとは限らない。悪い奴《やつ》は、まわりの土地やDCにごろごろしている。市に城壁があるわけじゃなし、そういう奴らはいつでも自由にここへ入ってこられるのだ。油断は禁物だ。

ウッズは自分に言い聞かせながら、懐中電灯を左手に持ってトヨタに近づいていった。吐く息が、白くながれた。

車の中にいるのは男だった。ヘッドレストにもたれさせた頭がすこし横に傾《かし》いでいる。眠っているような姿勢だが、まぶたが細く開いて白目が光っていた。東洋人のようだ。顎《あご》の下にも光るものがあったが、眼鏡がそこまでずり落ちているのだった。

銃把《じゅうは》の尻で窓ガラスをコツコツ叩《たた》いてみたが、反応はなかった。懐中電灯のあかりをガラス越しに男の胸元まで下げたウッズは、グレーの背広の下のワイシャツが赤褐《せきかっ》色《しょく》に染まっているのを目にした。

かれは懐中電灯を腋《わき》にはさんで、左手でそっとドアを開けた。生臭い血のにおいが中からあふれ出た。手をのばして男の首をさわった。頸《けい》動脈に拍動はない。

ウッズは車にもどり、無線で、管理業務課の通信係を呼びだした。

「ジョニーか。おれだ、トムだ」

言ってから、言葉がとぎれた。

「トム。……トム、どうしたんだ？」通信係が心配して呼びかけてきた。

「待ってくれ。コード・ワードを忘れた」

大都市警察をまねて、通信連絡は符牒《コード・ワード》を使ってすることになっていた。

「何のコードだい」

「……殺人のだ」


リトルチャーチ市は、フェアファックス郡に所属している。フェアファックス郡保安官事務所は七百名の警察官（保安官助手と呼ばれる）を抱えており、この州では最大規模の警察組織である。管内のちいさな自治体警察は、自分たちの手にあまる事件が発生したときには、しばしば保安官事務所に応援を要請していた。

この事件の場合も、リトルチャーチ市警察は郡保安官事務所に対してさっそく応援をたのんだ。郡保安官事務所は州警察局に鑑識係の派遣を依頼した。

被害者は日本人だった。携帯していたパスポートから、それがわかった。

市警察のパトカーや保安官事務所の車が屋根の警告灯を回転させて五台六台と集まるにつれ、付近の住民たちも何事かと起きだしてきた。パジャマの上にガウンを羽織った姿で、寒そうに襟元《えりもと》をかきあわせながら、遠巻きにながめていた。

カズオ・クワタという名の、三十代の被害者は、胸部に銃弾をうけて死亡していた。郡の検屍《けんし》官が到着し、州の鑑識係による写真撮影のあと、死体は車から担《かつ》ぎだされ、保安官事務所の死体運搬車で郡の死体保管所へ運ばれた。

撃たれたのは至近距離からだった。ワイシャツや上着に火薬の微粒子がついていた。摘出された弾はＪＨＰ（ジャケッテッド・ホロー・ポイント）と呼ばれるものだった。先端部が軟らかい裸の鉛で凹《おう》状に窪《くぼ》んでおり、貫通せずにひしゃげて体内を破壊する。被害者の胸骨は無残にくだかれ、破片が心臓をずたずたにしていた。

一方、被害者の乗っていた車に妙なものがあった。フロントガラスに外側から文字が書かれていたのだ。ウッズ部長刑事が車の中の人物に不審を感じて歩み寄ったときには暗くて目に入らなかったが、他の警察車が集まってきてライトを照射すると、その文字がとつぜん浮かびあがったのだった。

『ティム、やすらかに眠れ』

州の鑑識係はひと目みて口紅だろうと言い、分析用のサンプルを削り取った。

ウッズは、勤務明けまぢかの午前六時半、リトルチャーチ市警察のオフィスにもどって、死体発見の報告書を書きはじめた。

連絡をうけて駆けつけた運用課長を始め、同僚たちはまだみんな現場にいる。がらんとしたオフィスでタイプの下書きを書いていると、背後で男の声がした。

「失礼。ウッズ巡査部長？　死体発見者の？」

ウッズは疲れていたので、振り向きもせずに、「ああ、そうだ」と無愛想に答えた。新聞記者がやってきたのだろうと思ったのだ。

「ＦＢＩのキリップという者だ」

ウッズは顔をあげて振り返った。

焦《こ》げ茶色のスリーピースを着た小柄《こがら》な男が、陰気な顔つきで立っていた。殺人事件は連邦犯罪ではない。ふつうならＦＢＩが首を突っ込む理由はないのだが、被害者が外国の公務員や重要人物であった場合には話がちがってくる。被害者カズオ・クワタの詳《くわ》しい身元が判明したのかもしれない。思いながら、ウッズは隣の同僚の椅子《いす》を男にすすめた。

8

「キリップだ」

「スギムラです」

「おはよう」

「おはようございます。ＴＶでニュースを見ました」彼女は先に言った。

「そうか……」

「現在までに判明していることを教えてください」

「そのつもりで電話した」キリップの声に疲労がある。「まず殺された日本人のことだが、かれは東京の商社員で、先週から出張で東部へ来ていた。車はかれのものじゃない。リトルチャーチの住人のものだ。駐《と》められていたのは持ち主の家の前だ。市警察と保安官事務所がいちおうその人物を調べているが、おそらく無関係だろう。犯人は別の場所で殺して自分の車で死体をあそこまで運び、道端のトヨタのなかに捨てていったのだ。犯人は複数かもしれない。単独なら、あるていど体力のある者だ」

「口紅の文字のことを話してください。『ティム、やすらかに眠れ』――ティムというのは、死んだ子供の名前ですね、ザヴィエッキーの」

「ああ、その通りだ」

「ザヴィエッキーはカオリに近づけないものだから、代わりにほかの日本人を殺したのかしら」

「しかし彼女だという証拠は、いまのところ何も見つかっていない。フロントガラスの文字を写真にとってＦＢＩ研究所で筆跡鑑定させたところ、別人であることがはっきりした」

「……でも、ザヴィエツキーに共犯者がいて、文字はその共犯者が書いたということも考えられませんか」

「ザヴィエツキーが持っている銃はコルト・パイソンだ」

「三五七マグナム」

「彼女はマグナムしか使わないそうだ。犯人が使った実包はマグナムほど強力なものではない」

「…………」

「彼女はまったく無関係かもしれない。きのうの新聞で彼女のことを知った者がやったのかもしれない。新聞には、彼女の息子の名前が『ティム』だということも出ていた。犯人はザヴィエツキーに便乗して個人的な恨《うら》みを霽《は》らしたのかもしれない。あるいは、日本人一般を無差別に標的にして、自分自身の反日感情の捌《は》け口にしたのかもしれない。それとも単なる殺人嗜《し》好《こう》者が、都合のいい口実をみつけて動きだしたのかもしれない」

「…………」タミは溜《た》め息をついた。

「いまは、そのうちのどれとも絞れずにいる段階だ」

「わかりました」

「カオリの様子はどうだね」

「おびえています」

「当然だ」

「日本へ帰る気になっています。東京の父親に電話していました。わたしも電話に出て、いまの状況と、わたし自身の意見とを伝えました。父親が自分で迎えにくることになりました」

受話器の向こうが沈黙した。

「キリップさん?」

「聞いている。父親が来るのはいつだね」

「あすの午前十時四十分、ダレス空港到着です。ANAの直行便があるそうです」

「わかった。カオリの護送の手配をする」


その電話のすぐあとだった。

部屋のドアがノックされた。

この部屋にはドア・スコープがない。キリップがわざとそういう部屋を選んだようだ。ドア・スコープが付いていると、ノックがあったときに相手を覗《のぞ》こうとしてドアの正面に立ってしまい、格好の標的になる。

タミは例によって拳銃《けんじゅう》ホルスターのフックをはずしてドアのわきの壁に身を寄せ

た。奥を振り返ると、カオリが壁の出っぱりの陰から、緊張した顔をのぞかせていた。

「どなた？」

「ルーム・サービスです」女の声だった。

「部屋をまちがえてるわ。ここは何も頼んでいないわ」タミは言って、外の気配に耳を澄ました。

「FBIの方《かた》からの依頼です」

「………」タミの正面に鏡がある。彼女のほぼ全身がうつっている。自分の目を見つめて少し考えた。「何を持ってきてくれたの？」

「雑誌類です」

「何の雑誌？」

「ヴォーグとコスモポリタンです」

カオリの退屈と不安をまぎらせるために、キリップが差し入れを依頼したのだろうか。さっきの電話では、そういう話は出なかった。言い忘れたのだろうか。それがはっきりしない。はっきりしないものは受けつけるわけにいかない。

「悪いけれど――」

一昨日、ボーイに言った言葉をこんども繰りかえした。「持って帰ってくれるかしら。ただし、代金はつけておいていいわ。チップはあげられないけれど、我慢してね」

「でも……」

と女がねばった。「必ずお渡しするようにと言われています」

タミはドア越しに、見えない相手をにらんだ。スミス&ウェッスンをホルスターから抜いた。

「あなた、だれなの？　何者？」

ドアの外で、吐息が聞こえた。

「……すみません。お芝居をしました。ポストのメラニー・ジョーンズといいます」

「ワシントン・ポスト？」

「ええ、ミス・オザキにインタヴューをしたいんです。五分で結構です」

「それはできません」答えながらタミは振り向いた。カオリが壁にもたれるようにして床のカーペットを見つめている。

「あ、でしたらドア越しでもかまいません」

「残念だけど、それもできないわ」

タミはドアのそばを離れた。

「何よあなた」女の口調が変わった。「そんなのないでしょ。わたしは、ドア越しでもいいって言ってるのよ。それくらいなぜ駄目《だめ》なのよ」

タミは携帯無線機をつかんで発信キーを押した。

「デニス刑事、こちらスギムラ」一階のロビーを張っているワシントン市警の男性刑事を小声で呼びだした。

「……はい、デニス。何ですか捜査官」

そのあいだも女はドアの外でねばっている。「ちょっと、返事をしなさいよ。こっちは名乗ったのよ。あなたも名乗りなさいよ。FBIなんでしょ?」

タミは無線機に向かって言った。

「部屋の前にポストの記者と名乗る女が来ているんです。ザヴィエッキーでないかどうか、確認してください」

言いながら彼女はドアの厚みのことを考えていた。・三五七マグナムの薬包に、貫通力の高いKTW弾頭がつけてあれば、このドアでは耐《も》たないかもしれない。ましてや、相手が・四四マグナムの拳銃でも手に入れていれば、なおさらだ。

「本物の記者だったらどうします?」

デニスの質問に、外の女の声がかぶさってくる。「ねえ、ミス・FBI。わたしも、わたしの読者も合衆国の納税者よ。そのことを考えてるのあなた? 黙ってないで返事くらいしたらどうなの」

タミは無線機に答えた。

「その場合は追い返してください」

——女は本物の記者だった。しかし彼女を追い返すまえに、新手の記者やカメラマン、それにTVカメラまでが廊下にひしめき始めた。

カオリは神経のたかぶりが昂《こう》じて、髪をかきむしりながら泣き声で呻《うめ》いた。

「何よ。何だってのよ。あたしだって、はねたくてはねたんじゃないよ。あたしのほうが被害者じゃないか。やめてよ、もう」

タミはＦＢＩ本部に電話をした。本部を通じて、市警察からの応援を増やしてもらうよう要請した。そのあとでカオリに言った。

「あしたの午前中までの辛抱《しんぼう》よ。昼過ぎには、迎えにきたお父さんといっしょに日本へ飛び立てるわ」

「こんな国……」

とカオリはつぶやいた。「こんな国、もう二度と来ないよ。来てやるもんか」

そして、ウォークマンのヘッドフォンをつけてベッドに横たわり、胎児のように身を丸めた。ずいぶん音量を上げているらしく、ロックと思える乾いた音響のきれはしが、かすれた擦過音のようになって漏れ聞こえた。

9

夕方四時、タミはＦＢＩ本部ビルへ来るようにと、キリップに呼ばれた。あす、カオリをダレス空港まで護送するさいの警護チームの打ち合わせのためだった。その間、ホテルにのこしたカオリのそばには、本部所属の女性捜査官が付き添うことになった。

タミと交代するためにやってきたのは白人の女性捜査官だった。引きつぎをしたあと、タミがバスルームでスーツに着替えていると、その女が入ってきて訊《き》いた。

「ねえ、余分のパンティーホース、持ってない？」

彼女もグレーのスーツ姿だった。ラテン系で、背丈はタミとさほど変わらない。

「持ってる」タミは出張が長びく場合にそなえて、替え下着を三組、パンティーホースは五足をスーツケースに詰めてきていた。

「報道陣と警官の壁よ。あれをすり抜けてくるとき、でんせんしちゃったのよ」彼女は洗面台の鏡の前で目尻のアイラインを点検しながら、皮肉っぽく言った。「ＶＩＰなみの警護ね」

打ち合わせは、本部ビルの小会議室でおこなわれた。

出席者は、本部の国内公安・テロリスト課の課長とその部下三名、ボルティモア支局のキリップとその同僚七名、それにタミ。

その合計は十三名だった。

十三という数に気づいて、タミはもういちど目で数えなおした。彼女はクリスチャンではないが、キリスト教社会で生まれ育った者の感覚として、その数字にはあまり好ましい気持ちをもっていなかった。かといって、むやみに縁起を気にする性格でもない。数のことなどすぐに忘れることにして、発言者の言葉に意識を集めた。

発言しているのは本部の課長だった。

課長は四十代なかばの、体格のいい男だ。顎《あご》がよく張り、唇が薄く、眉《まゆ》が濃い。髪は後頭部まで禿《は》げあがっている。

十八年前に〈帝王〉フーヴァー長官が死亡するまでは、ＦＢＩでは禿げ頭の者は出世できなかったという話を、タミは何度も聞いたことがある。フーヴァーが捜査官に求めたのは、高い学歴と見栄《みば》えのよさだった。ＦＢＩの優秀さを国民にアピールするには、中身よりも形が優先するとフーヴァーは考えたのだろう。そして事実、国民の価値判断というのはそんなものなのだろう。その結果、ＦＢＩの実態と、宣伝されるイメージとの落差がどんどん大きくなっていってしまった。ちかごろＦＢＩに対する一般の評価がきびしくなりつつあるのは、その反動かもしれない。いま発言している課長は、しかし髪の毛に関する愚かしい基準が過去のものになってほっとしているはずだ。会議テーブルに居並ぶ捜査官たちを順に見回しつつ、ポイントをしぼった無駄《むだ》のない話し方をしている。

聞いている本部側スタッフの中にビル・マクマホンの姿もある。一昨日、国内公安・テロリスト課のオフィスで出会ったタミの同期生だ。長方形のテーブルをはさんでタミと対角線を引くような位置にいる。

同期生の中では、かれが今のところ幹部コースへの最短距離にいるのかもしれない。タミとその同期生たちは、ＦＢＩ捜査官の採用試験に合格したあと、まず本部で宣誓をして、ＦＢＩアカデミーへ送り込まれた。ＦＢＩアカデミーはクァンティコにある。クァンティコはワシントンＤＣの南西方向、ポトマック河の下流沿い、車で一時間ほどのところだ。本来は海兵隊の基地だが、その一角にＦＢＩの訓練学校が置かれている。学校の敷地は三三三エーカー（一三五ヘクタール）もあり、近くの森には鹿や狸《たぬき》がおり、目の前をりすが走り回っていた。そこの寄宿舎で寝起きしながら、十六週間の初任教育を受けた。教室での講義のほかに、術科体育、武器操法もみっちり仕込まれた。

その期間が終わったあと、同期生たちはそれぞれ各地の支局へ振り分けられて、散っていった。タミが最初に赴任したのは、中西部イリノイ州のスプリングフィールド支局だった。とうもろこし畑の海にうかぶ街だ。ロサンゼルスという大都市で育ったタミは、早くどこか大都市の支局勤務に替《か》わりたかった。三年後に転任の辞令がきた。移ったのが今の任地のトレントン駐在事務所だ。東部の大都市に近いということで多少の期待感をもって赴任したが、ここも大きな事件のない、のどかな地方都市だった。

半年に一度、FBIアカデミーにもどって数週間の現任教育をうけるのだが、その際ニューヨークやシカゴやロスで勤務している捜査官と一緒になると、かれらが羨《うらやま》しくてしかたがなかった。

けれど、そののどかさにもしだいに慣れ、小規模な駐在事務所の自由な空気に、最近のタミは親しみはじめていた。同期生のビル・マクマホンが早ばやと本部勤務になっているのを見るまでは、出世のチャンスを早くつかみたいという焦《あせ》りも、ほとんど忘れていた。

マクマホンのように本部勤務になった者たちは、ここで何らかの分野の監督官として二、三年つとめるあいだに上司の査定をうける。そして優秀とみられた者は監察補佐官に任ぜられる。つまり本部の各セクションや地方支局の会計監査、非行監査、能率監査をする観察官の、助手となるのだ。そのあと再び地方勤務に出る。中小支局の局長代理から始まって、しだいに大きな支局へと移ってゆく。この間にある程度の評価を得れば、本部へ呼びもどされてどこかの課の課長に登用されることになる。

いま会議テーブルで発言している国内公安・テロリスト課の課長も、そうしたコースをたどってその席にいるのだった。

課長からさらに上に引き立てられる者は、いったん監察官をつとめる。補佐官をつれて地方支局をまわる。その仕事に一年ほどたずさわったあと、ようやく支局長への道がひらかれる。中小支局から大規模支局へ。そしてやがては本部の部長（長官補）の椅子《いす》が待っている。

これがFBI特別捜査官のエリートがたどる一つの道筋なのだ。

タミも以前はそうしたコースを夢見た一人だが、スプリングフィールドとトレントンで暮らした六年のあいだに、その野心はすっかり輪郭がぼやけてしまっていた。ビル・マクマホンの存在に触発されて、かつての野心をふと思い出しはしたものの、それは、ポケットの底に入れて忘れたままになっていたクッキーのように、ちょっぴり湿気《しけ》て、いまさら口に運ぶ気も起きないのだった。

ひとはこうしてエリート・コースなるものから外れてゆくのかもしれない。

タミはテーブルの末席から課長の発言に耳をかたむけながら、意識の隅《すみ》でそんなことを思っていた。

課長はタミの名を呼んでいた。

「スギムラ捜査官」

「イエス・サー」タミはテーブルの端から答えた。

「トレントンからの応援、ご苦労だったね」

全員の視線が自分に向けられるのを感じながら、タミは微笑をつくった。チェスター下院議員の女秘書がうかべていた、あのゆったりした微笑を、無意識にまねていた。

「きみは、もうひと晩カオリ・オザキのそばにいて、あすの朝、護送スタッフに彼女を引きついでくれたまえ。引きつぎ後は、きみは自由の身だ」

え、とタミは思った。

おまえの仕事はカオリのおもりだ。それ以外のことには不要だ。そう告げられたのだ。

タミは指先の力がぬけるのを感じながら、遠くの課長にうなずいた。

「……わかりました」

低く答えるタミを、課長の横にいるキリップが表情のない目で見つめていた。

タクシーがつかまらない。

タミは地下鉄で帰ることにした。

ＦＢＩ本部の近くには連邦政府の官庁がずらりと並んでいる。ＦＢＩの監督官庁である司法省がある。国税局がある。郵政監察局がある。それらの建物から職員たちが一斉に吐き出され、地下鉄の駅へ向かってぞろぞろと歩きはじめる。ちょうどそんな時刻だった。

タミも人の群れにまじって、メトロ・センター駅をめざした。

夕暮れの十二番ストリートを北へ歩いていると、すぐそばでクラクションが鳴った。周囲の者と一緒にタミも左を振り返った。グリーンのホンダが歩道ぎわに止まっている。黒ぶちの眼鏡をかけた白人の男が運転席にいる。通行人のだれかに合図したようだが、タミには見憶《みおぼ》えのない相手なので、視線を前にもどしてそのまま歩きつづけた。周囲の者もみなそうしている。

するとまたクラクションが鳴り、つづいて大声が聞こえた。

「ヘーイ、それはないだろう、タミ！」

眼鏡の男が運転席の窓から乗り出すようにして、こちらを見ていた。

10

相手が誰であるかに気づいて、タミは一瞬動揺した。

マイケル……。

しかしできるだけ平静を装って、かれがそばへやってくるのを待った。

「ひどい車ね。ガラスが曇っていてよく見えなかったわ」

薄汚れた車だった。が、判《わか》らなかったのはそのせいではなく、かれがだいぶ肥《ふと》って、しかも眼鏡をかけていたからだった。

マイケル・カッツ。かつてのボーイフレンドだ。同じ大学にいて、二年間を恋人として過ごした。ふたりの関係が終わったのは、かれが他の女に恋をしたからだった。

「おどろいたよ。こんなところできみに出遭うなんて」マイケルはタミの前に立って、白い息をはずませている。

彼女はしかし、疑いの目でかれを見あげた。かれはいま、ニューヨーク・タイムズの記者をしているはずだった。ワシントン支局にいるのだろう。

「ほんとに偶然？　それとも待ち伏せ？」

ザヴィエツキーとカオリ・オザキの〈関係〉は、いまマスコミの好材料になっており、さらに昨夜の日本人殺害事件が絡《から》んで、各社が取材合戦を繰り広げている。マイケルは、カオリの警護役が自分のむかしの恋人のタミであることをどこかで突き止めて、接触のチャンスを狙《ねら》っていたのかもしれない。

「え？」かれはしかし意味が理解できないという顔で、眉《まゆ》を寄せた。

「ああ、その表情」

とタミは苦笑しながら言った。「あいかわらず下手《へた》ね、お芝居が」

「……何だか知らないが、きみの思い込みの強さもあいかわらずだな」

「いさぎよくないわね。まだ惚《とぼ》けるの？」

「おいおい、何かこれと同じような言い合いを前にもしなかったかい？」

「そうよ。再現してるのよ」

「タミ……」マイケルは横を向いて、くせ毛の髪に指をかきいれた。

意地の悪い態度はひとまずそこまでにして、タミは手をさしだした。

「ハロー、マイケル。元気そうね」


車で送ろうというかれの申し出を、タミはすなおに受け入れた。

カオリに関する質問が出たとしてもいっさい答える気はなかったが、マイケル自身の近況を聞くことには関心があった。

かれはユダヤ人である。ペニスに割礼をしており、濃い褐色《かっしょく》のくせ毛の髪をしているが、しかし目は青いし、鉤鼻《かぎばな》でもない。その青い目を眼鏡ごしに助手席のタミに向けて微笑《ほほえ》んだ。

「きみは変わらないな。ぼくはこんなに肥ったけど」

道路は混《こ》んでいて車は何度も小きざみに止まる。曇ったウィンドウをとおして『M』のマークのついたポールが見える。地下鉄の入口がそこにあるのだ。コートに身を包んだ男女の群れがぞろぞろと吸い込まれてゆく。

「例の彼女とはどうなったの？」タミは窓の外を見ながら訊《き》いた。

かれの新しい恋人はフランス文学を専攻する白人の女だった。

「結婚した」

「そう……」

「そして別れた」

「………」

街路に面した店々。赤と緑の色が目につく。クリスマス・カラーだ。飾りつけも見える。サンタクロース。モミの木。綿の雪。銀箔《ぎんぱく》の星。どこからかジングルベルが聞こえてくる。

タミはふと、ある情景を思い出した。小学校の教室。クリスマス前の図工の時間に、ツリーの飾りをみんなで作った。しかし、ひとりの女の子だけはそれをせずに、みんなの輪からぽつんと離れて、静かに花の絵を描《か》いていた。その子はユダヤ人だった。彼女にはクリスマスは無関係だった。

マイケルも、やはり小学校時代には絵を描いてクリスマスをやり過ごした生徒のうちのひとりなのだろう。ただし、かれはニューヨークの育ちだから、一緒に絵を描く仲間も多かったにちがいないが。

「きみのほうは？　だれかと結婚してる？」かれは指の腹でハンドルを無意味に撫《な》でた。

「いいえ。してない」

「へえ、それは明るいニュースだ」

「そうかしら」

「ぼくにとっては明るいニュースだ」

「あなたには無関係のニュースだと思うけれど」タミは外を見たままで言った。

マイケルはハンドルを左へ切った。マサチューセッツ・アヴェニューだ。

「だけど、意外だったな。きみがＦＢＩに入るなんて思ってもみなかったよ」

「いつかあなたを逮捕できるチャンスがくるかもしれないと思って入ったの」

「…………」マイケルは咳払《せきばら》いをして、ルーム・ミラーを直すふりをした。

街はすっかり夜の景色になり、前をゆく車の尾灯が汚れたフロントガラスに拡散している。

「子供は？　いなかったの？」

「一人いる。女の子だ」

「養育権は？」

「彼女のほうに取られた。ぼくが会えるのは週一回だが、じっさいには月一回しか会っていない。向こうはニューヨークにいるんだ。こういう仕事をしていると、毎週出かけるわけにはいかない」

「つめたいのね。その子も将来ＦＢＩに入るかもしれないわよ」

「どうかな。新しい父親にすっかりなじんでいるみたいだ」

「彼女のほうは再婚したのね」

「どうやら離婚の前から付き合っていたらしい。裁判の前にそれが判っていれば、娘を取られることもなかったんだが」

「そのことに憤慨する資格はあなたにはないと思う」タミは皮肉を言った。

「そのとおりだ」

　車は地下道をくぐった。オレンジ色の照明がボンネットをなめてゆく。

「ぼくは愚か者さ」

「異議なしだわ」

「信じてくれないだろうけど――」

「ちょっと待って」前を見たまま、タミは左手で制した。「そのあとの言葉、こう続くんじゃないでしょうね。『ぼくはきみとのことを後悔してるんだ』」

「…………」

地下道を出て、地上の道路へ浮上した。

しばらく無言で運転してから、気を取りなおしてマイケルは言った。

「ぼくはほんとに後悔してるんだ」

「だったら、それはいま言うべきじゃないわ。別のときに言うべきだわ」

「別のとき？」

「わたしが、いまの任務についていないとき」

マイケルは溜《た》め息をついた。

「きみの欠点はそれだ。信じることよりも疑うことから出発する。おめでとう。FBIはきみの天職だ」

こんどはタミが吐息をした。

「あなたとうとう尻尾《しっぽ》を出したわ。気がついた？」

「……？」

「『いまの任務』と言ったとき、それがどういう意味なのかをあなたは問い返さなかった。やっぱり知っていてわたしに近づいたのね」

信号で止まった。タミから顔をそむけるようにして外を眺《なが》めながら、マイケルはつぶやいた。

「前言とりけしだ。やはりきみと別れてよかった」

「本音を明かしてくれて嬉《うれ》しいわ」

「くそっ、なんて女だ。だから日本人は嫌《きら》いなんだ」

「わたしはアメリカ人だわ」

「アメリカ人？　そんなものはどこにもいない。ぼくはユダヤ人で、きみは日本人だ。

ぼくはコーシャ・フーズをたべ、きみはトーフを食べる」

「でも、日本人はわたしを日本人とは認めないと思うわ」

「そんなこと知るもんか」

信号が変わった。すこし乱暴な発進になった。

しかし、かれはすぐに気をしずめた。

「フー、われわれはどうしてこう短気なんだ」

「主語は一人称単数にしてちょうだい」

「わかったよ。ぼくはどうしてこう短気なんだ」

「それでいいわ」

「そしてきみはどうしてそう依怙地《いこじ》なんだ」

「きっとトーフのせいでしょ」

デュポン・サークルの縁周《まわり》を回ってコネティカット・アヴェニューに入った。

「ぼくにはきみたちが理解できない。世界中がきみたちを理解できないんだ」

「学生時代、あなたは日本にとても興味を持っていたはずだけど」

「そうさ。ところが時代錯誤のユダヤ謀略論が日本で幅をきかせていることを知って、うんざりしたのさ。ぼくの友人たちもみんなそうさ」

「それでなの？　それでジャーナリズムが日本叩《たた》きを煽《あお》りはじめたの？」

アメリカのジャーナリズムの世界にユダヤ人の影響力が強いことは、周知の事実だ。

「日本に対する反感は国民の自然な感情だよ。われわれが煽っているわけじゃない」

「そうかしら。ソニーがコロンビア映画を買収したとき、ニューズウィークは見出しに『侵略』という言葉を使ったわ。けれど、オーストラリアの会社がMGMを手に入れたときには普通のビジネスニュースでしかなかった」

「誰かが言っていたよ。日本人はインヴェーダーだ。とにかくそういうイメージなんだとね」

「人種偏見だわ」

「その問題についてはわれわれのほうが詳《くわ》しい。だから、そう、否定はしない。しかしそれだけが理由じゃない。とくに経済についてはどうにもならない違和感があるのさ。日本はドーピングをして試合に勝とうとするスポーツ選手のようなものだ。対抗するには、こちらも薬を打たなくちゃならないが、日本を出場停止にしてしまえば、誰も健康に有害なドーピングなんてしなくてすむ」

前方右手にワシントン・ヒルトンの湾曲した建物が見えてきた。

「国民の気分を一言で表せば」マイケルはひややかな声で言った。「『もうたくさんだ。日本人にはうんざりだ』ということさ」

タミは上に羽織ったハーフコートの前を開き、スーツの下に手をいれた。ホルスターのフックをはずして拳銃《けんじゅう》を抜き出した。

マイケルが横目でそれを見て、ぎくりと身をふるわせた。

「タミ……、おい、おちつけよ。いま言ったのは――」

「黙って。ホテルには入らないでそのまま走って」

「え？　何をする気なんだ」

「二ブロック先をぐるっと回って、逆方向からこの道へもどってきて」

タミは対向車線の歩道ぎわに停車している黒いシヴォレー・コルヴェットを見ていた。運転席にいる女。街路のあかるみの反映でなんとか顔が見わけられる。似ている。写真で見たヴァルダ・ザヴィエツキーによく似ている。

マイケルがまた何か言いかけるのを、タミはぴしりと遮《さえぎ》った。

「お願いだから言うとおりにして」

「………」マイケルもようやくその意味を察したようだ。

「きょろきょろしてないで、ふつうに車を走らせて」

「あの黒いコルヴェットかい?」マイケルが顎《あご》でしめした。

「目を向けないで」タミはするどく言った。

「ザヴィエツキーなんだな?」かれは顔を前にもどした。

「まだ判らない。それを確かめたいのよ」タミの目も前を見てはいたが、意識は視野の隅《すみ》の黒いコルヴェットに集中している。

「オーケー。……やっぱりきみを乗せてよかった」

「この車、電話か無線は積んでないの?」彼女はダッシュボートの周りを見回した。

「ぼくの車じゃないんだ。きみを乗せるために友達から借りたホンダなんだ」

「あるの? ないの?」

「ない」

マイケルは肩をすくめながら車を回して、もとのコネティカット・アヴェニューを逆の方向からもどってきた。

停車中の黒いコルヴェット。その前をふさぐようにして車を停《と》めて。タミはマイケルにそう指示した。

「そんなことをして、いきなり撃たれたらどうするんだい」マイケルの声がやや強張《こわば》っている。

タミも緊張してはいたが、できるだけ悠然《ゆうぜん》とした口調で言った。

「停め終わったら、あなたは身を伏せて」

「あ、だめだ、動きだした」

前へ回りこむ前にコルヴェットが不意に動きはじめ、車のながれに乗ろうとしている。

「気づかれたのかな」

「どうかしら。とにかくこのまま跡をつけて」

「取材で尾行は何度かしたことがある。まかせてくれ」

「たのもしいわ」タミはうわのそらで言い、コルヴェットのナンバーを記憶した。

コルヴェットはコネティカット・アヴェニューを南下し、デュポン・サークルで南西へ折れて、さらにワシントン・サークルでKストリートへ曲がった。Kストリートを西へ向かっている。やがて高架道路にのり、右に急カーヴを描いたあとキー・ブリッジを渡りはじめた。ポトマック河をこえてヴァージニア州へ入るつもりなのだ。

「橋を渡り終えたら、どこかで追い越してストップさせて」

マイケルは片手で顔をぬぐいながら、つぶやいた。

「どうも気づかれているようだな」

「スピードを上げたわ。早く追いついて」タミは焦《あせ》った。

「前の車が邪魔なんだ」

「クラクションを鳴らして」

「鳴らしても、ほら、どかないぜ」

「ああ、もう、下手くそね」

「横でガミガミ言わないでくれ」

「ガミガミ言わなきゃ逃げられちゃうじゃない」

「むこうは二五〇馬力くらいあるスポーツカーだぜ。本気で逃げられたら、このホンダで追いつけるわけないだろう」

「だから混んでいる場所にいるあいだに何とかしてって言ってるんだわ」

「無理を言うな」

「まかせてくれって言ったのは誰?」

「……やっぱりきみと別れて本当によかったよ」

「それはさっき聞いたわ。ほら、右よ、右へ曲がった」

マイケルも車を右折させた。

「パークウェイに入るのかな。いや、ちがった。くそう、Uターンしやがった」

「何してるの。ハンドル切って、ハンドル」

「いま切ったら他の車にぶつかる」

「じゃあ、このままパークウェイをドライヴするつもり？　彼女は逆方向よ」

　マイケルは叫び声をあげながら、やけくそで車を回した。衝撃が二度ふたりの体を揺さぶった。クラクションがまわり中からけたたましく湧《わ》き起こった。

「見ろ、ぶつかった」

「わかりきったことを言ってないで、早く走らせて」

「おれの車じゃないんだぞ」

「わたしのでもないわ。さあ、早く。見失ってしまう」

　ふたりのホンダは何やらカラカラと賑《にぎ》やかな音を立てている。はずれかけたバンパーでも引きずっているのかもしれない。

　コルヴェットは南へ向かっていた。アーリントン墓地の方角だ。

「墓地へ入るつもりかしら」

「この時間はもう閉まっている」

「また右だわ。あの木の陰よ。暗いけど判る？」

「住宅街に入り込む気だ」

「ひとを撥《は》ねないでね」

　右折左折をくり返した。

「道が入《い》り組んでる。これはだめだ。まかれてしまう」

「焦《こ》げ臭いわ」

「何かがタイヤをこすってるんだ」

何度目かの右折をしたとき行き止まりの道に入ってしまった。

「あ、いないわ」

「おかしいな。ここを曲がったはずだが」

「もう一本先じゃない？　暗くて見まちがえたのよ」

「そうか」

「早く」

「え？」

「ボーッとしてないでバックして」

「…………」

「マイケル？」

「終わりだ」

「ちょっと……」

「負けだ。ゲーム・オーヴァーだ。まかれたんだ」

マイケルは座席の背にもたれて、汚れた窓ふき布でひたいの汗をぬぐった。

11

「キリップだ」

「スギムラです」

「いま報告を聞いた。ザヴィエツキーを追跡したそうだな」

「ザヴィエツキーだという確証はないけれど、よく似ていました」

「ザヴィエツキーに決まっている」キリップの声は不機嫌《ふきげん》だった。「なぜ勝手に追った。なぜ接近する前に連絡しなかった」

「車には電話も無線もなかったんです」

「なぜホテルに入って電話しなかった」

「そんなことをしている間に、いなくなってしまうかもしれないと思ったんです。近づかなければ車のナンバーも見えませんでしたし」

「黒のコルヴェット。そうだな？」

「そうです」

「それだけでいいんだ。とりあえずそれだけ連絡すれば、付近の道路にいるＤＣポリスのパトカーに網を張らせることができた」

「でも、ザヴィエツキーかどうかもはっきりしなかったんです」

「まちがった連絡をして恥をかくことをおそれたのか？」けわしい声だ。

「いいえ……ええ、そうです」

「ザヴィエツキーかどうかの確認はわれわれがする。あのときにきみがすべきことは、追跡ではなく通報だった」

「ええ、すみませんでした」タミは沈んだ口調で詫《わ》びた。

「きみは手柄《てがら》を立てようと思った」

「……え？」

「きみはあすの護送チームから外されて、トレントンへ追い返されることになっていた。きみはそれがくやしかった。ひとりでザヴィエツキーを捕まえてみせれば手柄になると思った」

「ちがいます」タミはムッとした感情を声にあらわしたが、しかし実を言うとそういう気持ちがまったくなかったとはいえない。「そんなことは、考えませんでした」

「考えなかった？」

「ええ」

「にもかかわらずあんな行動をとったのなら、きみは単なる無能者だ」

「………」

「運転は誰がしていた?」

「は?」

「きみは誰の車に乗っていたんだ」

「あ、新聞記者です。ニューヨーク・タイムズの。……というのは、かれは昔の友人で、偶然再会して――」

「きみはトレントンへ追い返されることになったが、しかしあすの朝までは任務は解除されていない。違うか?」

「……そうです」

「それなのにボーイフレンドとデートか」

「キリップさん、それは違います」

「無能のうえに不謹慎。――処置なしだ」

「ひどい言いかただわ」タミは髪に指をつっこんで顔の向きを変えた。ヘッドフォンをしたカオリが、ベッドの上からこっちを見ていた。タミは涙がこみあげてくるのを必死にこらえて、受話器を持ちかえた。

「あすの朝カオリを受け取りにゆく」

「……わかりました」

返事を言い終える前に電話が切れていた。

12

ワシントンはアメリカで最も黒人の多い街だが、とくに市の南東部、アナコスティア地区には黒人だけしか住んでいない。麻薬の儲《もう》けで高級車を乗り回している者は別として、住民はみな貧しく、少年たちは苛立《いらだ》ちと絶望にまみれて育ち、凶悪事件の発生件数も増える一方だ。ここも、まぎれもなくワシントンの顔の一つではあるが、しかし別の場所には別の顔もある。

アナコスティア地区とは正反対の位置、つまり市の北西部にあるのがジョージタウンだ。石畳の街路にレンガ造りの建物が並ぶ古風な街で、高級住宅街として知られている。

この街の表通り、ウィスコンシン・アヴェニューやMストリートに、最近、しゃれたレストランが増え、週末の夜などは大勢の客で賑《にぎ》わう。

日本料理店の『ヨシノ』も、Mストリートに半年前にできたばかりの新しい店である。

白木づくりの内装。メニューは純和風。

白人客にもなじみが増えつつあるが、まだまだ主体は日本人客だった。ニューヨークに本店があり、ここはその支店で、支配人は中川久義という三十九歳の日本人だ。金曜と土曜は午後十一時半まで営業するが、それ以外の平日は十一時までである。

その日、中川はいつもどおりに十一時で店を閉めた。従業員を帰し、調理場の始末を終えた調理師も帰したあと、かれは表口の戸締まりを確認して、裏口から出た。

午前零時を回っていた。

契約している駐車場は裏通りを一ブロック歩いたところにある。冷え込みがきついと思ったら、雪が舞い落ちてきた。二日前にも降ったばかりだ。ニューヨークの冬も寒いが、すこし南にあるこのワシントンも、あまり変わらないように思える。付近の住宅の窓の明かりが暖かそうでうらやましい。日本にいる家族のことをまた思い出してしまう。妻子を呼び寄せるのは開店して一年後の様子を見てからにしろ、と経営者に言われている。あと半年後だ。しかし中川のいまの気分は複雑だった。家族を呼び寄せるよりも、むしろ自分が日本へ帰ってしまいたい気持ちだった。

昨夜の日本人殺し。

店の客たちも、今日はその話でもちきりだった。日本大使館の職員も、新聞社の駐在員も、みんな戦々恐々というありさまだった。犯人は、ニュースで取りあげられた例のボルティモアの女警官ではなく、別の者のしわざである可能性が高いという。

まったく物騒な国だ。なぜアメリカは銃の所持を全面禁止にしないのだろうか。銃器メーカーの力が強いからか。いまさら全部の銃を回収するのは無理で、けっきょく悪い奴《やつ》らだけの手元に残ってしまうからか。

いつだったか、訳知り顔の日本人記者がこんなことを言っていた。アメリカ人が生まれながらに持つ権利のなかには、政府に反抗する権利というのもある。連中は政府というものをあまり信用していないんだ。だから軍隊や警察だけに武器を持たせておくのは不公平だと思っているわけさ。

駐車場に着いた。コートのポケットからキーを出したとき、どこからか足音が聞こえた。この時間のこの場所は人通りが少ない。妙な人間に出くわさぬうちに早く車に乗ってしまおう。

キーがうまく入らない。鍵穴《かぎあな》が凍《こお》りついたのか。しかし雪は降り始めたばかりだし、そんなわけはないのだが。……足音が近づいた。振り返ったりしないほうがいいだろう。とにかく早く開けよう。だめだ、手がふるえてきた。なんてこった。なさけない。

落ちついて鍵穴に……

「どうかしましたか？」

「え？　いや……」

中川は身を固くしながら振り向いた。そして、ほっと力を抜いた。警官だった。

「失礼だが、あんたの車ですか？」

警官は中川と車とを交互に見た。制帽についた大きなバッジが、そのたびに白っぽくひかった。黒い防寒ジャケットの左胸にも、楯《たて》型のバッジがついている。

「ええ、もちろん」中川は自分に舌打ちをした。みろ、もたもたしているもんだから、車泥棒《どろぼう》か車上狙《ねら》いの疑いをかけられてしまったじゃないか。「あの、キーが……うまく入らなくて」

中川は手にしたキーを目の前に持ちあげてみせた。遠い街灯と、付近の住宅の窓から漏れるかすかな明かりで、キーの先がひかった。

「あ、ちがった」思わず日本語でつぶやきながら苦笑した。「こりゃ店の鍵だ」

かれは別のポケットに手を突っ込もうとした。

「ストップ」警官が制した。腰の拳銃《けんじゅう》に手をかけている。

そうだった。こういう場合は、むやみにポケットに手を入れちゃいけないんだった。

中川は両手を肩の高さに上げて釈明した。

「キーをまちがえていた。店のキーで開けようとしてしまった。わたしは、すぐそこの日本レストランの支配人なんだ。車のキーはこっちの、右のポケットに入ってるんだ」

警官は右手をのばして中川のコートのポケットを上から押さえた。そしてうなずいた。

「オーケー」

中川はキーをつかみ出し、また目の前に持ちあげてみせてからドアの鍵穴にあてがった。こんどはすんなり開いた。乗り込んでドアを閉め、かるく手をあげて警官に挨《あい》拶《さつ》しようとしたが、かれはすでにその場を離れて街路の左右を見ていた。中川はエンジンをかけ、ライトをつけた。

すると警官がもどってきて、窓ガラスを左手で叩《たた》いた。

中川はウィンドウをおろした。

「なんです?」

「これだ」

「え?」

警官の右手に拳銃が握られていた。いつのまにつけたのか、銃口に消音器が装着されている。

「え、何なんだ」

言いかける中川の胸部に、銃弾が叩き込まれた。

13

カオリ・オザキの父親がＴＶ画面に映っている。

かれはワシントン時間の午後九時、日本時間の午前十一時に東京を飛び立ったはずだが、これは飛行機に乗りこむ前の、ナリタ空港での記者会見のもようだ。

いまワシントンは午前一時。有線ＴＶのニュース専門チャンネルに、衛星録画の映像が映し出されている。

カオリの父親リューゾー・オザキの顔は、角《つの》のない犀《さい》を思わせる。凹凸《おうとつ》のない幅広の輪郭。どこを見ているのだかはっきりしない小さな目。喋《しゃべ》っても、まるで表情が動かない。その無表情な顔で、かれは訴えかけていた。訴えかけている相手は、この自分だった。

ヴァルダ・ザヴィエツキーはコーヒーの入ったマグカップを手にして、ひとりぼっちの部屋で、じっと画面を見つめていた。

リューゾー・オザキは日本語で喋っているが、画面の下に英語のスーパーインポーズが入れられている。

その文字はこう語っていた。

「娘の起こした事故は不可抗力によるものだ。死亡した少年には気の毒だが、娘のほうにはまったく罪はない。むしろ彼女を恐怖に陥《おとしい》れた少年たちの側にこそ非があったことは、現地の司法当局の処置であきらかにされている。にもかかわらず少年の母親がいま、わたしの娘の命を狙《ねら》っていると聞いて、とても困惑している。どうか気をしずめてほしいと、その方《かた》に言いたい。わたしの娘に罪はないが、しかし子供をうしなった親としての悲しみは理解でき、同情している。そこでわたしは少年の母親に十万ドルを贈ることにした。どうかそれを受け取って、悲しみを癒《いや》してもらいたい。そして娘に恨《うら》みを持つのはやめてもらいたい」

ヴァルダはマグカップを画面に投げつけたい衝動をかろうじて抑《おさ》えた。

TVのスイッチを切り、こみあげる怒りと嫌悪《けんお》を梁《はり》からぶらさがったサンドバッグに向け、思いきりパンチを叩《たた》きこんだ。指の付け根の関節がしばらく痛んだ。

ドアのほうで鍵《かぎ》をさしこむ音がした。

この家の主が帰ってきたのだ。

「どう、留守中変わったことは?」

かれは陽気だ。はずむような歩きかただ。黒い革ジャンパーをぬいで白いセーターの腕をまくりながらサンドバッグに近寄り、右のこぶしを一発めりこませた。いましがたヴァルダが叩いたのと同じ部分だった。

「妙な車に追跡されたわ。もちろん、うまくまいたけど」

「警察の車かい？」

「ちがうと思う。マスコミの車かもしれない」

「きみは一躍有名人だからな」

「つまらない冗談はやめて」

「ナンバーを読まれなかったかい？」

「たぶん読まれた。だからあの車は捨ててきたの。また新しいのを盗まなきゃ。しかも今夜のうちに」

「オーケー、手伝うよ」

「何をにやにやしてるの？」ヴァルダは不快な気分でかれの目を見た。

かれは肩をすくめ、しのび笑いを洩《も》らしてから、言った。

「また一人、やったのさ」

「日本人を？　殺してきたの？」

「そうさ」かれはキッチンへ行き、冷蔵庫から缶《かん》ビールを出して戻ってきた。「ハッハ、こんどは勤務中にだぜ。相棒のディックがトイレに行ってるあいだの早わざだ」

ヴァルダは胸の前で腕をくみ、眉《まゆ》をよせて訊《き》いた。

「どこで」

「ジョージタウンだ。あそこに日本レストランがあるんだ。それで狙いをつけてたんだが、出てきた相手はたった一人で、通行人もなし。おあつらえむきのシチュエーションだった。消音器を持ちあるいていた甲斐《かい》があった。署へ帰りついてからも、まだ通報がなかったが、朝まであのままかもしれんな」

うまそうにビールを飲む男を、ヴァルダは汚物でも見るような目でながめた。

かれはワシントン市警察の警邏《けいら》巡査だが、ヴァルダと同じように司法省の法執行教育計画（ＬＥＥＰ）の奨学金をうけてメリーランド大学の刑事司法学部に通っている。その教室でふたりは顔見知りになった。

ワシントンでかれと出会ったのは三日前の夜だ。

カオリ・オザキが滞在しているというチェスター下院議員の住まいに近づこうとしたときだった。チェスターの家はジョージタウンにある。そのときヴァルダは、妹が警察に通報したことをまだ知らなかった。さほど警戒もせぬまま接近しようとして、付近に張り込んでいたかれにホールド・アップをかけられたのだった。

かれはしかし、ヴァルダを連行しようとはせず、それどころかカオリがワシントン・ヒルトンに移ったことを教えてくれた。その上ヴァルダの隠れ家として自分の住まいを使ってくれとまで申し出たが、彼女は万一の場合にかれを巻き添えにすることをおそれて断わり、電話で警察側の情報をながしてもらうことだけを求めた。

ところが、けさ電話をしたとき、かれは、昨夜の事件、リトルチャーチで発見された日本人殺害事件の犯人はこの自分だと告白した。愉快そうに告白した。

ヴァルダは驚いたが、しかしそうなると、もはや遠慮をする理由もなくなってしまい、こうしてかれの家にいる。

そのかれが、またもや日本人を殺してきたという。

「日本人に、あんたも何か恨みがあるの？」

けさ、最初の殺人を告白されたとき、ヴァルダはそう訊いた。

「そういうわけじゃないけどさ、おれはあんたに同情してるんだ」

かれの答えを彼女はよく理解できなかった。

「でも、わたしが復讐《ふくしゅう》したい相手は、息子を殺した女よ。あんたが殺してきた男には、わたしは会ったこともないわ」

「おれはあんたを手伝いたいんだ。だけどあんたはおれの好意は受けられないと言った。迷惑がかかるからってね。そこでおれは、そんな遠慮は要《い》らないってことを身をもって示したのさ」

ヴァルダはしっくりしない気分のまま、かれの〈好意〉を受けることにしたのだが、いままた二人めの殺人をしてきたと聞いて、胸の底から不快感がこみあげてきた。

「何だい。気に入らないのかい?」かれは缶ビールを持った手でヴァルダを指さすようにした。「ニュースを知って、あの女はますます怯《おび》える。それも復讐の一環さ。そうだろ? それに目ざわりなジャップが一人でも減れば、みんなが喜ぶ」

「例の文字は? また書いてきたの?」

「『ティム、やすらかに眠れ』? いや、あんたが厭《いや》がったから、今回はやめにした」

「そう、ありがとう」

ヴァルダは皮肉をこめて言ったが、かれは気にもせず、缶ビールをTVの上に置いて尻ポケットからいそいそとメモ帳のようなものを取りだした。

「それはそうと、あすの計画がわかった。あの女の護送計画だ」

ヴァルダの目の色が一変した。

「見せて」

14

「眠れないの?」タミは隣のベッドに向かって言った。

カオリがさっきから寝返りばかり打っている。明かりは、ベッドサイドの照明を弱くしぼってある。

「そういうときには、子供のころの、何か楽しい思い出を頭にうかべてみるといいわ。すこしは気分が落ちつくわよ」

「子供のころの？」ほの暗い中から、カオリの声が聞こえた。

「思い出すと、つい笑いがこみあげてくるような、そういうのがいいわ」

それきり返事はなかった。タミの言葉をばかばかしいと思って無視したのか、それとも言われた通りに何かを思い出そうとしているのか。

一分ほどしてから、不意にカオリはつぶやいた。

「だったら、小学校の臨海学校でおぼれかけたときのことかな」

「え、それが楽しい思い出なの？」

「おぼれかけたとき、先生はどっか離れたとこにいて、近くにいた男の子が助けてくれたのよね、二人ぐらいで。でさあ、みんなが見てるし、あたしはなんかかっこ悪くて、浜へ引っぱりあげられてからも、ぐったり失神したふりしてたわけ。そしたら、助けてくれたうちの一人の子が、急に人工呼吸はじめちゃって、あたしの口にブチューなんて口つけてきて、あたしはエエッてびっくりしたけど、いまさらすぐに起きるわけにいかないし、少しだけ人工呼吸してもらってから、アッという感じで意識がもどったみたいな演技しちゃったのよ」

「大変だったわね」

「で、目をあけたらその子、あたしがずっと好きだった子なわけ。その子、スイミング習ってて、そういうの上手だったのね。あたしはまだ頭がボーッとしてるみたいなふりして、内心、やったねのVサインだった」

カオリがタミに向かってこれだけの分量の言葉を口にしたのは初めてだ。この三日間、彼女はきっと袋のなかに閉じこめられたような鬱屈《うっくつ》した気分だったにちがいない。いま、袋の破れ目から深呼吸したのだ。

「得したわね。それいくつのとき?」タミはカオリの呼吸を少しのあいだ手伝ってやることにした。人工呼吸のように。

「六年生。十二歳のとき」

「その子とは、それからどうなったの?」

「べつに……」カオリはふくみ笑いをした。「どうもならなかった。そのころはあたし引っ込み思案だったし、ぜんぜん目立たなかったし、その子からも別になんにもなかったし……アメリカではどうなんですか? 小学生でも男の子と女の子が恋人どうしみたいな交際することとあるの?」

「それはあんまりないわね。やっぱりジュニア・ハイからね。中学生から」

「どんな付き合いをするの?」

「それだって大した付き合いじゃないわ。学校のダンスパーティー、金曜の夜にあるんだけれど、それに誘ってもらったり、まあそんな程度かしら。とはいっても、そのつどヘアのこととか、着るものとかでけっこう悩んだり浮かれたりしたものだわ」

「そうか、アメリカにはそうゆうのがあるんだ」

「でも、中学のダンスパーティーは監視もきびしかった。たいてい夜の七時半から九時半までだけれど、先生がずっと付いてるし、まるで幼稚園みたいに親が迎えにくるまでホールから出してもらえないのよ」

　タミは、カオリの気分を落ちつかせるためというよりも、むしろ自分自身が少女時代の追憶にひたりはじめていた。勝ち気で元気な少女時代。だれからも無能呼ばわりされたり罵《ののし》られたりすることのなかった少女時代。

　小学校の食堂でたべた九十セントのランチの味。二時間目の休みにかじったクッキーの歯ざわり。そんなものまでが、とつぜんよみがえってくる。

「アメリカの学校の夏休みって、すごく長いんでしょ？」カオリは自分の思い出を呼び返すことよりも、タミの話を訊き出すことに関心を移したようだ。

「六月の中旬で学年が終わって、新学期が九月の中旬から」

「三カ月だね」

「そうよ」

「いいなあ。けど、そんなに長い夏休み、どうやって過ごすわけ？」

「そうね、夏休みというと、やっぱりサマーキャンプの思い出ね。でも本人よりも親がたいへん。ことしはどこへ送りこもうかって、いろんなところのプランを取りよせて、費用と中身を検討しながら頭をひねるのよ」

「そういうのは日本にもいろいろあるよ。あたしも毎年行ったな。パパがいまみたいに出世する前で、仕事でほとんど家にいなくて、家族旅行なんてのはどっか異次元ゾーンの話だったたし。……ねえ、いままでいちばん思い出に残ってる男の話、聞かせて」

　話題が少し飛躍した。タミは、カオリが自分に気をゆるし、甘えはじめたのを感じた。その甘えに半分だけ応じてやることにした。そして半分ははぐらかすことにした。

「いちばん思い出に残っているのは、ヘンリー・グレシャムだわ」

「どういうひと、それ」

「高校時代、毎週一回デートしていたひと」

「ハンサム？」

「というタイプじゃないけれど、それなりの魅力を持っていたわ」

「おんなじ高校の子？」

「いいえ、年上よ」

「へえ……」カオリの声がひやかすように上ずった。

「わたしよりも五十五歳年上だった」

「何、それ」落胆して声が低くなった。

「ヴォランティアでね、毎週かれの家を訪問していたの。フレンドリー・ヴィジターというプログラムがあって、それに加入していたのよ。独り暮らしの老人のところへ行って、話し相手になるの」

「………」カオリはタミのずるさに少し腹を立てたのか、口をとざしてしまった。

タミはかまわずに続けた。

「そういう活動は、学校が社会科の単位に認めてくれるの」

「そんなのフジュンじゃない」

「え？」

「純粋じゃないじゃない。不純だよ」

「そうかもね。でも両方が喜ぶのなら、その行為は文句なくいいことなの。わたしたち、アメリカ人はそう考えるの」

町外れのコテージ風の家屋にグレシャム老人は住んでいた。家のなかも庭も、いつもほどほどに手入れされていた。ずぼらな不潔感もないが、客を居心地悪くさせるような神経質な潔癖性でもなかった。

かれは七十二歳で、もう何年も前に仕事を離れていた。しかし、以前にどんな仕事をしていたのか、そういえばタミはいちども聞かされたことがない。家族のこともそうだ。過去が話題にのぼることは少なかった。そういう意味でもちょっと変わった老人だった。

ヴォランティア団体のプログラムに加入したとき、タミは講習をうけて、いろいろな心得を教えられた。――相手はあなたを友達として受け入れるのよ。けっして病人扱いしたり、子供扱いしたりしないこと。それから、何かユーモラスな話題を用意しておくといいわ。といっても、まずは相手の話を気持ちよく聞いてあげることのほうが大事だけれど。一緒にいてあげるのは一時間くらいでいいの。なかにはこちらが腹を立てたくなるような人もいるかもしれないわ。不愉快なことをされたり言われたりして頭にくることがあるかもしれない。でも、そんな場合は遠慮なくわたしたちに相談して。それと、絶対に守ってもらいたいことがひとつ。医療とか薬とかに関することにはノータッチ。いいわね？

グレシャム老人からの希望は、若い女性をよこしてほしい、というものだった。老人たちはなかなか注文がうるさいのだった。同じ趣味をもつ相手を条件にする者や、グレシャムとは反対に年相応の話し相手を求める者もいた。

「きみは、いくつだね」

グレシャムの家を初めて訪れたとき、タミはまずそう訊《き》かれた。

「十七です」

「ふむ、やっぱりな。まだ女になりきっていない。きみは東洋系だから、なおさらだ。わしとしてはもう少し成熟した女性のほうが望ましかったんだが」

〈なかにはこちらが腹を立てたくなるような人もいるかもしれないわ。……そんな場合は遠慮なくわたしたちに相談して〉

タミの脳裏にさっそくその言葉がうかんだりした。

「しかし、人生とはそういうもんだ。希望が百パーセントかなえられるなんて思っちゃいかん。八十パーセントかなったら、それでよしとしなくちゃな」

「わたし、八十パーセントですか？」

「いや、きみはなかなかチャーミングな目をしている。利口そうだ。九十パーセントというところだな。さて、ヘンリーと呼んでくれ。仲よくやろう」

ちょっと変わった人だけれど、ということは事前に言われていた。でも悪い人ではないから、こちらの気持ちしだいでは、いい友達になれると思うわ。事務局の女性はそう言っていた。

最初の日、自己紹介のあと、居間のテーブルでコーヒーを飲みながら話をした。何の話だったか。そうだ、おならの話だ。グレシャムが派手な音を立てておならをし、「失礼」と言ってから、こうつけ加えたのだ。「人間がおならをするのは当然の権利だ。どじょうでさえ、おならをするんだから」

「どじょうが？　ほんとうに？」

タミが訊き返すと、

「どじょうは空気を飲むからな。つまりふだんはエラで呼吸しているが、水の中が酸素不足になると、水面に顔を出して空気を飲みこむんだ。でまた底へ沈んでゆく。飲んだ空気はどこへゆくか。腸へ行って酸素を吸収され、そのあと肛門《こうもん》からプクプクだ」

たしかそんな話をしていたときだ、グレシャムの背後の窓に何か動くものがあった。タミが目を向けると、開いた窓の枠《わく》のところにりすが一匹いた。

「ねえ、ヘンリー、りすだわ」

しかしグレシャムが振り向く瞬間に、りすはすばやく身をひるがえして消えた。

「ああ、行っちゃったわ」

グレシャムが肩をすくめてこちらを向く。

「あ、また来たわ。ほら、後ろ」

グレシャムは急いでまた振り向く。りすは身をかくす。

「タミ、初対面の年寄りをからかうなんて、いい趣味じゃないぞ」

「だって、ほんとうに……あ、ほらまた」

グレシャムが振り向く、りすが消える。かれがこっちを見る、りすが顔を出す。振り向く、消える。こっちを見る、あらわれる。

「ちょっと待って、グレシャムさん」タミはようやく気がついた。かれの手元で細い糸が一瞬ひかったのだ。「それは何？　釣り糸？」彼女は立ちあがって窓へ寄った。透明なてぐすがかれの手から斜め上にのびてカーテンレールにかかり、そこから下へたどると窓のすぐ下に縫いぐるみのりすがぶらさがっていた。

タミはばかばかしさと、それからほんの少しのいまいましさを感じた。

しかしすぐにグレシャムの孤独の深さに思いがいった。タミが退屈することを、かれは何よりも恐れているのだ。

「さて、そろそろ帰る時間じゃないかね？」

きっかり一時間がたったとき、かれは自分からそう言った。これも、だらだらと引きとめてタミをうんざりさせないようにという気づかいなのだろう。タミの年齢のことで不服を言ってみたりして、一見わがままな老人のように見せているが、本当はむしろ、とても相手に気をつかう人なのだ。タミはそう思いながら、別れの握手をした。

玄関のところで、かれは空を見あげた。

「帰りに濡《ぬ》れるかもしれん。わしの傘《かさ》を持っていきなさい」

え？　と思ってタミも空を見た。

初夏の夕刻、まだ青あおと明るい空に、きょうも雲ひとつない。だいたい雨など降る季節ではないのだ。この南カリフォルニアでは、雨が降るのは冬の三、四カ月間だけだ。それ以外の時期に降ることなどめったにない。

「いいえ、ヘンリー、だいじょうぶだわ。雨は降らないわ」かれは少し目が悪いのかもしれない、とタミは思った。そんな体での独り暮らしは、さぞ不自由なことだろう。

「そんなことはない。悪いことは言わん。傘を持っていったほうがいい」

タミはちょっと悲しくなった。部屋で話していたときは、ずいぶん頭のしっかりした老人だという印象を受けたのだが、やはり少し惚《ぼ》けが来はじめているのかもしれない。

「だいじょうぶなのよ、グレシャムさん。空はとても晴れていて、雨が降る心配はないんですよ」

つい、子供に言い聞かせるような口調になってしまった。

〈けっして病人扱いしたり、子供扱いしたりしないこと〉

「傘はいらんというのかね?」

「ええ、いりません」

かれは諦《あきら》めたように肩をすくめ、

「じゃあ、また来週にな」

「ええ、かならず来るわ」

タミは手を振りながら芝生の前庭を、おもての道路へと歩きはじめた。するとその手に水滴のようなものが降りかかった。頰《ほお》にも首にもかかった。え？　雨？　そんなわけはなかった。犯人はスプリンクラーだった。タイマー式の自動撒水《さんすい》装置が突然地中から顔を出して盛大に水を撒《ま》きはじめたのだ。あらかじめ、この時間にセットしてあったのだろう。

〈そろそろ帰る時間じゃないかね？〉

なるほど、そういうことだったのか。

髪もTシャツもジーンズも、乾くのに十分はかかりそうなくらいに濡れた。

〈悪いことは言わん。傘を持っていったほうがいい〉

ふうん、そうだったのか。

水の届かない道路まで急いで避難してから、タミは玄関のほうを睨《にら》みつけた。

グレシャムが、だから言っただろう、というように大きく肩をすくめてみせた。幸福そうな笑顔だった。

「年寄りの言うことは聞くもんだ」かれが叫んだ。

「よく憶《おぼ》えとくわ、ヘンリー」タミも叫び返した。

かれの目のことを心配したり、惚けの兆候に胸を痛めたりした直後だったので、タミはよけいに腹が立って、地面を睨みつけ、肩をいからせながら家路をたどった。

それからこんなこともあった。

ある日、いつものように金曜の午後、タミが訪ねてゆくと、グレシャムは前庭に出て郵便受けのペンキを塗り直していた。

「ハロー、ヘンリー。手伝いましょうか?」

「ハロー、タミ。もう終わるところだ。入って待っていてくれたまえ」

タミは玄関へ行ってドアを開《あ》けようとした。ノブを回して押したが開かなかった。

「鍵《かぎ》がかかってるわ、ヘンリー」

「鍵をかけた憶えはないぞ。やり方がまずいんだろう」かれはペンキ缶《かん》をさげてやってきた。「ちかごろの若いもんはドアも満足に開けられんのか」

かれは片手を前に出し、ドアを押した。ただしそれはノブのある側ではなく、蝶《ちょう》番《つがい》で留められているはずの側だった。ドアはすんなり開いた。かれは得意そうに鼻の横をひくひくうごかしている。

「ちょっと、ヘンリー、何なのこれ」

いつのまにか蝶番を反対側に付け替えてあったのだ。

「かわいそうに。まだ若いのに早くも固定観念のとりこになっておる。さあ、ぼやぼやしてないで中へ入らんと、また雨にやられるぞ」

タミをひっかけるために、あの手この手を考える。どうやら、それがグレシャム老人の生きがいになっているようだった。

あとで聞いたことだが、かれのそんな悪ふざけ癖が原因で、以前に来ていたヴォランティアの主婦は、怒ってやめてしまったそうだ。しかし、タミはだんだん面白くなってきた。グレシャムの家に行くのが楽しみになった。毎回手間暇のかかる仕掛けをこらしてタミを待ち受けるグレシャム。何くわぬ顔をして、そのくせ内心わくわくしながら待っているかれを想像すると、行く前からプッと笑いがこみあげてきそうになった。

〈ちょっと変わった人だけれど、でも悪い人ではないから、こちらの気持ちしだいでは、いい友達になれると思うわ〉事務局の女性が言ったとおりだった。

しかし、こんなこともあった。

秋の終わりごろだった。その日、タミはグレシャムの家の裏手からこっそり近づいた。意表をついて、かれの小細工を空振《からぶ》りさせてやろうと思ったのだ。しかし裏口のドアはしっかり鍵がかかっていて、かれの不意を襲うことはできなかった。しかたなくいつものように玄関へ回ることにした。

すると、庭の横手から屋根へ梯子《はしご》が立てかけられていた。

タミは用心した。

また何か企《たくら》んでいるな、と梯子のそばに寄って注意ぶかく周囲を見まわした。買ったばかりのように新しいアルミ製の折りたたみ梯子だった。けれどもグレシャムは梯子を昇ったりはしない。かれは膝《ひざ》が痛むといって玄関のわずか二段の石段でさえ上り下りをおっくうがっている。そのことをタミは思い出した。

彼女はおもての通りまで行って、屋根の上をながめた。

グレシャムの家は平屋だ。南カリフォルニアではたいていの家がそうだ。かれ自身が屋根の上にいることは考えられなかったが、職人でも頼んでどこかを修理してもらっているのかと思い、首をのばして見まわした。しかし屋根に人影はなかった。ただ屋根裏の物置部屋の明かり取りの窓がすこし開いていた。

玄関へ向かおうとすると、芝生の上に新聞が落ちていた。ロサンゼルス・タイムズだ。金曜日だから広告もたっぷり入っている。朝、新聞配達がおもての通りから庭先へ投げこんでいったものがそのままになっていたのだ。

タミはそれで、おやっと思った。

新聞の束を拾いあげ、急ぎ足でドアの前まで行った。呼び鈴を鳴らす。応答がない。ノブをつかんで回してみる。開くはずはないと思いながら回した。蝶番の位置はとっくに元どおりになっているが、グレシャム自身が前庭に出ているときは別として、いつも必ず玄関の鍵はかかっている。——ところが開いた。

タミはドアの隙間《すきま》から首だけを突っこんで、「ヘンリー」と呼びかけた。「グレシャムさん」

どこかで呻《うめ》き声のようなものが聞こえた。

タミはもういちど呼んだ。すると、こんどは言葉が聞こえた。

「タミかね？　こっちだ。たすけてくれ」

彼女は少し膝が震えたが、新聞の束を抱きしめるようにして、おそるおそる中へ入っていった。

「どこにいるの？　どうしたの？」

「ベッドルームだ。夜中に強盗に入られた」

しかし寝室のドアは開かなかった。ノブとは反対の蝶番の側も押してみたが、やはりだめだった。

「開《あ》かないわ。何か変わった仕掛けをしてあるの？」

「していない。それじゃ、奴《やつ》が鍵をかけていったんだ」

「ヘンリー、あなた、どんな状態なの？」

「首から下をシーツで繭《まゆ》みたいにぐるぐる巻きにされているんだ」

「そのシーツは取れないのね？」

「ガムテープで留めてあるからね」

「怪我《けが》はないの？」

「ああ、だいじょうぶだ。わりあい紳士的な奴だった。きょう誰かが訪ねてくる予定があるかどうか聞いてから出ていったからね。予定がなければ、自分が連絡するつもりだと言っていた。ほっといて致死罪になるのが怖かったんだろう」

「電話はたしか、その部屋の中よね」

「そうなんだ」

「じゃあ、隣の家で借りて、警察を呼ぶことにするわ」

「すまんが、そうしてくれ。……あ、タミ」

「何ですか、ヘンリー？」

「きみは、ひょっとして、これもいつもの悪戯《いたずら》だと思っておりはせんかね？　そうやってうまく引っかかったような顔をしておいて、逆にわしに肩すかしをくわせてやろうと、このまま家に帰ってしまったりはせんだろうね」

「そんなことはしないわ」

「言っとくが、これは悪戯なんかじゃないぞ。きみを引っかけるための芝居じゃないんだぞ。わかってくれてるかね？」

「ええ、最初からわかってるわ、ヘンリー」

「ほんとうかね？」

「ほんとうよ。じゃあ、電話してくるわね」

「あ、タミ」ドアの中からまた呼びとめる声がした。

「なあに」

「最初からわかっていると言ったが、なぜそんなことがわかったんだね。やっぱり嘘《うそ》をついて、このまま帰ってしまうんじゃないだろうね」

「ほんとに疑《うたぐ》りぶかいのね、グレシャムさん。わたしはこれをあなたのお芝居だなんて少しも思ってないわ。玄関のドアを入る前から、あなたに何かが起きたことはわかっていたわ」

「じゃあ、すまんが、その理由を言ってみてくれないか」

「いいわ」タミは溜《た》め息をついた。「朝配達される新聞が庭にほうりっぱなしになっていたからよ。あなたは新聞が大好きで、いつも隅《すみ》から隅まで読んでいたし、毎日とても楽しみにしていたでしょう？　それなのに、午後まで庭にほうりだされているなんて、おかしいと思ったの」

「カムフラージュということがあるじゃないか。わしがこういう悪戯を仕組むときは、それくらいのことはするさ。読んだ新聞をきみが来る前にわざと庭にほうりだしておくくらいのことはする。きみだってもうその程度のことは見破るはずだ。やっぱりきみはわしの仕掛けを読んだつもりになっていて、わしを置いて帰ってしまう気でいるんじゃないかね。どうも、わしは不安なんだがね」

「いいこと、グレシャムさん？　わたしは新聞を拾ってきたわ。この新聞はいちど濡れてるわ。濡れたあと外側の紙は日光で乾いてしまってるけど、中のほうはまだ湿ってる。なぜ濡れたの？　きょう雨が降った？　ノーよ。新聞が濡れたのは、あなたがタイマーでセットしておいたスプリンクラーのせいよ。夏のあいだ、あなたは朝夕二回にセットしていたけれど、いまは朝一回だけだわ。つまり、この新聞は朝のうちに濡れたのよ。その時間までにこの新聞をぜんぶ読むなんて無理だわ。あなたは読む前にだいじな新聞をわざと濡らしてしまうようなことはしないわ。どう？　ちがうかしら」

「…………」返事がない。タミの言葉を信じていいものかどうか、まだ考えているようだ。

「理由はもうひとつあるわ、グレシャムさん」

「それも聞かせてくれないか」

「強盗はどこから入ってきたの、グレシャムさん？」

「上からだ。屋根裏の明かり取りから入ったにちがいない」

「どうやって屋根に上がったの？」

「そりゃあ、たぶん梯子でも使ったんだろう」

「その通りよ。家の横に梯子が立てかけたままにしてあったわ。でも、グレシャムさんなら、当然そういうカムフラージュだって、きっと忘れずにしておくわよね」

「ほら見ろ、やっぱり疑っておるんじゃないか」

「いいえ、疑ってないわ。だって、あの梯子はアルミ製の軽いものなのに、二本の脚が下の土に少しめり込んでいたわ。カムフラージュで立てかけておいただけなら、あんなふうにはならない。だれか体重のある人があの梯子を実際に昇ったんだわ。あの梯子、買ってきたばかりみたいに真新しかったけれど、踏み段には土もこびりついていたし。グレシャムさん、あなたは十万ドル積まれたって梯子なんて絶対昇る気ないでしょう？　あなたの膝がオーケーしないでしょう？　だから、ほかのだれかがあの梯子を昇って、明かり取りから侵入したということを、わたしはちっとも疑っていないわ。これで気がすんだかしら、グレシャムさん？」

「……まいったな、タミ。きみはＦＢＩに入るべきだな」

そんな思い出を、胸によみがえるままに話していると、隣のベッドからカオリの寝息が聞こえてきた。

15

ヴァルダ・ザヴィエッツキーは驚きの目で、かれを見つめた。

「なぜこんなに詳《くわ》しく知ることができたの？　ＦＢＩにコネクションでもあるの？」

かれのメモには、カオリ・オザキの護送ルートとその時間までが書きこまれていた。

かれはサンドバッグの前へゆき、機嫌《きげん》よく肩を上下に揺らしてから、左右のフックを連打した。重く揺れるサンドバッグを抱きとめ、やや息をはずませながら振り向いた。

「その通りさ。ＦＢＩに友達がいるんだ。ただし、向こうはおれを友達とは思ってないだろうな。たぶん、おれを嫌《きら》ってると思うね」

「ただの地方警官だから？」

「まあ、それもあるかもしれん。だが、ちっとばかり別の理由もあるんだ」

「どういうこと？」ヴァルダは黒い革張りのソファから、かれを見あげた。

「知り合った場所が悪かったんだろうな。おれはパトロールの最中で、奴《やつ》のほうはプライベートで街をぶらついていた。夏の、蒸し暑いさかりの夜さ。何でワシントンて街は、夏、あんなに暑いんだ。どうも好きになれんよ」

「パトロール中にどうしたの？」

「あんまり蒸し暑いもんだからさ、パトカーをとめて、ロッククリーク・パークへ下りていったんだ」

「ロッククリークって、ジョージタウンのそばの、あの細い川？」

「そうだ。で、絡《から》みあってるカップルなんかのそばを、わざと靴音《くつおと》をたてて歩いてやったわけさ」

「ああいう場所は公園警察の管轄《かんかつ》じゃないの？」

「厳密に言えばな。けど、暗いから制服の違いなんかわかりゃしない。で、パーク内をうろついてると、相棒のディックがトイレを見つけて入っていった。あいつはトイレが近くてね。いつもトイレだ。で、おれは時間つぶしに周囲の暗がりを覗《のぞ》いて歩いてた。そしたら、いたのさ。奴がいた。もちろん、まだそのときは、そいつがどこの誰ということもおれは知らなかったんだが、奴は誰かの尻に自分のものを突っ込んでるところだった。奴の相手はまだジュニア・ハイくらいの子供だった。しかも男の子だ」

「………」ヴァルダはティムのことが脳裏をかすめて、思わず顔をゆがめた。

「おれは未成年に対する性犯罪の現行犯で奴を逮捕しようとした。奴は、ふるえながらおれに言ったんだ。『たのむ。見のがしてくれ。おれはＦＢＩだ』」

「………」

「つまり、そういう仲さ」

かれは愉快そうにニヤリと笑った。「その友達を、こうやってあんたの役に立たせることができて、おれはほんとに嬉《うれ》しいよ」

ヴァルダはその笑いに、また不快感をおぼえた。

どうしても好きになれない、いやなタイプの男だ。けれど、護送中のカオリ・オザキを狙《ねら》うにはライフルが要《い》る。しかも車の防弾ガラスを突き破る大口径の軍用ライフル。そのライフルを、ガン・マニアのこの男は隠し持っており、ヴァルダにぜひ使ってくれと申し出ていた。

当初彼女は、空港内に潜入し、カオリ・オザキに肉薄して愛用のコルト・パイソンで銃撃するつもりでいた。だがそのやり方では成功率が低いにちがいなかった。カオリを殺す前に警護スタッフに発見されてこちらが射殺されてしまう確率のほうが高かった。強力なライフルさえあれば、むしろ途中の道路で待ち伏せしたい。ヴァルダが今朝そうつぶやいたとき、かれはニヤリと笑って、「あるよ」と言ったのだ。

「五〇口径のスナイパー・ライフル、おれ、持ってるんだ。海兵隊用のやつだ。二年前に闇《やみ》で手に入れた。あんたが使ってくれると嬉しいな」

ヴァルダの胸のなかは〈復讐《ふくしゅう》〉の意思だけで凝《こ》り固まっていた。失われたティムの笑顔だけが脳裏にあった。ティムを殺した者に復讐することで、ティムの体と魂を永遠に自分の中に同化できるような気がした。だから何がなんでもやりとげたかった。そのためには目の前の男への好悪《こうお》の感情などは、らくに抑《おさ》えることができた。感情を抑えて、かれを利用することだけを考えようとした。むしろかれが不快な人間であればあるほど、それがしやすかった。

銃。そして護送ルートの情報。それを、この男はヴァルダに提供してくれた。

彼女は頰《ほお》にぎこちない微笑をうかべてみせた。

「何から何まで、あんたにはとても感謝してるわ」

「そんなことはいいさ。それより明日、いや、もう今日だな、おれにも何か手伝わせてほしいんだが」

「あんたは、もう充分に手伝ってくれたわ」

「いいや、もっと直接的な手伝いがしたい。あんたの復讐の完全なパートナーになりたいんだ。きょうの襲撃に、おれもいっしょに参加させてほしい」かれはヴァルダの横へきて坐《すわ》った。麝香《ムスク》の入ったヘアートニックの香りが、彼女を少し息苦しくさせた。

「だって、危険だわ」

「おれはとっくに危険な道に踏みこんでるさ」

そうだった。この男はほとんど意味もなく二人の人間を殺した連続殺人犯なのだった。ヴァルダはそのことを思い出し、二人の被害者も、死ぬ直前にこのトニックのにおいを嗅《か》がされたのだろうかと考えた。

ヴァルダは、まぢかにあるかれの目を見返した。かれはまた頰笑《ほほえ》んでみせた。ふしぎな微笑だった。渋面よりももっと強い不快感を与える微笑。彼女は視線をそらし、何も映っていないTV受像機を見つめながら言った。

「わかったわ。だったら、あんたにやってもらいたいことがある。あんたに狙《ねら》ってほしい標的がある」

「オーケー。ぞくぞくしてきたぞ。あんたと一緒に銃が撃てるなんて最高だ。知ってたかい？　大学で講義を聴いてるときも、おれはあんたの横顔ばかり見てたんだ。あんたみたいな女がおれの理想だったんだ。強くて、しかも美人だ」

かれの腕が肩にまわされるのを、ヴァルダは深呼吸してこらえた。そして、このあと、ベッドでもしばらくこらえる必要があるだろうと覚悟した。

16

ダレス国際空港へのカオリ・オザキの護送ルートをFBIは二種類検討した。一つは、むだな時間をかけずに一刻も早く送り届けるための最短ルート。もう一つは、待ち伏せを避けるための迂回《うかい》ルート。

そして採用されたのは迂回ルートのほうだった。そこまでする必要があるかどうかで少し議論があったが、ヒューバート・キリップがあくまでも迂回ルートに固執したので、その強い口調に押されて、みんながなんとなく折れたのだった。

しかもキリップは、二重の安全策をとりたがった。つまり、カムフラージュだ。護送ルートの情報をわざと外部に漏らすようにというのだ。むろん〈最短ルートをとる〉という偽《にせ》情報をだが。

スタッフの中には苦笑する者もいた。

「マスコミにスクープさせるのかい？」

「いや、警察関係にだけ漏らす」キリップは答えた。

「そうすれば、その情報が必ずザヴィエツキーに伝わると思ってるのかい？」

「必ずとは言わん。その可能性もあると思っているだけだ」

「われわれはこうやって、ずいぶん大騒ぎしているが」そのスタッフが言った。「ザヴィエツキーはこれまでにいったい何をしたんだ。彼女は復讐《ふくしゅう》のことばを口にして行方《ゆくえ》をくらませただけだ。しかも、言った相手は自分の妹だ。それだけのために、まるで重罪犯人のようにわれわれに追われ、マスコミに書き立てられている。ひょっとすると彼女はいま、出るに出られなくなって、どこかでひとり怯《おび》えているのかもしれんぞ」

「そうであってくれればいいと思っている。こちらのためにも、彼女自身のためにもだ。しかしわれわれは、そうでなかった場合にそなえることが仕事だ」

「そんなことは判《わか》っているが――」

「判っていたら、無意味な議論はさしひかえてもらいたい。話が先へ進まん」

「何だと」

「オーケー、そこまでだ」課長が口をはさんだ。「ヒューバートの提案は取り入れる。かれの思惑どおりに、警察内部の同情者を通じてザヴィエッツキーが偽情報を耳に入れ、それに引っかかって見当外れの場所で待ちぼうけをくってくれれば、それに越したことはない。――彼女自身のためにもだ」

……それが昨日の会議での一《ひと》コマだった。タミ・スギムラも顔を出すように言われた、あの夕方の会議だ。顔を出すように言われはしたが、行ってみると彼女は護送スタッフから外されており、この朝、ホテルでカオリをスタッフに引き渡したあとはお払い箱になった。だから今はもう彼女はカオリのそばにはいない。

いま、カオリをはさんで車の後部座席に坐《すわ》っているのは、護送スタッフの男性捜査官たちである。

さらにその車の前後を、別の捜査官たちが乗った車が走り、三台編成になっている。

とが判らない。

三台の車はしかし色も車種もばらばらで、一見したところではチームを組んでいることが判らない。

カオリは、いわゆるＶＩＰではない。ＶＩＰに準じる扱いを受ける資格を持っているわけでもない。しかし〈騒ぎ〉が日米間の国際的な波紋を呼びつつある状況をホワイトハウスが憂慮して、これだけの護送チームを組ませたのだった。

一時は国務省警備部（オフィス・オブ・セキュリティ）に護送を委託する話まで出たが、さすがにそこまでのことは前例がないとして、立ち消えになった。オフィス・オブ・セキュリティは、要人の身辺警護をうけもつ連邦機関である。外国で勤務するアメリカの外交官とその家族、およびアメリカを訪問する外国要人の安全を守るのが仕事だ。それ以外の〈一般人〉の警護には原則としてタッチしない。

また、護送手段については、ヘリコプターを使う案も検討されたが、これも採用には至らなかった。着陸のために高度を下げるとき、ヘリコプターは非常に狙《ねら》いやすい標的になる。たとえ目的の人間に弾を命中させることができなくとも、操縦士を撃てば同じ結果を得られる。それを避けるためには、大勢の警官を動員して周辺地域に警戒態勢を敷かなければならないが、そこまでの大掛かりな警備はアメリカの納税者たちの納得を得られないだろうということで、これもしりぞけられた。

結局、待ち伏せの危険さえ回避すれば、車がいちばん安全で、安上がりなのだった。

ワシントンDCから見て、ダレス空港はほぼ真西にあたるが、カオリを乗せた車は、ホテルを出ていきなり西へは向かわず、まずコネティカット・アヴェニューを北へ走った。DCの市域をはみ出して、そのままさらに北上すると、ベルトウェイにぶちあたる。DCのひとまわり外側を大きく取り囲む首都環状ハイウェイだ。この環状ハイウェイをこんどは南西方向へ走り、ポトマック河の上流を北から南へ渡る。つまり、市内の橋を渡ることを、こういうかたちで避けたのだった。

その場合でも、ふつうならば環状ハイウェイの十二番インターチェンジでダレス空港アクセスロードに入りこむのだが、車はそれを通りすぎて、そこから三つめの九番インターチェンジで国道六六号線に入り、ようやく西へ向かう。そして六六号線の四つめのインターチェンジで州道二八号線に移り、それを北上して空港敷地内に入る。――ワシントン・ヒルトンからダレス空港まで、大きなS字を描《えが》くルートだった。

車はいま首都環状ハイウェイを時計と逆まわりに南西へ向かっている。昨夜から降りはじめた雪がまだ降りつづいている。午前十一時を過ぎたところだ。

空港では、すでにカオリの父親リューゾー・オザキがANAの直行便で到着しており、カオリを待っているはずだった。彼女が着きしだい、親子は日本大使館員から航空券を受けとって、そのままアメリカを離れることになっている。どの航空会社のどの便かは、護送関係者にも明かされていなかった。

車はポトマック河を渡った。

右手上流に向かって蛇行《だこう》する川面《かわも》に中洲《なかす》がいくつか浮いている。雪に覆《おお》われて、遠目には流氷のようにも見えた。水の色は灰色によどみ、その表面を黒っぽい鳥が、まるで上空からおちた影のように低く横切っていった。車内の者がそんな光景をゆっくり目におさめることができたのは、車のスピードがあまり上がっていないからだ。雪のせいで、車の流れはやや徐行ぎみだった。


ヴァルダ・ザヴィエツキーは、左手の手袋のすそをめくって腕時計を見た。

それから車の外に出て、道路わきの雪を踏みしめながら歩いた。いまヴァルダがいるのはヴァージニア州二級道路六五五号線だ。ほとんど車も通らない支道だ。

すこし歩くと陸橋の上に出る。

陸橋の下をハイウェイが通っている。車の列が東西に長々と連なっている。その列に雪がゆっくりと舞い落ちてゆく。彼女はまつげについた雪片を手袋をした小指で払って、東のほうの車列の連なりを遠くまで眺《なが》めすかした。

時間にはまだ少し余裕があった。

あの男の情報に誤りがなければ、やがて目の下の道路を、カオリ・オザキの乗った車が通過するはずだ。

車の色と型、そしてナンバーも、ヴァルダはすでに知っている。あの男が朝からホテルに張り込んでいて連絡をくれたのだ。――「ターゲットはいま出発した。車は灰色のビュイックだ。ビュイック・パークアヴェニュー。ナンバーは、××××。あの女は後ろの席のまんなかに坐った。陸橋の下を通りすぎたところを後ろから仕留めるといいぜ、ハニー。じゃあ、おれは自分の獲物《えもの》を仕留めてくる。お互いにぬかりなくやろうな、ハニー」

不気味な殺人嗜好《しこう》者だが、ヴァルダにとっては忠実で役に立つ男だった。かれの湿った熱い息と、かさかさした乱暴な手。それが自分の体を這《は》いまわったことは、彼女はつとめて思い出さないようにした。

白いダッフルコートのポケットからツァイスの双眼鏡を取りだして、車のナンバーを読む練習をしてみた。雪で視界はよくないが、そのかわり向こうからも発見されにくいはずだ。それに、何よりありがたいのは、車の列が渋滞ぎみで、スピードが出ていないことだった。

この状態では護送車が予定よりも遅れていることは確実だった。だからまだもう少し車のなかで待っていてもいい時間なのだが、彼女はそうしていることができなかった。じっとしているのが苦痛だった。

交通量の少ないこの二級道路の縁《ふち》を意味なく歩きまわりながら、灰色の空をあおいで、ひらひらと無限に落ちてくる雪片を顔にうけたり、うつむいて自分の靴跡《くつあと》をながめたりした。

しかし体が冷えて震えがきたり、引き金をひく指が凍《こご》えたりしてはまずい。それで、ときどきは車のなかに戻って暖をとった。車はポンティアックのグランダム。大衆車だ。上部が白、すそがグレー。雪景色にうまく溶けこんでいる。あの男に手伝わせて、夜が明ける前に盗んできた。

フロントガラスに舞い落ちた雪がヒーターの熱で溶けてゆく。ダッシュボードのデジタル時計の数字。うんざりするほど進みが遅い。片膝《かたひざ》をいらいらと揺すりながら、車内を見まわす。

この車の持ち主は女にちがいなかった。盗んだとき、運転席の足もとに、赤い平底靴がそろえて置いてあった。その女は、外ではいつもハイヒールを履いているのだろう。

仕事関係のものなのか、厚みのあるカタログのファイルが二冊、助手席にむぞうさに置かれており、その上にハンドクリームが載っている。ヴァルダはクリームをのけて、ファイルを一冊手にとってみた。建物に組み込む照明器具のカタログだった。内装工事を請けおう仕事をしているのかもしれない。

うつむいてそれを見ていると、商品番号の活字が少しぼやけた。昨夜は結局、一睡もしていない。そのせいか、服の下で不意に鳥肌が立ったりした。さっきまではっきりと意識が冴《さ》えていたのに、いまごろになって首の後ろに気《け》だるい重みを感じる。こんなことで復讐を成功させられるだろうか。外へ出て左手で足もとの雪をつかみ顔にこすりつけた。

それからまた腕時計を見た。そろそろ陸橋の上で待ちかまえるべき時刻だった。車のトランクを開けた。ベージュ色の毛布に包まれたライフル。毛布を剝《は》いでそれを持ちあげた。全体を真っ白に塗ってある。けさヴァルダが自分でカラースプレーを吹き付けたのだ。本来は黒一色、しかも艶《つや》消し仕上げだった。日光を反射させないためだろう。しかし雪のなかでは逆に目立つので、手近のスプレーで白く塗ったのだった。

あの男が闇《やみ》で手に入れたというマクミランM87ELR。海兵隊用につくられた・五〇口径の狙撃《そげき》ライフルだ。

ボルトを引いて銃弾をセットする。薬莢《やっきょう》の太さはヴァルダの人差し指くらいもある。その先に牙《きば》のように尖《とが》った八〇〇グレイン（五二グラム）の弾頭。・四四マグナムの最も重い弾頭でも、二六五グレイン（一七グラム）であるから、この弾頭はその三倍の重さだ。銃床はファイバー・グラス製。銃全体の重さは照準用のスコープをつけて二二ポンド強（一〇キロ）。こういう大口径のライフルにしては軽量につくられていた。

夜中に新しい車を盗みにいったついでに、照準を確認するための試射を済ませていた。フェアファックス郡の森林公園の中でそれをした。木の根元に標的の紙を貼《は》り、それに懐中電灯をあてておいて、二〇〇ヤード（一八〇メートル）の距離からスコープを覗《のぞ》いて撃った。一発ごとにスコープの調整目盛りを微調整して、五発目でほぼ中心点を捉《とら》えられるようになり、さらにあと三発試射して切り上げた。本来は一千ヤードの長距離狙撃用につくられたものだと、あの男は言っていた。

白く塗ったライフルを白いコートの腋《わき》に抱いて陸橋の上まで歩き、橋の手すりの陰にうずくまった。そして鼓膜を守る耳当てをつけ、双眼鏡で車列をチェックしはじめた。灰色のビュイックを見つけてナンバーを確認ししだい、すぐに反対側の手すりへ移動し、スコープの前後の蓋《ふた》を上にはねあげ、銃床を右肩にぴたりとあててレンズを覗き、陸橋の下を通過して西へ向かう車の後部座席、その中央に坐るあの女の頭を、八〇〇グレインの弾頭で粉々に砕いてやるつもりだった。

カオリを乗せた車は首都環状ハイウェイを南下し、ダレス空港へのハイウェイに接続する十二番インターチェンジをそのまま通り過ぎて、九番インターチェンジで国道六六号線に乗り移った。六六号線は、空港へ直結するハイウェイとは四マイル（六・

るの（五キロ）ほど離れてほぼ平行している。

六六号線に入ってすぐ陸橋の下をくぐった。細い支道がハイウェイを跨《また》いでいるのだった。ホテルを出て以来、立体交差の陸橋をくぐるのは、これで十一回目だった。どの陸橋の縁《へり》にも雪が白く積もり、ときどき風に巻きあげられて頭上に流れる様子が、春のイースト・ポトマック・パークの花吹雪《ふぶき》を思い出させた。日本から贈られて植えられた桜並木の花吹雪。

まもなく十二番目の陸橋の下をくぐった。州道二四三号線が上を跨いでいる。くぐった直後に電話が入った。車の助手席に坐るキリップが受話器をとった。

本部にいる国内公安・テロリスト課の課長からだった。

「ヒューバートか、まずいことが起きた。ダレス空港内のトイレでリューゾー・オザキが何者かに射殺された」

「…………」キリップは受話器をしっかり握りなおした。

「犯人はまだ捕まっていない」課長の声も、やや平静を欠いている。「いま、現場付近にいた者たちを拘束して聴取を始めているはずだ。ザヴィエツキーかもしれん。彼女はカオリのかわりに父親を狙《ねら》ったのかもしれない。あるいは、例の連続射殺魔のしわざという線もあるが」

「では、われわれの空港行きは、いったん中止ですね？」

「ああ、引き返してくれ。いま空港の警備態勢は混乱している」

「了解」

キリップは受話器をもどして運転手に言った。

「空港でトラブルが発生した。引き返そう」カオリの耳をはばかって、あいまいな言いかたをした。しかし、いずれは知らさなければならない。

「じゃあ、つぎのインターチェンジで」運転手が言った。

「そうしてくれ」キリップは前後の車にも無線で指示した。

しかし、つぎのインターチェンジに達する前にまた陸橋をくぐった。十三番目の陸橋だった。二級道路六五五線が頭上を跨いでいた。その下を通過して二〇〇ヤードも行かぬうちに、激しい衝撃とともにリヤ・ウィンドウの防弾ガラスが突き破られた。

17

そのころタミは、車の修理工場の待合室にいた。

昨夕、ザヴィエッツキーらしき女のコルヴェットを追跡し、無理なUターンで対向車にぶつけられてしまったあのホンダを、マイケルと一緒に修理工場へ持ってきたのだ。

待合室には他にも数人の客がいる。殺風景な部屋で、オイルのにおいが工場から漂ってくる。壁のポスター。自動車会社やタイヤ・メーカーのポスターが、少し古くなって、端のほうが反りかえっている。客たちは椅子《いす》に坐《すわ》り、修理の見積もりが出るまで、雑誌を読んだりしている。

エンジンを空吹《から》かしする音がときどき部屋の外から聞こえる。

「わざわざ来てくれることはなかったんだ」マイケルがつぶやいた。

「トレントンへ帰る前に、ちゃんと弁償しておきたかったの」

「あとで請求書を送ったのに」

「仕事が終わって暇になったから別にいいのよ。あなたこそ空港へオザキ親子の取材に行かなくていいの？」タミはハーフコートのポケットに手をつっこんだまま、椅子から壁の時計を見あげた。もうじきカオリを乗せた護送車がダレス空港に到着する予定時刻だった。

「ぼくはみんなが行くところには行かない主義なんだ。他の記者連中と同じものを見て同じことを書いたって、何のアピールにもなりはしない」かれは長い脚を前に投げだして坐っており、その左右の靴《くつ》の先を物憂《ものう》げに突っつき合わせている。

「で、これまでにアピールのチャンスはたくさんあったの？」

「まあ、ほどほどにはね。しかし、そのうちきっと何か大きな賞でもとってみせるよ」

「あいかわらず野心いっぱいなのね」

「きみだって、なかなか野心的だったじゃないか。なにかにつけて男に対抗することが大好きだったみたいだが」

「そうだったかしら」

「そうさ。ＦＢＩなんかに入ったのも、きっとそういう対抗意識が関係してるのさ」

「そうかしら」

「で、どう？　男どもを後目《しりめ》にかけて活躍してるかい？」

「まあ、ほどほどにはね」タミはつぶやきながら、みじめな脱力感をおぼえた。

工場のほうから音楽が聞こえてきた。〈赤鼻のトナカイ〉だ。ラジオのようだ。

クリスマスとは無縁のマイケルだが、音楽に合わせて靴先で拍子《ひょうし》をとっている。タミの靴の一・五倍はありそうな大きな靴。その靴の中のかれの足のかたちを、タミはよく憶《おぼ》えている。親指と小指が家の屋根のように内側に傾いていた。

ベッドの毛布から出たその足を、タミはよくくすぐってやったものだ。あるいは足首にまで生えている褐色《かっしょく》の臑毛《すねげ》を一本ひっこぬいたりもした。目を覚ましたマイケルに逆襲され、たいていそのままセックスになった。

夜中に、なかば眠りながらセックスをはじめることもあった。暖かいベッドに並んで横たわったまま、いつまでも物憂く下半身を揺すり続けているような怠惰《たいだ》な交わり方が、タミは好きだった。気だるい快感がしだいに眠気を圧倒しはじめ、引きつけを起こしたように体じゅうを波うたせてゆく過程が、とても好きだった。そんな日々を、かつてはこのマイケルと過ごしたのだ。

「カッツさん、おられますか？」

作業服姿の技師が待合室に入ってきて、マイケルが立ちあがった。修理の見積もりが出たのだろう。技師は書類をしめしながら損傷箇所と修理費用の説明をはじめた。タミはそこへは加わらずに窓の傍《そば》へ寄った。おもての道路が見える窓だ。雪は小止《こや》みになっている。

東部へ来てからすっかり雪にもなじんでしまったが、ロサンゼルスにいたころは遠くの山脈の上に見えるだけだった。冬に降るのは雪ではなく雨だった。あとの季節は乾燥した空気と強い日射《ひざ》し。あちこちの家の庭でスプリンクラーが水をふりまき、風で霧状に舞いあがった水滴に、しばしば虹《にじ》が立った。

スプリンクラーといえば思い出すのが例のグレシャム老人だが、かれはもう五年前に亡《な》くなっている。いろいろと思い出ぶかい少女時代。そして、マイケルと過ごしたあの甘酸《あまず》っぱい時代。どちらも、どんどん遠ざかってゆく。

タミは道路の反対側へぼんやりと視線をやっていた。屋根とボンネットに雪をのせて駐車中のエステートワゴン。そのわきへパトカーが一台止まった。駐車違反だろうか。警官が降りて近寄ると、エステートワゴンの運転席の窓がするすると開いた。警官と運転者はふたことみこと言葉をかわし、警官がなにやら追い払うような手つきをすると、エステートワゴンはのろのろと走り去った。

ただそれだけの光景だった。しかし、タミはふと感じるものがあった。警官が近寄ってくれば、たいていの運転者は窓を下ろして受け答えをする。見ず知らずの相手であっても、警官であれば、みんな警戒することなく窓を開ける。

タミは、一昨夜と昨夜、二件つづいて発生した日本人殺害事件のことを思いうかべていた。二人とも至近距離から撃たれている。しかも、二人目は車の窓を開けている。もし、今もなお有力な手掛かりがつかめていないのであれば、いちど警官をチェックしてみる手もあるのではないだろうか。

そうだ、そのことを誰かに提言してみよう。

「タミ、聞いたかい？」マイケルが背後から言った。

「え、いくらなの？」振り向いて歩み寄った。

「ちがう。修理代のことじゃないよ。いまのラジオ・ニュースだよ」かれは工場のほうへ親指を向けた。

「何なの？　聞こえなかったわ」

「ダレス空港でカオリの父親が射殺された。そのあと、カオリも狙撃《そげき》されたそうだ」

18

FBI本部ビルは、南のペンシルヴェニア・アヴェニューに面した側が七階で、北のEストリートに面した側が十一階、という変則的な建物である。これはペンシルヴェニア・アヴェニュー側に高さ規制があるためだった。ペンシルヴェニア・アヴェニューは連邦議会とホワイトハウスを結んでおり、首都官庁街の、いわゆる〈顔〉となっている街路である。

反対側のEストリートに面した背の高い部分。その八階に、職員用のカフェテリアがある。高層ビルが周りにないので、八階でもなかなか眺望《ちょうぼう》がいい。雪に覆《おお》われた街並。北東方向に国立アメリカ美術館と国立肖像画美術館の屋根が、これも真っ白に雪をかぶって見えている。

そのカフェテリアで、タミは同期生のビル・マクマホンとコーヒーを飲んでいた。

リューゾー・オザキが空港で射殺され、カオリも護送途中のハイウェイで狙撃《そげき》された。そのことを知って本部へ電話したタミは、すぐに再出頭を命じられた。が、それを命じた国内公安・テロリスト課の課長は、いま長官室へ出向いて事態の説明、もしくは釈明をおこなっており、その間カフェテリアで待つようにという指示が残されていた。

　彼女がマクマホンとこうしてコーヒーを飲むのは、ＦＢＩアカデミーの食堂以来だ。採用試験には合格したものの、アカデミーでの講義や訓練の過程で不適格とみなされた者は退校させせられてしまう。そうならぬようにと毎日緊張していた、あの訓練生時代。がらんと広い食堂に何列も並んでいたデコラ張りの正方形のテーブル。

　そういえば、あのころからすでにマクマホンは成績優秀者として教官の受けも良かった。教室での座学だけでなく、体育も火器訓練も、何でもうまくこなしていた。たしか懸垂《けんすい》では二十回をクリアして、最高点の十ポイントをもらっていた。タミが十ポイントをもらったのは、一二〇ヤード往復走で二十四秒を切ったときだが、そのスピードでは男子だったら五ポイントしかもらえない。

　男と肩を並べる仕事とはいっても、そういう部分での割り引きがある限り、女たちをやはりどこかマイナーな気分に陥《おちい》らせてしまう。それはしかたのないことなのだろうか。女で、しかも腕力的に不利な東洋系のタミは、その意味で二重のマイナー意識に苦しむこともあった。

　九千七百名の特別捜査官。そのうち女性捜査官は九パーセント。アジア系女性捜査官は、タミを含めて七名しかいない。

「カオリはジョージタウン大学病院へ運ばれた」マクマホンが言った。「撃ちこまれたのは五〇口径のライフル弾だが、誰にも当たらなかった。もし当たっていたら、すごかったろうな。車のなかは肉きれと骨の破片をぶちまけたみたいになってたにちがいない。しかし、肉きれの代わりにガラスの一部が飛んで、それでカオリと捜査官の一人が負傷した」

三十ミリの厚みをもつ防弾ガラス。ポリビニール・ブチラールという樹脂が中間膜として挟《はさ》みこまれ、真空釜《がま》のなかで圧着されて造られている。けれども・五〇口径の銃弾に耐える力はなく、突き破られて拳《こぶし》が通るほどの穴があく。つまり、その分のガラスがすさまじい勢いで砕け飛び、穴の周りのガラスは一瞬にして白濁する。カオリは、突き破られた部分のガラスを浴びて負傷したのだろう。

「カオリは入院したが、しかし命に別状はないそうだ。ぼくは後ろの車にいたんだけれどね、ちょうどカオリの車のリヤ・ウィンドウにすごい穴があく瞬間を目にして、肝をつぶしたよ」

「犯人は、ザヴィエツキー?」

「そうにちがいないが、いまのところまだ捕捉《ほそく》されていない。ヴァージニア州警が道路を緊急封鎖して検問中だ。しかし、空港の事件と両面で動いているから、州警のほうもすっかり混乱している。それに支道だって多いしね。場合によっては間一髪すり抜けて逃げおおせた可能性もある」

「カオリを狙撃した犯人と、空港で彼女の父親を殺した犯人とは別人なのね？」

「時間的に見て、それはまちがいない」

「父親はトイレで撃たれたそうね」

「そちらの犯人は、例の日本人連続殺害犯と同一人物のようだ」

「同じ銃で撃たれたの？」

「ああ、弾頭の検査でそれが確認された。三八口径だが、銃の種類はまだ特定できていないらしい」

「他に何か手掛かりはないの？」

「ないようだ。正直なところ、父親までが狙《ねら》われるなんて、われわれは考えていなかった。かれに危険がおよぶにしても、それはカオリが到着してからのことだと思っていた。だから虚を衝《つ》かれたかたちだ」

「で、捜査はどういう態勢を取るの？　一つの事件として捜査するの？　それとも別々の事件として？」

「別のチームが組まれることになりそうだ。ザヴィエッキーを追うのは、キリップ氏のボルティモア・グループ。もう一方の犯人の捜査は、首都支局の捜査官にチームを組ませる。そしてその両方をわれわれ本部スタッフが統括する」

「じゃあ、わたしは？　わたしが呼び戻されたのは、またカオリの身辺警護のため？」

「そういうことだが、しかしそれだって重要な仕事だよ。もしも今日このままザヴィエッキーが逃げきって、しかもカオリがまだ死んでいないと知ったら、もういちど狙ってくる可能性がある」

「……そうね」タミは低く言って、窓の外の雪景色をながめた。ながめながら、つぶやいた。「でも、変よね。カオリの護送ルートが、なぜザヴィエッキーに知れたのかしら。たとえ彼女に知れるにしても、それは偽《にせ》のルートのほうだったはずなのに」

「それなんだよ」マクマホンが少し声を落とした。「課長もキリップ氏もそのことで、ひどく機嫌《きげん》が悪かった。きのうの会議に出た十三名以外に迂回《うかい》ルートのことを知る者はいないはずだから、それをザヴィエッキーが知っていたということは、十三名のうちの誰かが漏らしたとしか考えられないわけだ。そうだろう?」

「ええ……」

「ザヴィエッキーを捕まえたら、まずその点を調査して、外部に漏らしたやつを吊《つる》しあげてやると課長はいきまいているよ」

「だったら、スタッフもお互いに疑心暗鬼ね」

「ちょっとそんな感じがあるね。ところで、きみは昨日の会議のあと、知り合いの新聞記者といっしょにいたそうだが、まさかそのときにうっかり口を滑らしたりはしてないだろうね」

マクマホンは本気とも冗談ともつかない口調でタミの目を見た。

「よしてよ」彼女はまた窓の外へ視線を向けて溜《た》め息をついた。キリップの言葉を思い出したのだ。

〈きみは誰の車に乗っていたんだ。きみはトレントンへ追い返されることになったが、しかしあすの朝までは任務は解除されていない。違うか？　それなのにボーイフレンドとデートか。無能のうえに不謹慎。——処置なしだ〉

雪はもう完全に止《や》んでおり、雲の切れ目から薄日がななめに街へおりている。

会話がしばらく途切れた。マクマホンを見ると、パーカーのボールペンで紙ナプキンに絵を描《か》いている。タミの横顔のスケッチだ。漫画風だが、特徴をよくとらえている。こんな才能もあるのかと、タミは感心した。

「ねえビル」

「何だい」

「カオリの父親を殺した犯人、つまり、その前に二人の日本人を連続して殺した犯人のことだけれど——」タミは修理工場の待合室で思いついた考えを、マクマホンに話してみることにした。「その犯人は警官かもしれないわ」

「…………」マクマホンは金色のボールペンを指先でもてあそびながら、同じような金色の眉《まゆ》をちょっとひそめた。

「その可能性が考えられると思うのよ」

「何か証拠をつかんだのかい?」

「いいえ、そうじゃないんだけれど」

「じゃあ、ただの直感?」

「まあ、それに近いわ。そう思った理由のひとつは、二人とも至近距離から撃たれていること。もうひとつは、二番目の被害者が車の窓を開《あ》けて撃たれていること。つまり、撃たれるまで、被害者たちは相手を少しも警戒していなかったと想像できるわ」

「だから警官なのかい?」かれの頬《ほお》に苦笑がうかんだ。「きみもキリップのおっさんと同じ警官不信症に陥《おちい》っているみたいだな。たしかに、ザヴィエツキーに同情している警官はいるかもしれないが、だからといって見境なく日本人を殺しはじめるやつがいるとしたら、そいつは精神異常者だ」

「その異常者が警官の中にいるのかもしれない」

「きみは被害者が相手を警戒しなかったというが、その逆のことだって考えられるじゃないか」

「逆?」

「つまり恐怖さ。離れた場所から不意にホールド・アップをかけられる。すると恐怖に体がすくんで動けなくなる。犯人はゆっくりと被害者に近寄り、至近距離まで来てから撃つ。車の窓だってそうさ。乗りこんでエンジンをかけた瞬間、いきなりガラス越しに銃口を突きつけられたとき、とっさにレバーをドライヴに入れ、サイドブレーキを解除して発進する、そんな動作を起こす勇気はなかなか出ないものさ。強盗なら抵抗せずにカネを与えてしまったほうが安全だと、警察でも市民にそう教えているしね。窓を開けろと合図されれば、言われる通りに開けてしまう者だって多いよ。要するに、無警戒だったのか、その反対に恐怖にすくんでいたのか、どちらとも判断のしようがない。それを無理にどちらかに断定しようとするのは、アカデミーでうるさく言われた合理的捜査からはだいぶ外れてしまうんじゃないか？」

「…………」タミは反論できなかった。

カフェテリアのスピーカーがタミを呼びだした。

彼女は国内公安・テロリスト課の課長室へ出頭した。長官室から戻ったばかりの課長は、なにやらせかせかと書類のチェックをしており、ろくにタミの顔も見ずに言った。

「事件のことはマクマホンから聞いたね？」

「ええ、概略は」タミはスーツケースを足もとに下ろした。

「ま、そういうわけで、カオリは病院だ。すまないが、また付き添い……いや、警護をたのむ」

「わかりました」

「すぐに行ってくれ」禿《は》げあがった頭部だけがタミに向けられていた。

「病院には、いま誰か付いているんですか？」

「うちの課員をひとり付けてある。交代したら至急帰るように言ってくれないか。手が足りんのだ」

「……わかりました」下ろしたばかりのスーツケースを、また持ちあげた。

エレヴェーターに乗るとき、入れ違いに出てきたキリップと顔が合った。

タミは気まずい思いで目をそらした。

「病院かね？」かれは立ちどまって声をかけてきた。

タミは目を合わせぬまま、ちいさく返事をした。

「ええ」

「下で待っていてくれ。車で送る」言い残して、廊下を行きはじめた。

「あ……」結構ですと言おうとしたが、かれの小柄《こがら》な背中は遠ざかり、エレヴェーターのドアは閉まりかけていた。

地下二階。捜査車両や職員の車が、広い駐車場に並んでいる。

「こっちだ」

キリップのあとについてタミは車のあいだを歩いた。かれの首の後ろに白いガーゼがテープでとめられている。狙撃された際に、かれもガラスの破片で怪我《けが》をしたのかもしれない。そしてズボンのすそには泥跳《どろは》ねのあとがあり、靴の踵《かかと》も汚れている。狙撃犯のいた場所を、調べ回ってきたのだろう。

不意にキリップが振り向いて、手をさしだした。

え？　とタミが戸惑いながらその手を握ろうとすると、

「スーツケースだ。よこしたまえ」

タミはきまりの悪さに少し顔を赤らめた。

キリップは彼女のスーツケースを受けとると、グレーのヴォルヴォの後部ドアを開いて、それを入れた。うながされて、タミは助手席に乗りこんだ。

車はスロープを登って地下一階へあがり、そこの出入り口から街路へ浮上した。

雲の切れ目はさっきよりもさらに広がっていて、車が街路へ出ると同時に明るい外光に押し包まれた。

「裏をかいたつもりが」キリップはハンドルを切りながら言った。「逆に、してやられちまった」

タミは黙っていた。黙って街路の前方をながめていた。車はペンシルヴェニア・アヴェニューを走っている。

「カオリはショックで失神状態だった。傷のほうは、さいわい重くはない。しかし頬《ほお》に痕《あと》が残るかもしれない。かわいそうなことをした」

そのあと沈黙がつづいたので、タミはようやく口を開いた。

「父親が殺されたことを、彼女、知っているんですか？」

キリップは前を向いたままうなずいた。

「病院へ着いたとき、付き添いの捜査官が話したようだ。なぜ父親がここへ来ないのかと、しつこく訊《き》かれて事実を言ったらしい」

「むごいわね。二重のショックだわ」

タミがつぶやくと、キリップはおだやかに言った。

「彼女は二十一だ。真実を知らねばならない。たとえショックであろうと」

「病院にはいつまで？　傷が軽いのなら、長くはいないのでしょう？」

「そこまでは、わたしもまだ聞いていない」

「警備は万全なのかしら。医者や看護婦が出入りするし、ホテルの部屋のようにはいかないはずだわ」

「部屋の前に常時二人の警官を張りつけてもらうことになっている」

「ＦＢＩからは、わたしだけですか？」

「手が足りないんだ」

「本部の課長もそう言っていたわ」

「来週、中東と南米から元首クラスが二人つづけてやってくる。あの課のスタッフは、大半がその準備のほうに動員されることになっている」

「日本人の小娘なんかに、一人前の捜査官の手は割《さ》いていられない。そういうことなのね」

キリップのほうに目をやると、運転席の窓越しに、ホワイトハウスの正面が見えた。前庭の芝生も雪に覆《おお》われ、それが日を反射してまばゆかった。

「ふてくされた言いかたは、すべきじゃない。もしも、きのうのわたしの言葉がきみの気持ちに影響しているのなら、さっさと忘れたほうがいい」

タミは唇をかんだ。あの屈辱がそう簡単に忘れられるものか、とあらためて悔しさが蘇《よみがえ》ってきた。

「わざわざ言うまでもないが、この国では殺人事件など珍しくもない。それは確かだ。しかしオザキ親子の事件は、政府にとって、ただの殺人事件、殺人未遂事件じゃない。国際問題をはらんだ事件だ。いまＦＢＩには大変な圧力がかかってきている。あの本部ビルが五フィートばかりめり込んでもおかしくないほどの圧力だ。だからボルティモアからも、応援の捜査官をまた増やした。ヴァージニア北部の各駐在事務所からも捜査官を狩り集めているところだ。かれらにやらせなきゃならんのは、犯人の捜索と逮捕だ。手掛かりを追って走り回ることだ。一人でも多くをその作業に投入しなくちゃならない。もしもカオリが死んでいれば、きみもその仕事に動員されたはずだ。しかし、さいわいカオリは生きている。傷を負い、ショックを受けている。そばにいてやる者が必要だ。彼女はきみに来てもらいたがっている」

「………」

「きみがトレントンから出てきた日、わたしが言った言葉を憶えているかね？　必要なのは警護のプロで、日本語に堪能《たんのう》な捜査官ではない。そう言った」

「ええ、よく憶えています」

「しかし、いまこの事態で必要なのは、日本語に堪能で、なおかつカオリに信頼されている捜査官だ。該当者はきみしかいない。そして警護の点でも、きみには一つも落ち度がなかった」

「あなたに、ひどい言葉で罵《ののし》られたわ」

「あれは車の追跡に関してだ。そのことは忘れろと言ったはずだ」

「忘れられるもんですか」タミは涙声になる自分をなんとか抑《おさ》えようと努力した。

長い沈黙がはさまり、ロッククリークの橋を渡ってジョージタウン地区に入ったところで、キリップがもういちど言った。

「忘れてくれ」

ジョージタウン大学はジョージタウンの西のはずれにある。

カソリック系としてはアメリカでいちばん古い大学である。建物も古風で厳《いか》めしい。恐怖映画のロケーションに使われたこともあるくらいだ。その広々としたキャンパスの北の端に医科歯科学部と付属病院、それに集中ケア・センター、癌《がん》センターなどが並んでいる。

キャンパス内は静かだった。学生たちの姿が少ない。秋学期の講義が三日前に終了し、二日後に始まる期末試験にそなえて、かれらは図書館や自室にこもっている時期なのだった。

キリップは病院の玄関を入る前に、立ちどまって周囲をながめ回した。そしてタミに言った。

「七〇〇ヤード」

「え？」とタミは訊き返した。

「キャンパスの南の端までおよそ七〇〇ヤード（六四〇メートル）というところだ」

顔の向きを変えて言葉をつづけた。「西側は緑地だ。そこまでは三〇〇ヤード（二七〇メートル）かな」

タミもそれらの方角に目をやった。

「射程、ということですか？」

「ああ、そうだ。カオリを狙った狙撃犯は五〇口径のライフルを持っている。おそらく海兵隊で使っている長距離狙撃用ライフルだ。このキャンパスの外の林の中からでも、らくに届く。カオリを窓には絶対に近寄らせないほうがいい」

「そんな銃を、ザヴィエツキーはどうやって手に入れたのかしら」

「彼女を密《ひそ》かに援助している者がいることは、ほぼ間違いない。例の日本人連続殺害犯。こいつが彼女とつながっている可能性が濃厚だ。きょうの連携プレイを見て、わたしはそう思った。一方が空港でカオリの父親を殺し、もう一方がハイウェイでカオリを狙撃した。二方面での事件がわずかな時間差で発生したために、警察の対応がしばらく混乱してしまった。偶然とは考えにくい」

「そのことですが――」

タミは例の考えをまた言ってみた。日本人連続殺害犯の正体はひょっとすると警官ではないかという疑い。マクマホンに根拠の弱さを突かれたあとも、しかしまだその見方を捨てきれていなかったのだ。

タミの言葉にキリップはうなずいた。キャンパス内にある陸上競技のトラックに暗い灰色の目を向けながら、うなずいてみせた。

「じつは、わたしも同じ考えだ」

「そう思いますか、やっぱり？」タミの声に力が入った。

「うちの捜査官が、気になる証言を仕入れてきたんだ。最初の被害者に関することだ」

「リトルチャーチで発見されたカズオ・クワタですね」

「そうだ。かれはウォーターゲート・ホテルに泊まっていたが、最後に姿を見られたのは午後十時ごろ、ホテルの前でタクシーを拾ったときだ。そのタクシーがようやく特定できた。そして運転手の証言が取れた」

「…………」タミは自分とほとんど同じ高さにあるキリップの目を横から見つめた。

「その証言で、クワタはKストリートの『アーチボルド』へ行ったことが判った。知っているかね？」

「いいえ。レストランですか？」

「トップレス・クラブだ」

「……それで？」タミの白い息がキリップの顔へながれた。

「そこで働く女からも証言が取れた。気になる証言というのは、そちらのほうだ。勤めの時間が終わって女が店を出ようとすると、クワタが食事に行こうと誘いをかけてきたそうだ。ただし、捜査官の聴取を受けるまでは、その日本人と、リトルチャーチで死体になっていた日本人とが同じ男だとは知らなかったと言っているが」

「彼女は一緒に行ったんですか?」

「いや、断わったそうだ。しかしクワタがしつこく誘うので少し強い言葉で追い払おうとすると、近くにいた男が寄ってきてクワタの肩をつかみ、こう言ったそうだ。

『おい、黄色いの、いいかげんにしねえと、ブタ箱にぶちこむぜ』」

「警官だったんですね? 制服ですか?」

「私服だったらしい。黒い革のジャンパーを着ていたような気がすると言っている」

「顔は?」

「よく憶《おぼ》えていないそうだ。暗がりだったうえに、彼女は妙なトラブルになるのを嫌《きら》ってすぐにその場を離れてしまった」

「バッジを見せたんでしょうか」

「女は、見なかったと言っている」

「非番で街にいた警官かもしれないわ」

「だが、出まかせのハッタリを言ったのかもしれない。ほんとうに警官だったかどうかは不明だ。クワタとその男との間に、そのあと何があったかも、まったく判《わか》っていない。しかし、気になる証言ではある」

「そうですね」

「わたしは今からDCポリスの本部へ行く。監察部の内部事項課だ。課長のニール警視と四時半に約束してある」

「監察部が内偵《ないてい》を始めてくれるんですか?」

「それを交渉してみるつもりだ」

「そうすべきだわ」タミは胸の中のひっかかりが一つだけ消えるのを感じた。

19

キリップは病室へは上がらずに、受付の窓口で入院手続きの事務的な処理だけを確認して、そのまま帰っていった。

タミは外科のナースセンターで身分証をしめしてカオリの病室を訊《き》いた。するとと近くの長椅子《ながいす》から女が立ちあがって寄ってきた。それを目の端にとらえたタミは、一瞬、新聞記者かと身構えかけたが、女の顔を見てスーツケースを左手に持ちかえ、握手の用意をした。チェスター下院議員の秘書、レイナ・ギルバートだった。

「ハロー、大変なことになったわね」レイナもラクダ色のコートを左手に持ちかえて、タミとかるく握手をかわした。

「チェスターさんも、おみえになってるの?」タミは廊下の奥に目をやるしぐさをした。カオリの後見人を自任しているチェスターが、血相を変えてやってきたのだと思った。

「いいえ。かれは来ていないわ」レイナはタミの腕をとるようにして、コーヒー販売機のほうへ誘った。「ちょっと話しておきたいの。五分ほどいいかしら」

「ええ、かまわないけど」

そばの長椅子にコートを置いて、レイナは販売機にコインを入れた。コインが落ちてゆく音、紙コップにコーヒーが注ぎこまれる音、その間おたがいに無言だった。レイナはタミの分までコインを入れた。

「ありがとう」さしだされた紙コップを、タミは受けとった。

レイナは両手でつつむように自分の紙コップを持って、

「掛けない？」と長椅子を振り返った。

並んで坐《すわ》ると、ナースセンターのカウンターの向こうに看護婦の白い帽子が見えた。うつむいて何かを記入しているようだった。

「カオリが撃たれたとき、おなじ車にあなたも乗っていたの？」

「いいえ、わたしは護送チームに加わっていなかったの」

「ニュースを聞いたときは驚いたわ」

「チェスターさんはかんかんでしょうね。ＦＢＩのことをますます悪く思ってらっしゃるんじゃないかしら」

レイナはそれには答えずに、手のなかのコーヒーの湯気を見つめている。彼女の白い指先がコーヒーの熱であわいピンク色になってゆくのを、タミは見ていた。

「こういうことになって、カオリはかれの援助を必要としていると思うけれど、それは出来なくなったの」レイナの声はあいかわらず低くて優雅ではあったが、しかし、耳にこころよく響く魅力が今日は欠けていた。「かれはここへ面会にも来られないし、彼女のために何らかの便宜をはかってあげるということも出来ないわ」

タミは女秘書の横顔を見た。よく手入れされた艶《つや》のある淡褐色《たんかっしょく》の髪が頬《ほお》の三分の二を隠している。

「それは、つまり、どういうことかしら」

「手紙が、届きはじめたの」

「手紙？」

「選挙区からのね」

「…………」

「手紙はふだんから毎日何百通も届いていて、専門のスタッフが手分けして目を通しているんだけれど、カオリとヴァルダ・ザヴィエッキーとのことがニュースになって以来、そのことで抗議してくる手紙がとても多いことが判《わか》ったの」

いるのは納得できないという抗議なの」

「抗議？」

「チェスター下院議員がカオリの保護者になっているということを地元のTVが言ったのよ。それがきっかけで、きょうになってその問題に関する手紙がどっさり届いたわ。ザヴィエッツキーに対する同情論が圧倒的なの。チェスターがカオリの味方をしているのは納得できないという抗議なの」

レイナは手にしたコーヒーをさっきから一度も飲まずにいる。チャコール・グレーのスーツの胸元に紙コップを抱いたまま、ただそれを見ているだけだ。

タミはひとくち、ふたくち、ゆっくりと飲み、それから言った。

「あなたがたは、カオリにはもうかかわりたくない、そういうことなのね」

「……その通りよ」レイナはうなずいた。

卑怯《ひきょう》なあいまいさのない、きっぱりとしたうなずき方だったので、タミはここへ来た彼女の立場を理解した。彼女がその決定に賛成していないことも、しかしだからといって自分だけを誠実そうに見せかける気がないことも、タミは理解した。

タミがコーヒーを飲み干すまで、ふたりとも無言だった。

「わかったわ。チェスター下院議員によろしく。コーヒー、ありがとう」タミは飲み干した紙コップを屑入《くずい》れに捨てて、スーツケースを持ちあげた。

女秘書は、おなじ姿勢でその場を動かなかった。

カオリの個室の前に、二人の警官が椅子を置いて坐っていた。

中年の巡査部長と、若い平巡査。ともにワシントン市警察（ＤＣポリス）の警官だ。

タミはかれらに身分証を見せながら、できるだけにおいを嗅《か》ぎとろうとした。警官の制服を着た殺人者のにおい。日本人を忌《い》み嫌う射殺魔のにおい。

〈じつは、わたしも同じ考えだ。わたしは今からＤＣポリスの本部へ行く〉

〈監察部が内偵《ないてい》を始めてくれるんですか？〉

〈それを交渉してみるつもりだ〉

二人の警官は、しかし職務に忠実な男たちに見えた。気のゆるみのない態度でタミの身分証を確認し、ごく事務的な目で、「どうぞ」とうながして、また椅子に腰をおろした。

におい。そんなものが、たとえあったとしても、ひと目で嗅ぎだす自信など、タミにはなかった。

病院でのカオリの警護には、こうして警官に協力してもらうことがどうしても必要だ。けれども、その警官たちのなかに連続射殺魔がいる可能性を考えているタミとしては、ポケットに蠍《さそり》の入った服を着ているような、落ちつかない気分だった。

カオリは頭と頬を包帯で巻かれてベッドに横たわっていた。じっと目を閉じている。

「眠っているの?」

窓ぎわの椅子にいる眼鏡をかけた捜査官に、タミは小声で訊いた。昨夕の会議で顔を合わせた男だ。

「ああ、鎮静剤を射《う》たれて眠っている。いましがた、日本大使館の連中がふたり来たが、眠っている彼女のそばをうろうろして、そのまま帰っていった」

「そう」

「たまに譫言《うわごと》を言うが、日本語のようだから、おれには解《わか》らない」

「あとはわたしが代わるわ。課長があなたを待ってるわ」

「オーケー。じゃあ頼む」かれは立ちあがってネクタイを直した。

「あ、ねえ、あなたトイレなんかはどうしていたの?」

「廊下の斜め向かいだ。病室の鍵《かぎ》をもらっているから、そのつど施錠して出入りしていたよ」

「外の警官たちは、信頼が置けそう?」

「うむ、しっかりやってくれている」

「……そう。ありがとう」

「これが部屋の鍵だ。他に合鍵を持っているのは当直の婦長だけだ」

「わかったわ」

かれを送り出したあと、タミは椅子を窓からずらして腰をおろした。

一時間後にノックがあり、若いスペイン語圏系《ヒスパニック》の看護婦が血圧測定器を持って入ってきた。その気配でようやくカオリが目をさました。

看護婦が加圧帯を腕に巻き、空気を送りこんでいるあいだ、カオリはタミのほうを見ていた。目に膜がかかったような虚《うつ》ろな表情だった。タミはむりに笑いかけたりはせず、ただ黙って自分の存在だけをカオリに感じさせた。

「一二五―七八。だいぶ落ちついたわね」看護婦が言った。「じゃあ、体温を測って、それから抗生物質と鎮痛剤を飲んでちょうだい」ポケットから出した体温計をカオリの口にくわえさせ、枕許《まくらもと》のサイドボードのうえに、アルミ箔《はく》入りの錠剤を置いた。そのてきぱきとした動作が、何か呆然《ぼうぜん》とした状態でいるカオリのようすと好対照だった。

体温も平常値で、それをベッドの端にぶらさげた大型カードに記入すると、看護婦は血圧計を小脇《こわき》にはさむようにして出ていった。

〈傷のほうは、さいわい重くはない〉

キリップの言葉どおり、カオリは自分でベッドのうえに体を起こして坐った。

「痛みは？」

タミがたずねると、カオリは包帯につつまれた首を横に振った。けれど振ったことで、忘れていた痛みが蘇《よみがえ》ったのか、「すこし」と言いなおした。

「何か、ほしいものは？」

カオリはまた首を振った。まだ本来の思考力がもどっていないようだった。いま何がほしいのか、そんなことを考える精神状態にはないのだろう。

タミは水差しの水をコップに注《つ》いでカオリに手渡し、アルミ箔をやぶって錠剤を取り出してやった。頭にも包帯が巻かれてはいるが、髪を刈られたわけでもなく、包帯の下から長い黒髪が少し縺《もつ》れながら肩へ垂れていた。

午後五時に、部屋の前の二人の警官が、新しい二人と交代した。

巡査部長と平巡査という同じ組み合わせだった。しかし、かれらの顔を確認して再びドアを閉じたタミは、廊下でこうつぶやく声を耳にした。

「バナナが二本。けっ、これじゃスーパーマーケットのガードマンだな」

バナナは、言うまでもなく、西欧化した黄色人種、とりわけ日本人に対する蔑称《べっしょう》だ。

タミはすぐにドアを開《あ》けた。

二人の警官が椅子から振り向いた。

「誰がバナナなの？　この任務が不服なら、上司にそう言ったらどうなの」

一瞬ギョッとしていた警官たちだが、やや年配の巡査部長、ブラッドフォードという名のがっしりした赤毛の巡査部長が立ちあがって、わざとらしく肩をすくめてみせた。

「聞こえたんですかい？　こりゃすまねえ」さっきの言葉はこの男の声だった。「ジョークですよ。おれたち警官は、あんたたちみたいなエリートとちがって口が悪いんだ。気にさわったら、あやまるよ」

言葉では詫《わ》びているが、まるで威圧するように、太い腰に手をあててタミを見おろした。鼻の頭に赤い血管がいくすじも浮いている。

黒いサージのシャツにつつまれた巨大な胸と腹。そんなものに圧迫感をおぼえている自分に苛立《いらだ》ちながら、タミはできるだけ冷静な口調で言った。

「あなたが日本人や日系人をどう思おうと自由だけれど、ここにいる限り職務はきちんと果たしてちょうだいね」

巡査部長は若い部下の手前、それ以上下手《したて》に出ることは我慢できなかったらしく、あからさまな反感を青い目にうかべて、言い返した。

「えらそうな口をきくな。おれはあんたがキャンディーしゃぶってるころから何百人ものワルを刑務所へ叩《たた》き込んできたんだ。特別捜査官《スペシャル・エージェント》だか何だか知らねえが、フェッズ（連邦職員野郎）の指図は受けねえよ。おれがここにいるってことはだな、ゴキブリ一匹通れねえってことなんだよ。安心して、中でバナナでも食ってな」

「…………」タミは感情を抑《おさ》えるために深呼吸をひとつした。「わかったわ。いまあなたが口にした言葉を確実に実行してくれれば、それでいいわ」

振り向いて部屋の中へ戻り、ドアを閉めた。

「何だ、あの女」吐き捨てるような声が外から聞こえた。「なあ、アル、知ってるか？　おれたちの国が寛大な援助をしてやらなかったら、ジャップどもは今頃まだ、竹の小屋で暮らしてるところなんだぞ」

ベッドのカオリが天井を見つめている。いまのやりとりをすべて聞き取れたとは思えないが、それでも雰囲気は感じ取ったはずだ。ドアとは反対側の壁にもたれて、タミも天井を見あげた。埋めこみ式の蛍光灯の中の一本が、耳元を飛ぶ蚊のような、かすかな唸《うな》りを発している。そろそろ取り替える時期なのだろう。そのかすかな唸りの発生源のあたりを、ふたりは黙って見つめていた。

20

警官の交代は、深夜の一時にもあった。

三組目の警官たちは、さいわい礼儀をわきまえていた。すくなくともそういう態度でタミと挨拶《あいさつ》を交わした。平巡査のほうは婦人警官だった。ヒスパニックでタミよりも背が低い。しかし年季の入ったベテランであることは、その落ちついた物腰からも判《わか》った。

タミはカオリのそばで朝まで仮眠した。病院側にたのんで運び入れてもらった長椅《ながい》子《す》に横になって、セーターとズボンのまま眠った。

夜が明けてまもなく医師が回診にきた。痩《や》せた若い女医だった。カオリの包帯をとり、入念に傷のようすを見たあと、

「オーケー、問題ないわ。消毒して包帯をとりかえて」そばの看護婦に言った。

黒人の看護婦がワゴンをベッドサイドへ近づけて、作業をはじめた。

カオリの右の頰《ほお》に十針以上の縫い痕《あと》があった。黒い糸で引き寄せられた両側の皮膚が痛々しく盛りあがっている。他に、こめかみや耳にも小さな傷がある。包帯をしているときには判らなかったが、右の側頭部に一カ所、髪を剃《そ》り落とされた部分があり、そこの傷も三針縫われていた。

「ドクター、彼女が退院できるのはいつごろかしら」タミは女医にたずねた。

金褐色《きんかつしょく》の髪を首のうしろに束ねた女医は、化粧っけのない、しかしかなり整った顔を振り向けて、タミを見た。

「傷のことだけなら、いますぐにでも退院は可能です。そのかわり、最低二回通院してもらうことになりますけど。消毒のために一度と、それから抜糸のために一週間後」

「抜糸は、日本の病院でしてもらっても構わないんでしょ?」

「もちろん構いません。でも、彼女の場合、精神的なショックのほうが重要ですから、退院時期については、精神科のケリー先生の意見をお聞きになるほうがいいと思うわ。ケリー先生は、このあとすぐ見えるはずです」

「わかったわ。ありがとう、ドクター」

彼女らが出ていったあと、水差しからコップに水を注《つ》いでカオリに抗生物質を飲ませていると、まもなくケリー医師がやってきた。

茶色い口髭《くちひげ》を生やした小肥《こぶと》りの中年医師だった。

血圧の定時記録を見たり、脈をとったりしながらカオリを観察したあと、医師はタミの質問に答えた。

「だいじょうぶ。きのうに比べて、とても落ち着いてきています。消毒のこともあるでしょうから、もう一日だけ様子を見て、変わりがなければあす退院なさっても結構」

「聞いた？　あしたには退院できるわ」

ふたりきりになってから、タミはカオリのベッドの端に腰をおろした。

カオリは上半身を起こした姿勢で膝《ひざ》を立て、その膝を抱えて顔を伏せた。

「出たくない」そうつぶやくのが聞こえた。

「え、退院するのがいやなの？」タミは、あたらしい包帯からはみ出しているカオリの縺《もつ》れた髪を見つめた。

「だって、あの女まだ捕まってないんでしょ？　動いたらまた狙《ねら》われるじゃない」腕のなかに顔を伏せているので、声がくぐもっている。

タミはすぐそばに坐《すわ》りなおしてカオリの肩を抱いてやった。

「犯人のゆくえは、いま全力で追っているわ」

「おまけに、もう一人いるんでしょ？　パパを撃った犯人は、また別にいるんでしょう？　何でパパが殺されるのよ。どうなってんのよ、この国」カオリは顔を伏せたまま、すすり泣きをはじめた。

どうなっているのかと、誰かに訊《き》きたい気持ちはタミも同じだった。

ドアにノックがあった。

廊下の警官たちが、また交代するのだった。引きついだのは、きのうの昼間詰めていた二人だった。きまった顔ぶれによる輪番制がとられているようだ。――ということは、夕方の五時になると、またあのブラッドフォード巡査部長たちの番がくるのだろうか。かれの目つきと声を思いうかべて、タミはすこし憂鬱《ゆううつ》になった。ここを早く出たがっているのは、カオリよりも自分のほうなのだと、タミは気づいた。

十時から三時にかけて、見舞い客がつづいた。

日本大使館員、そしてホワイトハウス、国務省、司法省の関係者が、カオリのようすを見にあらわれた。

いずれも、タミの立場では入室を断われない相手だった。

カオリがほとんど口をきかないので、もっぱらタミがかれらの質問に答えた。眉《まゆ》をよせてひそひそ声で喋《しゃべ》る日本大使館員。あごに手をやってじろじろ観察するアメリカ政府の役人たち。かれらの来訪をうけたあとで、カオリはますますみじめで孤独な気持ちに陥《おちい》ったにちがいなかった。

「思ったより元気そうなので安心した」

異口同音にそんな感想を洩《も》らして、かれらは帰ってゆき、あとには温室栽培の高価な花束がいくつも残された。

その花を花瓶《かびん》に活《い》けてくれたのは、ヴォランティアの女子高校生だった。すぐ近くのウェスタン・ハイスクールから来ているのだという。毎週一回、放課後の三時間、病院の手伝いをして過ごす。このシステムはアメリカ中にあるので、タミも知っていた。花を運んだり、水差しの水を替えたり、患者の話し相手になったりと、直接の医療以外のいろいろな手伝いをする。

水をいれた花瓶をドアのところまで運んできた女の子を、タミはふと思いついて中へ入れた。彼女らは笑みを絶やさないようにしつけられている。しかし、その子の笑顔がとても自然に輝いていたので、それをカオリにも見せてやりたいと、不意に思ったのだ。大使館員や政府役人の顔ばかりが、ひとの顔ではない。

少女は、白と赤のキャンディー・ストライプのワンピースを着ていた。それが病院で働くジュニア・ヴォランティアのユニフォームだ。名札には〈ジェーン・キャラハン〉とあった。褐色の髪をポニーテイルにしている。

花束を解いて花瓶のなかに活けてくれている彼女に、タミは言った。

「ありがとう、ジェーン。わたしはタミ、ベッドのうえで自分の手を観察しているのはカオリよ」

「ええ、彼女の名前は知ってます」ジェーンの笑顔が一瞬くもりかけた。「わたしは、アメリカ人として彼女に謝りたいわ。けがの具合はどうですか？」

「だいじょうぶよ、彼女のけがは軽いわ。嘘《うそ》だと思ったら足をつねって逃げ出してごらんなさい、きっと追いかけてゆくから」

ジェーンはひかえめに笑い、

「よかったわ。わたしは銃で物事を解決しようとするひとが大嫌《だいきら》い」

言ったあとで、タミの腋《わき》の下の拳銃《けんじゅう》に目をやって、「あなたのようなお仕事の場合は別だけれど」と言い添えた。

「もしよければ、手があいたときに話をしにこない？」

「そうしたいですけれど、婦長さんから禁じられています。必要な用事以外でこの部屋に入るのはいけないと言われています」

「そう……」

「たぶん、理由はふたつあると思います。ひとつは、興味本位で覗《のぞ》きに行ってはいけないということ」

「もうひとつは？」

「わたしたちが危険にさらされないように、ということだと思います」

少女は茶色の目をまっすぐタミに向けて、大人びた静かな口調で言った。

「婦長の注意は正しいわ」タミはうなずいて、微笑した。「ありがとう。つぎの仕事があなたを待っているかもしれないわ」

ジェーンは出てゆく前にカオリのそばへ寄り、

「アメリカを恨《うら》まないでくださいね」と言った。

来訪者の最後はキリップだった。

部屋に入ってカオリに言葉をかけたあと、かれはタミを廊下へ呼びだした。

「向こうにコーヒー販売機がある。そこで話そう」

きのう、チェスター下院議員の女秘書と話をした場所だ。

カオリの部屋は廊下のいちばん奥まったところにある。そこへ行くには、必ずナースセンターやコーヒー販売機のあるコーナーを通らなければならない。それゆえ、不審者の侵入を見張るにも、そこは適切な場所だった。

チェスターの女秘書と同様に、キリップもふたり分のコインを入れて、タミにひとつをさしだした。受けとった紙コップを持って、タミは長椅子に坐った。

女秘書はいつまでもコーヒーに口をつけなかったが、キリップは、話をはじめる前に半分以上飲んでしまった。

「きのうの狙撃犯《そげきはん》――カオリを狙った犯人のほうだが――あれはやはりザヴィエツキーだった」

「そうですか」予想されたことであるから驚きはない。タミはナースセンターの看護婦の動きをぼんやり眺《なが》めながら聞いていた。

「毛髪検査でそれが確認できた」

「毛髪が現場で拾えたんですか?」

「うむ、陸橋付近で雪をすくったんだ。靴跡《くつあと》の残されていたすべての場所の表層の雪だ。それを集めて研究所へ持ち帰り、ヒーターで急速に溶かしたところ、髪の毛が二本採取できた。X線マイクロアナライザーで分析した結果、ザヴィエツキーの自宅のベッドで採取した毛髪と完全に一致した」

「それで、彼女のゆくえのほうは?」

「それは、まだだ」キリップは残りのコーヒーを飲み、紙コップを握りつぶして屑入《くずい》れへ投げた。「彼女が誰かの家をアジトにしているのはまちがいない。その誰かというのが、カオリの父親を射殺した犯人である可能性も高い。それは、きのうも言った」

「ええ」

「いま捜査官たちはふたつのチームに分かれて、それぞれの犯人を追っているんだが、どちらか一方の手掛かりがつかめれば、もう一方の襟首《えりくび》も、おのずと引き寄せることができる。わたしはそう思っている」

「あなたのチームは、ザヴィエツキーを担当しているんですね?」

「そうだ。しかし途切れた足跡を前に、立ち往生というところだ。実を言えば、カオリを囮《おとり》につかっておびき出す作戦を提案してきた者もいる」

「…………」タミはかれの顔を見た。

「たしかにそれがいちばん有効な手段だろう。だが、そんなことが許可されるとは思えない」

「あたりまえだわ」硬い声で言った。

「名前も正体も判明しているザヴィエッキーだが、その隠れ家を突きとめるための手掛かりは、われわれの手元にはひとつもないのだ。むしろ、もう一人の犯人の正体を究明して、その住まいを割り出すほうが近道ではないかと思いはじめているところだ」

ナースセンターの前を、ヴォランティアの少女が車椅子の患者を押して通っていった。ジェーンだった。別の少女がコーヒー販売機のところへやってきて、ふたつの紙コップにコーヒーを満たし、廊下の奥へ引き返していった。見ていると、カオリの部屋の前にいる二人の警官に手渡している。かれらに頼まれたのだろう。

「で、例の件だが」

「例の件？」

「ＤＣポリスの内偵《ないてい》の件だ」キリップは廊下の奥の警官たちをちらりと見た。「監察部が動きだしてくれた。調査対象のしぼりこみ作業を終えて、これからいよいよ本格的な調べがはじまる。そしてこのことは、ＦＢＩではわたしときみと、本部の課長しか知らない」

「……つまり、他のスタッフを疑ってらっしゃるわけね。かれらの中にも、ザヴィエツキーを支援している者がいるということ？」

「その可能性もあると思っている。カオリの護送ルートがザヴィエツキーに漏れたのは、機密管理のまずさのせいだとは考えにくい。そんなミスをするような連中じゃない」

「だったら、いったい誰を信用していればいいのかしら。内部にスパイがいたんじゃ、捜査が成功するはずないでしょう。カオリの安全だって守りようがないわ」

タミはめまいがしそうな気分だった。浅い仮眠の夜がつづいて疲れていた。

キリップは励ますように言った。

「もしも〈もう一人の犯人〉がDCポリスの警官で、そしてそいつを監察部が逮捕してくれれば、ザヴィエツキーの居所も、FBI内部の支援者の名前も、きっと一度に判明することだろう」

「それをじっと待っているんですか？　それまでカオリは無事でいられるの？」

「……待つんだ、タミ。耐《も》ちこたえるんだ」

「でも監察部の調査の結果、警官がみんなシロだとなったら？　こんどは何を手掛かりに犯人を追うの？」

「…………」キリップは黙りこんでしまった。

いちばん苛立《いらだ》っているのはかれ自身なのだということに、タミは気づいた。気持ちをしずめて息を吸い、冷静な口調でたずねた。

「監察部がしぼりこんだ調査対象は、何名くらいですか？」

「約二千名だ」

「そんなに大勢？」

「DCポリスの警察官はぜんぶで四千名以上いる。その中から、まず除外されたのは、きのうの午前十一時半ごろにワシントン市内で勤務についていたことが確認された者。つまりカオリの父親が空港で射殺された時刻にアリバイがある連中だ。それから次に、最初の被害者カズオ・クワタの死亡推定時刻、この時間帯に本部や地区警察署の建物内にいたことが確認されている者も除外された。さらに翌日のヒサヨシ・ナカガワの死亡推定時刻、この時間帯に署内にいた者も除外。残りが二千名とちょっとだ」

「その人数を、何人のスタッフが調べるんですか？」

「監察部の内部事項課には四十名ほどのスタッフがいる。ほぼ全員をこの仕事に投入してもらっている。非番中のアリバイや署外での勤務状況の確認がとれしだい、どんどん調査対象から外してゆくはずだ。今日中に対象人数が半減することだろう。そして明日はもっと減る」

タミは紙コップの底のコーヒーをゆらゆらと回しながら、うつむいたままで言った。

「カオリはあすには退院できるそうです」

「そうか……」キリップの声も沈んだままだ。

「日本へ送還する手配はできそうですか？」

「いまの状態では、それは考えものだな。きのうの二の舞いになる虞《おそ》れがある」

タミの予想どおりの返事だった。

「カオリ自身も、移動することを恐れています」

「ホワイトハウスは早く彼女を帰してしまいたがっている。場合によっては軍のヘリでいったんどこか別の国際空港へ運ぶことも考えはじめているようだ」

「初めからそうすればよかったんだわ」

「ザヴィエツキーの復讐《ふくしゅう》宣言が果たして本気かどうか、きのうまでは誰にも判らなかった。それでも、われわれとしては最善の方法を取ったつもりだが、FBIの内部にまでザヴィエツキーの支援者がいることは、予想できなかった。これは、言いわけをしているんじゃない。軍の場合も同じだと言いたいのだ。もし軍の内部にもザヴィエツキーを支援する者がいれば、どんな安全対策もほとんど無意味になる。結局はザヴィエツキーを捕まえないかぎり、この状況は変わらない」

「送還には反対なんですね？」

「いまの状態では、考えものだ」キリップはさっきの言葉をくり返した。

ジュニア・ヴォランティアのジェーンが、また患者の車椅子を押して通った。病室へ送り届けるところのようだ。患者は痩せた老人だった。ガウンの肩が、棒を入れたように尖《とが》っている。

「カオリの父親の遺体は、いまどこにあるんですか？」

「けさの便で日本へ送られた」

「父親の葬儀に、カオリは参列できないんですね」

「親子の合同葬儀になるよりはいいだろう。さて、わたしは捜査チームにもどる。……だが、その中に裏切り者がまじっている可能性を考えると、気が重い」

立ちあがったキリップに、タミは言った。

「わたしのことは、なぜ疑わないんですか？　日系人だからですか？」

「いや」

とかれは無表情で答えた「きみには余裕がないからだ」

「え？」

「きみは仕事で自分を認めてもらいたがっている。まわりに認めてもらおうと肩を張っている。ＦＢＩを裏切ってみせる余裕などないだろう」

夕方五時、警備の警官たちが交代した。

〈バナナ〉ぎらいのブラッドフォード巡査部長の組に代わった。

交代を確認したあと、タミは病室に閉じこもっていた。必要がない限り、かれらとは接触しないほうがいいと思った。そのほうが、つまらないトラブルを起こさずに済む。

しかし、二時間ほどしてノックがあった。

「どなた?」

「プレストン巡査です」

ブラッドフォード巡査部長のパートナーだ。タミはドアを開《あ》けた。

「何かしら?」

廊下には、プレストン巡査がひとりだけだった。

「どうも。アル・プレストンです」かれは、何か照れたような態度だった。

「ええ、知っています。ブラッドフォードさんは?」

「かれはいま、手洗いです」

「そう」

「あの、じつは、きのうのこと、謝ろうと思って。かれが、あんたに失礼なこと言ったでしょう。おれは申し訳ないと思ってるんです」

きちんと整髪された褐色の髪がきれいな艶《つや》をはなっている。やや顎《あご》の張った顔の下で、均斉《きんせい》のとれた筋肉質の体格が、ぴったりとした制服につつまれている。帽子を手にしてしきりに縁《へり》を撫《な》でながら、淡い茶色の目を伏せるようにして話した。大きな銀色の帽章がときどき蛍光灯を反射した。

タミは微笑してみせた。

「ありがとう。気にしてないから平気よ」

「あれはひどい言い方だったよ。あんた、ムッとなったでしょう」

「まあ、ちょっとはね」

「おれは、代わりに謝りたいんだ」

「ええ、その気持ちはよくわかったわ。ありがとう」

「いや、つまり、あんたの非番のときに、めしでもどうかなと思ってるんだ」

かれはタミの目を見つめた。

「あ、それはとても嬉《うれ》しいけど、今はそれどころじゃないわ」言いながら、タミは廊下をすかし見たりした。

プレストンもちらりと振り向き、またタミを見つめる。

「だいじょうぶさ。妙なやつは、近寄らせないよ」

「でも、背中に目はないでしょ?」微笑をたもったまま、しかし注意をあたえる口調でタミは言った。

「そりゃあそうだが、耳があるから足音は聞こえる」

タミは少し怒りのようなものを感じはじめた。最初の好印象が、翳《かげ》りかけていた。

「耳も目も、ぜんぶを使って仕事をするべきだと思うわ」

「でも、これはあんたの責任ですよ」

「なぜなの？」

照れくさげに腰を揺すりながら、かれは言った。

「あんたがおれの目を奪ったんですよ」

「…………」タミは本当の怒りがつきあげてきた。「あなたは、いまの自分の役割を理解しているの？」

すると、プレストンの目のひかりが微妙に変化した。

「あんた、そういう口のききかた、悪い癖だな。おれは、せっかくブラッドフォードの態度を謝ってやったのに、あんたのほうにも問題はあるぜ」

そこへ重量のある足音がして、ブラッドフォードが戻ってきた。

「なんだ、アル、どうかしたのか？」

「どうもしませんよ。捜査官にお叱言《こごと》をちょうだいしていたところですよ」

「なに……」ブラッドフォードの目も白くひかった。

タミは吐息を洩《も》らした。

ブラッドフォードがプレストンを押しのけるようにして彼女の前に立った。

「何を言われたんだ、アル」目はタミのほうを見ている。

「ま、つまり、よそ見をするなというようなことです」プレストンは肩をすくめた。

タミはその男を殺したい気持ちになったが、けんめいに気をしずめ、こう言った。

「プレストン巡査、もっと正確に話すべきだと思うわ」

「………」プレストンは気まずい表情で横を向いた。その顔つきは、さっきの照れくさげな態度をとった男と同一人物とはタミには信じられなかった。ブラッドフォードは要領をえぬ顔で、部下を振り向いた。

そこへ看護婦が、カオリの血圧と体温を測りにきた。

看護婦を入れて、タミはドアを閉めた。

「おまえ、あのバナナに気があるのか?」ブラッドフォードの声がドア越しに低く聞こえた。

「おれが?　まさか。ちょっとからかってみただけですよ」

タミは窓のそばへ行き、白いカーテンの端を少し開いて、ジョージタウン大学の夜の構内を覗き見た。ところどころに立つ外灯が、まだらに溶け残った雪を照らしている。

その空間に向かって、深い溜《た》め息を吐き出したい気分だった。

21

ワシントン市警察局。正式名、コロンビア特別区首都警察局。通称、ＤＣポリス。

コロンビア地区（District of Columbia）というのは、連邦政府の直轄地で、どの州にも属していない特別地区である。しかし、ひとつの自治体として市議会があり、市長もいるから、その点では他の都市となんら変わりがない。ワシントン、というのは都市としての名前である。ただし、太平洋岸にあるワシントン州とまぎらわしいので、通常はワシントンＤＣと呼ばれる。

ＤＣポリス。

その組織は、つぎの部門に分かれている。

警察局長室。

法律顧問室。

予算・管理室。

運用部。

管理部。

技術部。

監察部。

このうち、「室（オフィス）」と名がつく部門のスタッフは、ごく少人数である。三つのオフィスを合わせても七十名に満たず、しかも警察官はその中の三十名以下である。

全警察官四千名余名のうち、八割以上が所属しているのは運用部である。

運用部は、四つの部署に分かれている。

捜査課。警察官約二百名。

少年課。警察官約八十名。

交通・特別運用課。警察官約三百名。

第一〜第七地区警察署。警察官約二千八百名。

管理部は、人事や労務管理、教育訓練を担当する部門で、警察官は約百五十名である。

技術部。これは通信、コンピューター、車両管理、および鑑識を受け持つところであり、とうぜん技術職員のほうが多いが、警察官も約三百名いる。

そして、監察部。警察官約百九十名。

ここには、五つの部署がある。

内部事項課。

現場監察課。

懲戒課。

風俗課。

調査課。


ただしこの中の風俗課と調査課は、麻薬、賭博《とばく》、組織犯罪などを捜査する部署であり、他の三課とは役割が異質である。

他の三課の役割。それは、市警察局全職員の仕事ぶりと私生活とを監督することだ。

つまり、警察内警察である。

とくにその活動の中心となるのが内部事項課である。課長はオリヴァー・ニール警視。かれとそのスタッフは、いま、局内の全部門、全部署の警察官を対象に調査をすすめている最中だった。日本人ばかりを襲った連続射殺事件、その犯人が局内にいる可能性がある。そう指摘されたのを受けての緊急調査だった。

それを指摘した人物が、夜の課長室にひっそりとあらわれた。

「なんだ、また来たのかい」とニール警視はキリップの顔を見て苦笑した。

キリップも苦笑を返した。

「まあ、そう言わないでくれ」

「だが、六時間ごとに顔を出されても、こっちの作業はたいして捗《はかど》っちゃいないよ」

「わかっているさ」

キリップは来客用の椅子《いす》をひいて、勝手に腰をおろした。部屋の照明が眉《まゆ》と鼻の下に影を彫りこんで、陰気な顔がますます沈鬱《ちんうつ》に見える。坐《すわ》って足元の床を見つめながら、椅子の肘《ひじ》かけを右手の指先でこきざみに打ちはじめた。

ニールはデスク越しにそれを見ていたが、こめかみのあたりを揉《も》みながら、疲れた声でつぶやいた。

「言っとくが、ヒューバート、われわれは一日や二日でこの仕事を片付ける気はないんだ。そんなことは無理だからな。精一杯急いではいるが、しかし部下全員に徹夜作業をさせるわけにはいかん。あんたがそこで粘っていても、その方針は変わらない」

「それも、わかっている。だが、ここにいるほうが落ち着くんだ。迷惑かね？」

「そうは言わない。ただし、そうやって指でコツコツやるのをやめてくれたらだが」

キリップは指たたきをやめ、かわりに組んだ脚の靴先《くつさき》を揺らしはじめた。

ニールは諦《あきら》めて目をそらし、水差しからコップに水を注《つ》いでバファリンを二錠飲んだ。

「偏頭痛かね？」キリップが訊《き》いた。

「痛くなってから飲んだのでは遅いんだ、わたしの場合。だから予兆が来たとき、すぐに飲む。すると、痛みが通り過ぎてしまうか、出ても軽くすむ」

「しかし、あまり頻繁《ひんぱん》に飲むとよくないんだろう」

「ああ、わたしは長生きしないだろうな。だが、激痛におそわれて何時間も身動きできなくなるのも困るのだ」

「予兆が来たのは、わたしの顔を見たときか？」

「あんたの靴音が廊下に聞こえたときだ」

ニールはコップをスティール製のサイドキャビネットに置き、キリップの前へ来て、デスクの縁《へり》に尻を半分のせた。

キリップとは反対に上背があり、一見骨ばった体型だが、その骨は太く、要所要所に筋肉の帯がしっかり巻きついているのが、服のうえからでも判《わか》る。

地方警察官は、一般にFBIに対してあまりいい感情は持っていない。——やつらは手柄《てがら》を横取りする。エリート臭が鼻につく。社会の上層部ばかりと接触したがる。

ほんの少しの敬意と、そしてその裏返しの反感が、かれらの胸にはある。

ところが、そんなかれらの中にも例外がいる。FBIにつよい親近感をもち、協力的な態度をとるひとにぎりの地方警察官がいる。それはFBIナショナル・アカデミーの卒業者たちだ。オリヴァー・ニール警視もその一人だった。

FBIはふたつの訓練学校を持っている。FBIアカデミーとFBIナショナル・

アカデミーである。

ＦＢＩアカデミーはＦＢＩ職員のための初任、現任の訓練学校であるが、ＦＢＩナショナル・アカデミーのほうは、地方警察の中堅幹部職員を対象とした訓練学校である。ふたつは同じ場所にあり、施設も教官も共通である。

地方警察官はみんな、それぞれのポリス・アカデミーでの教育訓練をうけて採用されているが、ＦＢＩナショナル・アカデミーは、それよりもさらに高度なカリキュラムを講じる学校、ということになっている。

そこへは誰もが入れるわけではない。警察官として五年以上の経験と、しかも所属する警察の責任者の推薦が必要で、かつＦＢＩによる調査をパスしなければならない。

十一週間の教育訓練をうけて卒業した者は警察官のエリートとみなされ、出世の階段も昇りやすくなる。そしてかれらは、そういう金箔《きんぱく》を自分たちに貼《は》ってくれたＦＢＩに対して、このうえない親近感と連帯感をおぼえるのだ。

キリップの要請をうけて、ニール警視がすばやく動きはじめてくれたのも、そういう背景があるからだった。

「しかしねえ」ニールの声は冴《さ》えなかった。「もしも局内に犯人がいることが判明した場合、ちょっとした騒ぎになるのは避けられんな」

「騒ぎは、ボルティモアのザヴィエッツキー巡査部長が、すでに充分に引きおこしている。仲間がDCポリスの警官だと判ったところで、いまさら世間は驚かんさ」

「わたしはこの部署を早く離れたいよ。気の滅入《めい》る仕事が多すぎる」

「同僚を疑ぐる仕事だからか？」キリップは上目づかいにニールを見た。「われわれは人を疑うのが商売じゃないか。相手が誰だろうと関係ない。同僚だからどうだというんだ」不機嫌《ふきげん》な口調だった。

この男のほうがよほど気が滅入っているようだ、とニールは、同年代の捜査官の顔をながめながら思った。かれはデスクの縁から尻をあげ、キリップに訊いた。

「コーヒーでも飲むかい？」

「いや、いらない。コーヒーは飲みあきた。うまいのも、まずいのもな」

ニールは肩をすくめ、デスクを回って自分の椅子にもどり、写真立ての位置をすこし直した。妻と子供たちが笑顔を寄せあっている写真立て。

それから言った。

「作業の進みぐあいは六時間前とさほど変わっていない。そのことはさっき話した通りだが、こうやって不機嫌な顔をつき合わせていてもしかたがないから、その後の多少の進展を報告しておこうか」

「そうしてくれると、ありがたい」キリップが椅子のうえで姿勢を変えた。

ニールは眼鏡をかけ、手元のメモを見ながら話した。

「あんたの要望をいれて、運用部の白人男性警官をもっか最優先で調べているわけだが、なにしろ人数が多い。八百名以下にしぼるところまでは比較的早く進んだものの、そこから先は一人一人個別にアリバイ確認をしていかなくちゃならない。とくに地区警察署の連中となると、一人の確認のために調査員が三時間以上ついやしてしまうことも珍しくない。場合によっては自宅まで行って、隣人たちから確認を取らなきゃならんこともあるからね。そういうわけで、いま現在、運用部に残っている未確認対象の数は約六百八十名というところだ」

「きみたちは、よくやってくれているよ」

キリップがねぎらうと、ニールの褐色《かっしょく》の目が少しやわらいだ。

「ああ、わたしの部下たちは働き者だ」

キリップはまた肘かけを指先でコツコツやりかけたが、ニールと目が合い、あわててそれをやめた。

すこし間をとってから、こう訊いた。

「ところで、オリヴァー、三件の殺しの中で、きみはとくにどの事件に注意をそそいでいる？」

「それは、とうぜん二番目の事件だ」ニールは即答した。

「ジョージタウンの事件か？」

「そうとも」

「それはなぜだね」

「それはつまり、犯行現場がはっきりしているからだ」

「だったら空港での事件も同じじゃないか。リューゾー・オザキが射殺されたのは空港のトイレの中だった。これははっきりしている」

「あれは除外だ。空港での事件は計画的な犯行だ。狙《ねら》うべき対象があらかじめ決まっていて、したがって犯行をおこなう場所にも制約があった。あれは犯人側が自由に選んだ場所ではない」

「ふむ、それで？」

キリップはゆったりと脚を組みなおした。足先は揺れていない。

ニールはのんびりとした口調で言う。

「犯行の場所を自由に選べるとしたら、たいていは土地鑑のある場所を選ぶ」

「犯人はジョージタウンに土地鑑がある者だというのか？」キリップは壁に掲げられたワシントンDCの地図にちらりと視線を送った。

「その可能性が高いと思っている」

「ジョージタウンに土地鑑のある警官といえば、第一に考えられるのは、あの街の地区警察署にいる者ということになるが」

キリップの言葉にニールは苦笑をうかべた。

「なあ、ヒューバート。あんたは何くわぬ顔でわたしを誘導しているつもりかもしれないが、それはわたしを間抜け扱いしていることになるんだぞ」

「…………」

「わたしに細かく指図するのが越権行為だと思って、そんな子供だましの誘導をしているのだとしたら、要《い》らんことだ。わたしは最初から、運用部の中でも、とくにジョージタウン地区警察署にいる警官の調査を先に進めさせている」

キリップはきまり悪げに手で顔をぬぐった。

「すまなかった」

22

ジョージタウン大学医科歯科学部付属病院。

タミとカオリにとって、その病室で過ごす二日目の夜だ。入院以来、これまでのところは、カオリの身にとくに危険がおよぶこともなく、平穏な時間が経過していた。

廊下には、DCポリスから派遣された二人の警官が、二十四時間態勢で詰めている。巡査部長と平巡査がペアを組み、三組が輪番制をとっている。

午後十時。いま廊下にいるのは、ブラッドフォード巡査部長とプレストン巡査の組だ。

タミとかれらとは、あまり相性がよくない。昨日はブラッドフォードと、そして先刻はプレストンと、彼女は摩擦を起こしていた。

かれらの勤務は午前一時までだ。それまでは我慢して、なるべく顔を合わさぬようにしていればいい。タミはそう思って、病室の中で鳴りをひそめていた。

九時以降は病院内の音や声が急速にすくなくなり、ときおりどこかでわずかな物音がするほかは、ひっそりと静まりかえっている。そのため、廊下にいる二人の警官の低い会話の声だけが、古いモーターが放つ雑音のように、ドア越しに漂っていた。

カオリは、眠っている。

鎮静剤のせいではない。自然な眠りだ。彼女は午後からしきりに眠るようになった。自分が置かれた状況、父親の死、それらを考えたり感じたりすることを避けるために、無意識に眠りの中へ逃げ込んでいるのかもしれない。タミはそんな気がした。

ビニールタイルの床。くすんだグリーンだ。タミは椅子《いす》のうえで背をまるめ、左手を髪につっこんで、その陰気な床を見つめていた。

仮眠をとっても神経の一部はつねに起きている。そのかわり起きているときも後頭部から肩にかけて、ずっと誰かの手が載っているような、不快な重みがあった。いつまでこの任務をつづけることになるのだろうか。

それはザヴィエツキーしだいだ。あの女が捕まるまで、この仕事はつづくのだ。

ヴァルダ・ザヴィエツキー。彼女はいまこの時間、どこで何をしているのだろう。

キリップが言っていた。

〈彼女が誰かの家をアジトにしているのはまちがいない。その誰かというのが、カオリの父親を射殺した犯人である可能性も高い〉

ザヴィエツキーはいま、その犯人のもとにいるのだろうか。そこで何をしているのだろうか。食事だろうか。銃の手入れだろうか。

あるいは入浴中かもしれない。そんなことを思ったのは、タミ自身がいま無性《むしょう》にバスを使いたい気持ちでいるからだった。髪から手をぬいて、においを嗅《か》いでみた。蒸《む》れたようなにおい。シャワーをあびたい。シャワーをふんだんに出して、存分に髪を洗う。いったん想像すると、うっとりするようなその感覚がしばらく頭を去らなかった。

ザヴィエツキーはいま隠れ家でそれをしているのかもしれないのだ。タミはいまいましさが込み上げてきた。

しかし、そうではないかもしれない。ザヴィエツキーは入浴などせず、食事もろくに取らず、カオリを確実に殺す方法だけを考えつづけているのかもしれない。警備の裏をかく術《すべ》はないかと、どこからかこの病院を観察しているのかもしれない。寒い外気の中に立って、手を揉《も》み、足踏みをしているのかもしれない。

そしてそのそばには、〈もう一人の犯人〉が一緒にいるのかもしれない。

彼女を援助している人物。自分自身、三人の日本人を射殺している人物。警官かもしれない人物。

〈DCポリスの監察部が動きだしてくれた〉

監察部の調査は進んでいるのだろうか。

〈もしも《もう一人の犯人》がDCポリスの警官で、そしてそいつを監察部が逮捕してくれれば、ザヴィエッツキーの居所も、FBI内部の支援者の名前も、きっと一度に判明することだろう〉

〈それをじっと待っているんですか？　それまでカオリは無事でいられるの？〉

〈……待つんだ、タミ。耐《も》ちこたえるんだ〉

耐ちこたえられるだろうか。

ベッドでカオリが寝返りをした。包帯からはみ出た長い髪が顔にかかっている。口が少し開いて、そこからの息が毛先をふるわせている。

タミはふと考えた。

仮りにこの自分がカオリを狙《ねら》う立場だったなら、どんな方法を取ろうとするだろうか。

大学の構内にある病院。カオリの病室の中にも外にも、警護者がついている。発見されずに病室へ近づくことはできない。

こういう場合はまず警護者を病室から引き離さなければならない。……どうやって？

何か騒ぎを起こす。そう、騒ぎだ。……どんな？

何だっていい。火事でも殺人でも。

「………」タミは自分の考えに自分で息をのんでしまった。そうだ、それをやられたら、万事休すだ。火事は勿論《もちろん》だが、病院内で殺人が起きたとしても、ブラッドフォードたちはきっと現場へ駆けつけるだろうし、それを止めるわけにもいかない。

病院には重病の患者もいる。火事になれば逃げおくれて死ぬ者も出るだろう。殺人にしても同様だ。陽動作戦のために殺されるのは無関係の人間ということになる。そこまでのことを、果たしてザヴィエツキーはするだろうか。

するかもしれない、とタミは思った。

少なくとも、〈もう一人の犯人〉のほうは、すでに無関係の人間を二人も殺している。

いや、無関係とは言えないかもしれない。あの二人の被害者も日本人だった。日本人であるというだけで殺す理由になる、とその犯人は考えたのだ。

この病院に、タミ以外に日本人や日系人がいただろうか。医師、看護婦、職員、患者。もしいれば、陽動作戦の犠牲者として、その犯人はためらいなく殺すかもしれない。

……考えていると、ドアにノックがあった。

「看護婦のタイラーです」

黒人の夜勤看護婦の声だ。

タミはドアを開けた。

「スギムラ捜査官。お電話が入ってます。ＦＢＩ本部からです」

キリップだろうか。

「ありがとう」

タミはドアに施錠《せじょう》して、中年看護婦のあとにつづいた。ブラッドフォード巡査部長とプレストン巡査、かれらに後ろ姿をじっと見られているのを感じながら、急ぎ足で廊下を歩いた。歩きながら看護婦にたずねた。

「ねえ、タイラーさん。この病院には日本人か日系人が、誰かいますか？　わたしたち以外にだけれど」

「入院患者にですか？」

「患者も、医師も、看護婦も、事務職員も、ぜんぶ含めて」

「ついでにヴォランティアの人まで含めても、いませんね、一人もいません。残念ですけど」

「そう……」タミは少し安心した。

ナースセンターの電話に、彼女は案内された。

タミは受話器を耳にあてた。

「スギムラ捜査官です」

「やあ、タミ。ぼくだ、マクマホンだ」キリップの喉《のど》からはぜったいに出ないであろう明るく張りのある声だった。

「ああ、ビル」

何をやらせても優秀で、おまけに上手な似顔絵スケッチまで描《か》いてのける、ちょっといまいましいビル・マクマホン。

「そっちは異常ないかい？」

「二十秒前まではなかったわ。いまはどうだか知らないけど」タミは皮肉っぽい答え方をした。

その皮肉をマクマホンは敏感に受けとめた。

「べつに暇だからかけたわけじゃない。大した用もなしに、今のきみを電話に呼び出すのは非常識だということくらいわきまえてるさ。無駄《むだ》話をする気はないし、長話をするつもりもない。ただ、きみはそこで独りぼっちだし、こちらの情報から隔絶されていて、いらいらしているんじゃないかと思ってね。最新のニュースをひとつ知らせてやりたくなったんだ」

つまり友情というわけか。友情のほどこし。

タミはしかし、かれが紙ナプキンに描いてくれた彼女の横顔のスケッチを、ふと思い出した。わずか十秒たらずで描きあげた漫画風のスケッチ。特徴をよくとらえていた。だからとても似ていた。似ていたが、細かな部分で微妙な理想化がおこなわれていて、実物よりも魅力的だった。そのことが、なぜか不意に思い出された。

「それはありがとう。どんなニュース？」タミは素直な声になった。

「空港で拳銃《けんじゅう》が見つかった。スミス・アンド・ウェッスン、モデル19の四インチ・バレルだ。空港の、売店のわきの屑入《くずい》れから見つかった。消音器もいっしょにあった。研究所で条痕《ライフル・マーク》の検査をした結果、リューゾー・オザキを撃った銃であることが確認された。その前の二人の日本人もその銃で殺されている。検問にひっかかることを警戒して捨てたんだろう」

「指紋は？」タミは期待した。

「きれいに拭《ふ》きとられているようだ」

「やっぱりね」落胆の吐息が出た。

「闇《やみ》で手に入れたものらしく、持ち主をたどることもできない」

「じゃあ、凶器は発見できたものの、犯人を追う手掛かりにはならないということね」

「ただし、銃身《バレル》と輪胴《シリンダー》のすきまに繊維屑《せんいくず》がからまっていた。研究所がいまそれを分析している。手掛かりになるといいんだが」

「そうね」

言いながらふと目をあげたタミは、ナースセンターの前をブラッドフォード巡査部長が通りすぎようとするのを見た。紺のカーディガンを着た看護婦が二人、かれと一緒にいる。

「ちょっと待ってね、ビル」

タミは言って、受話器を耳から離し、ブラッドフォードに声をかけた。

「どこへ行かれるの、ブラッドフォードさん？」

すると看護婦の一人がナースセンターの中へ入ってきて、早口でささやいた。青い目が興奮でつりあがっている。

「レイプなんです」

「……え？」

「内科の入院患者が看護婦をレイプしようとしたんです」

ブラッドフォードも顔をのぞかせた。

「ちょっと行ってくる。プレストンを残してあるから、だいじょうぶだ」

「………」タミは、止めるわけにもいかず、かれの大きな背中が廊下の陰に消えてゆくのを見送るしかなかった。

「ごめんなさい、ビル。わたし病室へもどるわ。ニュースをありがとう」

「きみ、携帯電話を要求すべきだよ」

「長引くようなら、そうするわ。じゃあね」

電話を切った瞬間だった。廊下の奥のほうから、物が激しくぶつかるような、重みのある衝撃音がひびいた。同時に高い悲鳴が聞こえた。カオリの病室がある方向だ。

タミは駆け出していた。ナースセンターの中にあったワゴン、医療器具をのせたワゴンのひとつを腰で跳《は》ねとばしてしまい、ピンセットやハサミや薬品がけたたましい音をたてて床に飛び散った。

廊下。

いちばん奥にカオリの病室。

しかし、警官がいない。部屋の前にいるはずのプレストン巡査がいない。

タミは激しい動悸《どうき》に息が止まりそうになりながら、廊下を走った。走りながら、ホルスターのフックを外して拳銃を抜き出した。ハーフブーツの靴音が病院中に響きわたりそうな音をたてた。

カオリの病室のドア。

施錠《せじょう》したはずのドアが開いている。

タミはその前で停止し、腰を低く落とし、拳銃を両手でささえてまっすぐ前へのばした。走ったあとの呼吸で不安定に揺れようとする銃口を、けんめいに保持しようとした。

部屋の中にプレストンがいた。拳銃を手にしている。こちらを振り向いた目が異様にけわしく、昂《たか》ぶっている。

「銃を捨てて！」タミは叫んだ。プレストンの胸、銀色のバッジをつけ、ぴったりとした黒いサージにつつまれた筋肉質の胸に、ステンレス製の拳銃の銃口を向けた。

目の隅《すみ》でベッドのうえのカオリをとらえている。カオリはベッドの金具が鳴るほど、ガタガタと震えている。

「早く捨てて！」興奮で悲鳴のような声になった。

だが、プレストンは銃を捨てない。けわしい目で、タミをにらみ返している。

「何だよ。何を勘ちがいしてるんだよ」

「しゃべる前に銃を捨てなさい」タミは撃鉄を引き起こした。ダブルアクションの銃であるから撃鉄を起こさなくても撃てるが、起こしたほうが、より速く、より正確に撃て、しかも相手への強い警告にもなる。タミは緊張で胸が張り裂けそうだった。

プレストンは、拳銃をそっと足もとの床に置いた。

「オーケー、壁ぎわへさがって、腹這《はらば》いになりなさい」タミは一歩前へ出た。

「おい、いいかげんにしろよ、捜査官」

「言う通りにして」

廊下にざわめきが湧《わ》きはじめた。ほかの病室の患者たちが、騒ぎで目をさまして顔を覗《のぞ》かせたのだろう。タミは視線をプレストンからそらさなかった。

「腹這いになって、手を背中へ回して」

言ったとき、廊下を走ってくる重い靴音がした。

靴音はタミの背後で止まった。

「これは、何なんだ。何の真似《まね》だ、捜査官」ブラッドフォードの荒い呼吸がタミの頬《ほお》まで届いた。

「チャック、この女をぶん殴ってやってくださいよ」プレストンが訴えた。「おれは、部屋の中で悲鳴がしたから、急いでドアを破って入ったんだ。そしたら、この女が銃をつきつけて、おれに腹這いになれって言うんですぜ」

「悲鳴が聞こえたのは、あなたがドアを破ったあとだったわ」タミは拳銃をおろしていない。

「それは二回めの悲鳴だ」

「そうなの、カオリ？」タミは日本語で訊《き》いた。「この警官はあなたの悲鳴を聞いて、ドアを破ったのだと言ってるわ。その通りなの？」

「ちがうわ。わたしが寝ていたら、すごい音がして、このひとがピストル持って入ってきたのよ」

「腹這いになって、プレストン巡査」タミは強く繰り返した。「ブラッドフォードさん、手錠をかけるのを手伝ってください」

「なぜだ。なぜアルに手錠をかける」

「カオリを殺そうとした疑いがあるからです。それから、彼女の父親をはじめ、三人の日本人を射殺した容疑者でもあるからです」

「……何だと？」

「チャック、この女はいかれてる。こいつらは、おれに嫌《いや》がらせをしてるんだ」

「タイラーさん！　そこにいるの、タイラーさん？」タミは黒人の夜勤看護婦の名を呼んだ。「いたら、電話して。ＦＢＩに電話してちょうだい」

かすれたような返事が、廊下の端から聞こえた。

タミはプレストンから視線と銃口とを離さなかった。そのそばで、ブラッドフォードが呆然《ぼうぜん》と立ちつくしていた。

キリップは、コーヒー販売機でふたり分のコーヒーを紙コップにとった。

タミがそのコーヒーを飲むのはこれで三度目だ。

「すみません」彼女の声は低かった。

「きみは疲れているんだ。カオリもそうだ。みんな神経が疲れている」キリップの目は自分の靴先《くつさき》を見おろしている。

「また失敗してしまったわ」

「この病院に詰めている警官たちは、みんなアリバイのはっきりしている者ばかりだ。監察部は真っ先にそれをチェックしている。そのことをきみに言うのを忘れていた」

「言われるまでもないことだったんだわ。当然の手順ですもの。それなのに被害妄想に陥《おちい》ったりして、情けないわ」タミは長椅子《ながいす》に坐《すわ》って額をささえた。

「きみだけの責任じゃない。もとはといえばカオリの悲鳴だ。悪夢にうなされた悲鳴と、ドアを破られて目ざめたときの悲鳴とが、自分自身でも見さかいがつかなくなっていたんだろう」

「失格だわ」

「きみがか?」

「最初に会った日に、あなたが言ったとおりだわ」

「わたしは、そうは思わんね。きみが担当しているあいだ、カオリはまだ一度も危険に遭遇していない。さっきのことは単なる勘違いだったが、警戒心が強すぎての勘違いだ。その逆でなくてよかった。……きみは、とてもよくやっている。予想以上だ」

「………」

タミは、もしそれができるなら、この小柄《こがら》な男の肩に頭をあずけ、しばらく腕の中に抱いていてほしい気分だった。弱気になり、誰かに甘えたくなっていた。

「監察部の作業は着実に進んでいる。もう少しの辛抱《しんぼう》だ。カオリはきみだけを頼りにしている。守ってやってくれ」キリップの手が軽くタミの肩をつかんで、すぐに離れた。

かれの体臭は、何かの木の実のような匂《にお》いがする、とタミは思った。好きな匂いだった。

23

いやな臭《にお》いだ。

ヴァルダ・ザヴィエツキーは眉《まゆ》をひそめた。男が脚立《きゃたつ》の上に乗って、接着剤を使っている。強い揮発性の臭いが部屋にたちこめて、息がつまりそうだ。梁《はり》にできた細い亀裂《きれつ》。サンドバッグをぶらさげていた梁だ。重みを一点で支えていた太い釘《くぎ》が、度重なるパンチの衝撃で梁に少し亀裂をつくってしまい、そこにかれが強力な接着剤を埋めこんでいるのだ。

その臭いがいやで、ヴァルダは二階の寝室へゆき、ドアを閉めた。しかし、寝室にはかれの体臭がこもっていて、彼女は窓を開《あ》けたくなった。窓を開け放って、冷たい外気でこの部屋を清めたい気分だった。いまの自分を取り巻くあらゆるものが、不快で腹立たしかった。

きのう、陸橋からあの護送車に・五〇口径の銃弾を叩《たた》き込んだあと、この家に帰りついてTVのニュースにかじりついた。そして、自分が失敗したことを知った。悔しさにまみれて昏倒《こんとう》しそうになった。あの女は死んでいなかった。殺しそこねたのだ。ベッドに全身で倒れこんで、ティムに詫《わ》びながらこぶしを噛《か》んだ。左手の甲にその歯型がのこって赤紫になっている。

以来、ヴァルダは無力感にとらわれ、深い鬱《うつ》状態に陥《おちい》っていた。

どだい無理なのかもしれない。あの女はFBIと警察に守られている。その壁を破って確実にあの女を殺す手段を見つけるのは、不可能かもしれない。

なぜみんなあの女をかばうのか。あの女は人殺しではないか。しかも、殺されたのはアメリカ人の子供ではないか。誰からも好かれ、愛されていた善良な子供だ。あの女を脅したなんて嘘《うそ》だ。そんなことがあったとしても、それは他の子がしたのだ。それに、あの女は大袈裟《おおげさ》なのだ。勝手におびえてヒステリー状態になったのだ。そしてティムを撥《は》ね殺した。なぜ罪に問われないのか。罪に問われるどころか、厳重な護衛までついて国賓あつかいではないか。こんな馬鹿な国があるものか。殺されたティムがあまりにも可哀そうだ。考えれば考えるほど悔しくてならない。ＦＢＩも警察も、あの女の味方をする者はみんな呪《のろ》い殺してやりたい。

ベッドの縁《へり》に坐《すわ》ってジーンズの膝《ひざ》を撫《な》でさすりながら、ヴァルダは低い呻《うめ》きを洩《も》らした。

「そう落ち込むなよ、ハニー」

ドアが開いて、かれが立っていた。赤いトレーナー、その腋《わき》の下に汗のしみが滲《にじ》み、首にピンクのタオルをかけている。梁に亀裂ができるまでに、たっぷり半時間、かれはサンドバッグを相手にしていたのだ。気分が昂揚《こうよう》して、何か有頂天になっている様子だった。

「入るときはノックぐらいしてね」ヴァルダは不機嫌《ふきげん》に言った。

かれはタオルを首からとって顔をぬぐった。不快な体臭が強くにおった。

「あんたはもう忘れたかもしれないが、じつはここはおれの家なんだぜ、ハニー」浮薄な笑いを含んだ声。

「誰の家だろうと関係ないわ。ドアを開けるときはノックして」

「でもよ、おれとあんたとはベッドで一緒に寝た仲だぜ」

「それも関係ないわ」

「……オーケー、気をつけるよ、ハニー」

「そのハニーっていうのもやめて」

「何だい、いらいらすんなよ、ハニー」

かれはヴァルダの横に腰をおろした。ベッドのクッションがはずんだ。

立ちあがろうとするヴァルダの胴にかれの腕が巻きついた。片方の手が乳房をつかんでいる。短く刈った、クセのある粗《あら》い金髪が、彼女の頬《ほお》をこすった。

「放して」硬い声で言った。

「くよくよ考えるのは、ちょっとお休みだ」

「その気になれないわ。放して」

「すぐにその気になるさ」

「同じことを三度も言わせないで」

ヴァルダはかれの腕を振りほどいて立ちあがり、壁ぎわの重ねだんすに凭《もた》れた。

かれは溜《た》め息をつき、なんとかヴァルダをなだめようと、顎《あご》を掻《か》きながら言った。

「この次は、きっと成功するさ。こういうのは運もあるからな。おれの場合はたまたま運にめぐまれてたんだ。おれはあんたより腕がいいなんて、これっぽっちも思っちゃいないぜ。ほんとうさ。そんな自惚《うぬぼ》れは持っちゃいない」

「…………」ヴァルダはますます苛立《いらだ》ちがつのってきた。

「こんどは手榴弾《しゅりゅうだん》を使ってみる手もあるぜ」

「手榴弾？　それも闇《やみ》で買ったの？」

「いや、ゴロツキからの押収品を一個くすねてあるんだ」

「何でも持ってる人ね」ヴァルダは冷淡に苦笑した。手榴弾の届く距離までどうやって接近するというのだ。「自殺のときにでも使わせてもらうわ」

「いいかい、おれとあんたは心も体も一体になったパートナーだ。それを忘れないでくれ。おれの成功はあんたの成功でもあるんだ。あの娘のおやじを仕留めたのはおれだが、その成果はあんたのものでもある。そうだろう？　だからそんなに落ち込むなよ。半分は成功したんだからさ」

「半分？」ヴァルダはまた苦笑した。

「そうさ、半分は成功したんだ」

「馬鹿を言わないで。ゼロよ」

あの女の父親を殺させたのは復讐《ふくしゅう》のためではない。あれは処罰だ。

〈わたしは少年の母親に十万ドルを贈ることにした。どうかそれを受け取って、悲しみを癒《いや》してもらいたい〉

TV画面から、あの破廉恥《はれんち》な言葉を彼女に投げつけてよこした男を、処罰させただけだ。それ以上の意味はない。

「あの女が死なないかぎり、ゼロだわ」

「じゃあ、おれがやったのは、いったい何なんだよ」

「あんたは人殺しが好きなんでしょ。だから、その相手を与えてあげたのよ。それだけのことよ」

すると、かれの声の調子が低く下がった。

「あんた、冷たいな」

かれは立ちあがって寄ってきた。「おれの気持ちが、どうもあんたにはうまく伝わってないみたいだ」

「…………」ヴァルダは目をそらした。

「あんた、おれが嫌《きら》いなんだろう」

「…………」男の目を見た。

「やっぱりそうか。言っとくが、おれはピエロはいやなんだ。おれをピエロあつかいする奴《やつ》には我慢できないんだ。男だろうと、女だろうとな」

かれの目。そばかすのういた幅広の顔のなかにある薄い紫色の目。その目から表情が急速にうしなわれて、仮面のようになってゆくのをヴァルダは見た。

彼女は自分の迂闊《うかつ》さに気づいた。

この男は常人ではないのだ。いっしょにいるためには、毒虫をあつかうような注意が必要なのだ。狙撃《そげき》を失敗した落胆にのみこまれて、そのことを忘れかけていた。

ヴァルダは機敏に対処した。かれの頬を思いきり殴ったのだ。

「好きとか、嫌いとか、そんなことに頭を使っている暇はわたしにはないのよ。あんたもパートトナーならパートトナーらしくしたらどうなの。それともわたしを苛立たせるのがパートトナーの仕事だと思ってるの？」

かれの口が切れ、血が垂れている。

ヴァルダはジーンズのポケットからハンカチを出して、やや乱暴にかれの血をおさえてやった。すでにくしゃくしゃになっていて、清潔とは言えなかったが、しかし、使うのは彼女自身のハンカチでなければならないことを、ヴァルダは知っていた。

かれは少しのあいだ呆然《ぼうぜん》として、自分の感情の位置をどこへさだめるか、迷っている気配だった。

ヴァルダは、そのかれをベッドへ突き倒した。そしてかれのトレーナーパンツの腰のゴムをつかんで引きおろし、馬乗りになった。自分のセーターを頭から脱ぎすて、ブラジャーをはずしてかれを見おろした。束ねていたゴムをとると、髪が頰の両側に垂れ、乳首にまで届いた。乳房と乳房のあいだから、かれの薄紫の目が見あげている。表情はまださだまっていなかった。彼女は上体をかぶせるようにして、血だらけのかれの口に右の乳首を押しこんだ。

押しこみながら、言った。

「あんたのことなんか何とも思ってないけど、でもこれは嫌いじゃないわ。ばかみたいな顔してないで、さあ気が変わらないうちに、やることをやってよ」

馬乗りの向きを変えて、男のペニスをつかみ出し、萎《な》えているそれを口にくわえて舌をからめた。汗で塩気のあるペニスが口のなかで急速にふくれあがった。喉《のど》を突かれて吐き気がせりあがるのをこらえながら、彼女は思っていた。

もうじきこの男を殺すことになるかもしれない。だがその前に自分が殺されるおそれもある。

24

「五人だ。疑わしいのが五人いる」

ニール警視は受話器を顎《あご》と肩の間にはさんで、リストを手でめくった。背後の窓からまばゆい日が射《さ》しこんでいる。

「ジョージタウン署の警官の中にか？」キリップの声が受話器から問い返した。

「そうだ。他の部署のことはまだ判《わか》らんが」

「で？」

「で、とは？」

「その五人をどうする」

「本人を出頭させて聴取するさ」ニールは受話器を手に持ち、窓を振り返って徹夜あけのまぶたを押さえた。電話が済みしだい、ブラインドをおろそうと思った。

「逃がさないでくれよ」キリップの声が、いつになく昂《たか》ぶっている。

「もちろんだ。念のために課員を二人ずつ派遣したところだ。かれらが出頭命令を直接伝えて連れてくる」

「それなら間違いないな」

「五人のうちの一人は、ＬＥＥＰの奨学金でメリーランド大学刑事司法学部へ通っている男だ。ザヴィエツキーの学友だ」

「やはりそういう者が網に引っかかってきたのか」息づかいに力が入っている。

「しかし、実を言うとその男はシロの可能性も高いんだ。というのは、ジョージタウンでの事件のとき、かれはパトロール任務についていたんだが、同僚の警官がアリバイを証言している」

「同僚の証言はあてにならない」キリップは一蹴《いっしゅう》した。

「そう言うだろうと思って、聴取対象に含めておいたわけさ」

「その警官の家はどこなんだ」

「ヴァージニアのアーリントン郡だ。アダムズ・ハイツという住宅地だ」

「ふむ、近いな。うちの捜査官が三日前ザヴィエッツキーらしき女の車を見失った場所に、わりあい近い。その警官、家族はいるのか？」

「いや、一人暮らしだ」

「ますます条件に合う。いま、その男は勤務中かね？」

「夕方五時からの勤務だ。だから、部下を家のほうへ向かわせた」

「オリヴァー、そのスタッフたちに、いちおう連絡しておいたほうがいいな。銃を抜いて、しかも家の裏表、両側から近づくように」

ニールは一拍間《ま》をおき、おだやかに言った。

「……なあ、ヒューバート。おれのことも、おれの部下のことも、間抜け扱いするのは、いいかげんにやめてくれないか。だから嫌われるんだぞ、あんたたちは」

「………」

「ああ、詫びなくていい。代わりに、この件が落着したら一杯おごってもらう。じゃあな」

電話を切ったあと、ニールはインターコムで秘書に告げた。

「ロイとフランツの車を呼び出してくれ。至急だ」


ロイとフランツは、目的の家の五〇ヤード手前で車をおりた。

ニール課長の無線電話をうけてから、少しばかり緊張していた。

「おまえたちの相手が、ひょっとすると本命かもしれんぞ。油断のないようにな」

そう言われたので、ポトマック河を渡ったところでいったん車を止め、防弾用ベストを上着の下に着こんできていた。

目的の住所は、アーリントン墓地の西にひろがる住宅地の一角だった。サラリーマンの出勤や子供たちの通学の時間帯はとうに過ぎ、天気のよい、のどかな冬の午前だった。大きくもなく、かといって見すぼらしいということもない、ごくありきたりの規格品のような二階建ての家々が、通りの両側に並んでいる。

郵便配達の中年の女がミニバイクで通り過ぎざま、ふたりに「メリー・クリスマス」と挨拶をよこした。ふたりはあわてて振り向きながら、口の中でもごもごと返事をかえしたが、彼女の背中には届かなかっただろう。

天気はいいが、外の風はやはりつめたい。防弾用ベストがすこしも暑くない。

「なあ、ロイ、あの家のようだな」フランツが顎をしゃくった。

「うむ、手前の家の郵便受けに１０７とあるから、あれが１０８だろう。窓にはぜんぶカーテンがしてあるな」ロイが午前の日射しに目を細めて言った。

「奴《やっ》は遅番勤務だから、いまはまだ寝ているのかもしれんな」

「どうする、ベルを鳴らして起こすかね。それとも、窓でも破って飛び込むか」

「奴は、まだホシと決まったわけじゃない。あくまでも参考人だ。窓を破るのはまずいだろう。ひとまずベルを鳴らして、素直に出てこないようだったら応援を呼ぼう」

「オーケー、それで行こう」

言いながら、ロイはポケットからコインを出した。「どっちが表のベルを鳴らすか、これで決めよう」

「おまえな、少しは人の目を気にしろ。そんな物しまえ。おれがベルを鳴らす。おまえは裏へまわれ」フランツは手の甲でロイの肩をはじいた。

「おまえだってな、フランツ、そのうち結婚して子供ができりゃあ、自分からコインを出すようになるさ」

かれらはふた手に分かれて、目的の家に接近した。

白い木製ドア。しばらく塗り直していないのか、ペンキに細かなひびが入っている。

フランツはバッジのついた身分証ケースを左手に持ち、ベルのボタンを探した。しかし周囲にそれらしき物はなく、ドアの中央につけられた大仰なブロンズのノッカーを叩《たた》くしかなかった。かれは、それをやや強めに叩いた。

　するとドアがわずかに中へ開いた。錠がかかっておらず、金具の突起もしっかり嚙《か》んでいなかったのだ。

　フランツは声をかけるべきかどうか迷いながら、そっとドアを押し開いてみた。だが、つぎの瞬間、その迷いは消えた。――血痕《けっこん》。あきらかな血痕が、ドアの内側の床と壁に散っているのを目にしたからだ。それはまだ新しく、なまなましい赤みが残っていた。床の血痕の一部は擦《こす》られたようになって尾を引いている。おそらく、血を流して倒れた人間を、別の人間が奥へ引きずっていったのだろう。

　フランツは身分証を上着にしまい、オートマチックの拳銃《けんじゅう》をぬいて安全装置を親指で解除し、両手で構えた。その姿勢で奥へと進んだ。進みかけてギョッとした。

　カーテン越しの外光でほのかに明るいリヴィングルーム。その中央に、何かが上からぶらさがっている。

　フランツは口をとがらせて、細い溜《た》め息をゆっくりと吐《つ》いた。それは、ただのサンドバッグだった。梁《はり》からぶらさがっていたのだ。

　視線の方向に銃口を向けながら、部屋を見まわした。

　何か揮発性の臭《にお》いがただよっている。接着剤の臭いと思われる。耳を澄ましてみた。

物音はまったくしない。二階からもだ。部屋の中には家具が少ない。壁ぎわに重そうな飾り棚《だな》。そしてやや大型のTV、それと黒い革張りのソファ……

「……！」銃を持つフランツの腕が硬く緊張した。ソファの向こうの床に誰かが倒れている。男だ。濃いグレーの背広を着ている。

敷物のない、むきだしの木の床。擦《こす》れた血の跡が、その男のもとまで途切れ途切れにつづいている。

フランツは銃口をその男に向けたまま、ゆっくりと近づいていった。

その瞬間だった。背後から大声がした。

「動くな！　銃を捨てろ！」

つづいて何人もの人間がどやどやと玄関から踏みこむ足音がした。

「FBIだ。おとなしく銃を捨てて腹這《はらば》いになれ」

さらに別の何人かが、階段を駆けあがる音も聞こえた。

フランツは呆気《あっけ》にとられながら親指と人差し指で拳銃をつまんで床に置き、両手を頭の後ろに回して振り向いた。

濃紺のジャケットを着てキャップをかぶった男たちが、手に手にショットガンやオートマチック・ライフルを持って、かれを取り囲んでいる。

「おれはDCポリスの者だ」フランツが言うと、

「わかっている。早く腹這いになれ」ショットガンの男がけわしい顔でうながした。

「そうじゃないんだ。おれはフランツ・ホフマン。DCポリス監察部だ。身分証は上着のポケットにある。ここへは出頭を命じにきた。家の裏に同僚がいる」

男たちが目を見あわせた。

「……よし、わかった。確かめるから腹這いになれ」

フランツは、やれやれと首を振り、血の跡のない場所を選んで腹這いになった。防弾用ベストのごわごわした感触を胴まわりに感じながら、「撃つなら撃ってみろ」と怒鳴ってやりたい気持ちを抑《おさ》えた。

ひとりが近づいてかれのポケットを探《さぐ》るあいだ、別の誰かがソファの陰の死体を見にいった。

身分証を確認した男に、フランツがきっちり謝罪を求めようとしたとき、横からこういう声が聞こえた。

「おい、これはビルだぞ。ビル・マクマホンだ」

25

連続射殺犯の正体は拳銃《けんじゅう》から突きとめられた。ダレス国際空港の屑入《くずい》れから発見されたスミス&ウェッスンM19、四インチ・バレル。

ＦＢＩや警察でよく使われ、一般にも愛用者の多い、ごくポピュラーな拳銃だ。発射した弾丸につく傷跡、つまり条痕《ライフル・マーク》の検査によって、リューゾー・オザキを含む三人の日本人の射殺に使われた銃であることは、まっさきに確認されている。ただし、それだけでは犯人を突きとめる手掛かりにはならない。指紋の採取が必要だった。

とても手入れのよい銃だった。犯人は銃マニアで、何度も分解掃除をしていたようだ。そして、それがかれの命取りになった。銃の外側はていねいに指紋がぬぐわれており、犯行時にも手袋をしていたようだが、しかし犯人は自分がかつて一度だけ素手で内部の部品をいじったことがあるのを、すっかり忘れていたのだ。

ぜんぶで三十以上ある部品のうち三つから、指紋が採取された。

ひとつは、輪胴《シリンダー》の軸の一部で、空薬莢《からやっきょう》を排出するためのエキストラクター。もうひとつは、撃鉄に接続する細長い板状のメインスプリング。さらに、銃の横腹の蓋《ふた》であるサイドプレートの裏側。

この三カ所から、指紋の断片をいくつか取ることができた。

ＦＢＩ鑑識部の遺留指紋課がそれを分析し、犯罪者指紋ファイルと一般指紋ファイルの両方をコンピューターで検索して、照合した。

ノーマン・スローン、ＤＣポリス運用部巡査、三十一歳。

判明するやいなや、本部と首都支局の捜査官たちがショットガンとオートマチック・ライフルをたずさえて、スローンの家に踏みこんだのだった。

しかし、スローンはすでに逃走しており、かれの所有車、赤のシヴォレー・カマロもガーレジにはなかった。

家の中にいたのはＤＣポリス監察部の刑事と、そしてなぜかビル・マクマホン捜査官の死体だった。

半時間後に、キリップらの捜査班も駆けつけた。ボルティモア支局から来ているグループだ。かれらは、空港の犯人ではなく、ザヴィエツキーの線から捜査するという分担になっていたために、連絡が後回しにされたのだった。

キリップが到着したとき、その家の中に残っていたのは、国内公安・テロリスト課の課長をふくめて四人の捜査官だけだった。あとの捜査官は逃走したスローンの足取りを求めて飛び出していった。かれの親族・友人・同僚たちからの情報を集めるためだ。

キリップたちと前後して、ＦＢＩ研究所の科学分析部からも数人のスタッフがやってきた。捜査官たちの証拠品収集を援助しにきたのだ。

寝室をはじめ、家の中の各所から、ヴァルダ・ザヴィエツキーの指紋と毛髪が採取された。

「やはりふたりは一緒にいたんですね」

キリップは梁《はり》からぶらさがったサンドバッグを見ながら言った。

「ああ、きみの見込みどおりだった」課長は床を見ていた。

ソファの近くの床だ。そこには白いテープで輪郭が描《えが》かれていた。ビル・マクマホンの死体の輪郭。

キリップも課長も、先刻からマクマホンのことには一言も触れなかった。マクマホンがここで死んでいた。それが示す意味は、わざわざ口に出すまでもないことだった。

しかし捜査官のひとりが、かれらのそばへ寄ってきてテープの輪郭を見おろしながら言った。

「指紋が採取されたことを、ビルはスローンに知らせにきたんでしょうかね」

キリップが否定した。

「それなら電話で済む。かれはスローンを殺しにきたんだ。そして反対にやられた」

「………」課長は無言だった。同じ意見だからだろう。

キリップは家の中を隅《すみ》から隅まで見てまわることにした。他の捜査官や科学分析部の技官からのあいだを縫って、玄関まで戻った。

玄関の床の血痕《けっこん》。マクマホンはここで撃たれたのだ。ザヴィエツキーやスローンが逮捕されれば、かれらの口から情報漏洩者《ろうえいしゃ》として自分の名前が出る。それを防ぐために、かれらを殺しにきた。しかし、来訪の意図を読まれて先に相手に撃たれてしまった。そして奥のソファの陰まで引きずられていった。

……

血痕のそばに数字を書いたプレートが置かれている。数字は「1」だった。この意味をあとで確認しておこうと思いながら、二階への階段をのぼった。

二階は寝室と物置き部屋だった。本来は両方とも寝室として設計されているのだろうが、ひとり暮らしのスローンはひとつを物置き部屋にしてしまったのだ。

寝室のベッドから、頭髪以外に、男と女の陰毛が数本ずつ採取されたという。すべて同じ男と女のものだという。間《ま》もなく判《わか》ることだが、女の毛はたぶんザヴィエツキーのものだろう。

少しシミのあるシーツを見つめながらキリップは、ザヴィエツキーとスローンの関係のかたちを推《お》し測ろうとした。もとからの愛人同士なのか。それともただの顔見知りがこういう関係にまで発展してしまったのか。

愛人同士ならば、このあとも一緒に逃げつづける。

しかしそうでなければ、スローンの身元がわれわれに割れた段階で、ザヴィエツキーにとっての利用価値はなくなる。したがって彼女は別行動をとろうとするだろう。その場合、スローンはどう出るだろうか。

素直に同意して別れるか。

意見が合わずにトラブルになるか。

トラブル。——あのふたりが起こすトラブル。となれば、必ずどちらかの血が流れる。

キリップは寝室を出て階段をおりはじめた。かれは内心で望んでいた。〈トラブル〉が起きることを渇望していた。どちらが生き残ったとしても、その〈トラブル〉の痕跡が、きっと新しい手掛かりをかれに与えてくれるだろうからだ。

そういう酷薄な願望を抱く自分に、かれはしかし不快を感じてもいた。焦《あせ》りと苛立《いらだ》ちが、しだいに自分を冷酷にしつつあると思った。思ったが、願望は払いきれなかった。

そしてその願望は、わずか三時間後に実現した。

ポトマック河に車が飛び込んだ。

そういう通報がDCポリスに入った。河はワシントンDCとヴァージニア州のあいだを流れているが、境界は河の中央にあるのではなく、この区間の水域は、すべてD

Cの領域なのだ。

目撃者からの電話通報は、技術部通信課の通信運用班が受理し、運用部の交通・特別運用課へ連絡した。この課には水上班があり、十四隻《せき》の水上艇を持っている。

河に飛び込んだ車は赤いカマロだった。窓が開《あ》いていたので、車はたちまち沈んだ。通報者はそういう明確な証言をした。

飛び込んだ場所は、アーリントン墓地の東にあるコロンビア島。アーリントン記念橋のやや上流、河ぞいの道から突然水の中へ突っ込んでいったということだった。

二隻の水上艇が急行したが、車は完全に水没しており、つめたい灰色の水の下に屋根の赤い色が見えていた。赤がほぼそのままの色で見えているということは、浅い位置にあるということだった。

二人の警官がウェットスーツを着け、小型ボンベを背負って潜った。水の透明度は低いが、天気のよい日中なので、その光が水中にも射《さ》しこんで、わりあいに明るかった。車の中には一人の人間がいた。大柄だが、女のようだ。セーターの胸がふくらんでおり、長い髪が海草のように顔のまわりで揺らめいている。意識はない。二人の警官は、彼女を車外に出そうと試みた。しかし窓は開いているものの、ドアがどうしても開かない。警官たちの動きで車内の水が揺れうごき、女の顔が髪のあいだから覗《のぞ》いた。警官たちは顔を水面に出して、艇のうえの上司に報告した。

「中にいるのは女です。どうやら死んでいる模様です。ひたいに銃で撃たれた穴があります」

「そうか、とにかく引き出してみろ」

「だめなんです。ドアが何かで固定してあるようです。それに、彼女は座席にロープで縛りつけられています」

「ふうむ。じゃあ、海軍のクレーン船に頼むしかないな」

「ええ、そうしたほうがいいと思いますね」つめたい水に体温が奪われはじめて、警官の顎《あご》の動きが硬くなっていた。

もうじき川面に氷が張りはじめる季節だ。ウェットスーツは保温性がすぐれているとはいうものの、時間のかかる作業は無理だった。人命救助ならともかく、相手がすでに死んでいるのであれば、一分一秒をあらそう状況ではない。

三マイル（五キロ弱）ほど下流でアナコスティア河が合流している。その合流点の付近が、海軍のワシントン基地である。クレーン船もそこにある。

「オーケー、そうしよう。しかし悪いがボブ、上がる前に、もういちど潜って車のナンバーだけでも読んできてくれ」

「わかりました」返事をする唇が紫色だった。

日が急速に傾いて水の中がほとんど見通せなくなりかけたころ、海軍所有のクレーン船によって、赤いシヴォレー・カマロは引きあげられた。

二時間前に駆けつけたＦＢＩの面々も、その作業を見まもっていた。むろんキリップもいた。

車のドアが開かなかったのは、下側をガムテープで厳重に留めてあったからだった。そんな簡単な細工が判らなかったのも、しかし無理はないのだった。そのあたりまでは光があまり届いていなかったし、しかも沈んだ際に河底から湧《わ》きあがった泥《どろ》が付着して、よく見えなかったのだ。

車から出された人間を見て、ＦＢＩ捜査官たちは、声をうしなった。

死体はノーマン・スローンだった。胸のふくらみは、ブラジャーに詰め物をしてあったのだ。濡《ぬ》れて顔に貼《は》りついた暗褐色《あんかっしょく》の長い髪。それは、かれの短い金髪の上に強力な接着剤でくっつけられていたのだった。

自殺ではなく、他殺であることははっきりしていた。銃弾が貫通して出てゆくときに吹き飛ばした後頭部の裂口。そこにガムテープが貼られ、さらにその上にも大量の長い毛髪が接着されていたからだ。

「ザヴィエツキーの毛かな」捜査官の一人がつぶやいた。

「いちおう研究所で調べてもらうが、おそらくそうだろう」キリップが言った。「自分の髪をぜんぶ根元から切って使ったんだ」

26

ヴァルダ・ザヴィエツキーは階段をのぼっている。

ジョージタウン大学付属病院の階段。右腕を白い布で肩から吊《つ》っている。スローンの家の食卓にかかっていたテーブルクロスだ。それを裂いて包帯のようなものと三角巾《さんかくきん》をつくった。包帯の中の手は、コルト・パイソンをにぎっている。だから、よく見ると不自然に長い。

左腕だけを通して着た白いダッフルコート。その左ポケットのふくらみは手榴弾《しゅりゅうだん》だ。スローンが持っていた手榴弾。

外科のナースセンターに看護婦が三人いた。それぞれ手を動かして、何か仕事をしている。三人がいっせいに笑った。仲間うちのジョーク。職場での平和な日常。

ヴァルダの背後にエレヴェーター・ホールがある。壁ぎわに車椅子《くるまいす》が一台置かれている。彼女はそれを押して空《から》のエレヴェーターに乗った。

昇降ボタンは押さずにドアだけを閉じて、車椅子に坐《すわ》った。ドアを開け、ふたたび同じ廊下へ出た。

左手だけで車椅子をころがしてナースセンターのほうへ戻った。

不意に声をかけられた。

「押しましょうか、ミスター？」

振り返ると、白と赤のストライプのワンピースを着た少女が頬笑《ほほえ》んでいる。ジュニア・ヴォランティアの高校生だ。

ヴァルダは断わろうとして、すぐに気を変えた。利用できるものは、何もかも利用するつもりだった。この少女がそばにいる限り、警官は迂闊《うかつ》にはこちらを撃てない。

「ありがとう。頼むわ」

ヴァルダは大柄ではあるが、声はけっして太くない。その声を聞き、少女が顔を赤らめて詫《わ》びた。

「ごめんなさい、ミスターだなんてお呼びして。髪をすごくショートにしてらっしゃるので、後ろからだとよく判《わか》らなかったの」

「いいのよ」

「どのお部屋ですか？」

「廊下の奥から二番目よ」

いちばん奥がカオリ・オザキの病室だ。そのことは、ヴァルダは二日前から知っている。スローンが〈ＦＢＩの友達〉に電話して聞き出していたからだ。部屋の前に二人の警官が詰めていることも知っている。そして、中にFBIの女捜査官が一人いることも。

けれど、それが何だというのだ。

もはや隠れ家がなくなってしまった今、捨て身で突っ込んでゆく以外にない。たとえまたどこかに潜《ひそ》むことができたとしても、それでどうなるものでもない。好機を狙《ねら》っていつまで待っていようと、そんな好都合なチャンスなど訪れてはくれないかもしれないのだ。

ナースセンターの前を通り過ぎ、まっすぐな廊下に入った。

ヴァルダの目が輝いた。

いちばん奥の病室。そのドアの前に警官の姿がない。一人もいない。

うまくいった。

あの偽装が成功したのだ。ヴァルダはそう思った。スローンの死体を女に見せかけてポトマック河に車ごと沈めた。引きあげて確認するには多少の時間がかかる。その間、死体をヴァルダのものと思い込んでくれれば、警察は病院の警備を弛《ゆる》めるかもしれない。それを期待しての偽装だったが、見事に成功した。人手不足のDCポリスは、早ばやと警官を引きあげさせてしまったのだ。

車椅子は奥から二番目のドアの前に達した。そのドアを開《あ》けようとする少女を、ヴァルダは制した。

「そこは開けなくていいわ」

言いながら、車椅子をおり、三角巾から右腕を抜いた。

少女の顔から微笑が消えて、ヴァルダの脚を見つめ、あいまいな表情のまま周囲を見まわした。いたずらカメラのレンズを捜しているのかもしれない。

ヴァルダは右腕の包帯の中で拳銃《けんじゅう》をにぎりなおした。そして左手はコートのポケットに入れて手榴弾をつかんだ。ただし、これは事をなしとげたあとの自殺用だった。安全ピンは口で引き抜くつもりだった。

深呼吸をして隣のドアへ歩きはじめた。が、すぐに立ちどまった。

ドアが開いている。

右腕を前に突きだして部屋の中へ入りこんだ。

黒人の中年女が驚いて振り返った。ほかには誰もいない。女は病院職員の制服を着ている。ベッドに新しいシーツをかけているところだった。

「この部屋にいた患者は？」

ヴァルダの問いに、職員は無言でいぶかしげな目を向けた。

「患者は？」ヴァルダは形相《ぎょうそう》を変えて怒鳴った。「どこなの？」

職員は肩をふるわせて竦《すく》んだ。

「知りません。退院したんじゃないですか」

ヴァルダは廊下へ出た。覗いていたヴォランティアの少女を撥《は》ね飛ばしそうになった。廊下を走ってナースセンターへ行った。

そこにいる看護婦は二人に減っていた。ヴァルダは右腕から包帯を取って、看護婦の一人に銃口を向けた。

「答えるのよ。入院していた日本人の女はどこへ行ったの？」

看護婦たちは硬直した。

「早く答えて！」

銃口を向けられた看護婦が、ふるえ声で答えた。

「さっき、退院されました」

「行き先は？」

「し、知りません」

「嘘《うそ》じゃないわ。わたしたちは知りません」もう一人が強い口調で言い添えた。

本当だろうとヴァルダは思った。

力が抜け、その場に坐りこみたくなる自分を急《せ》き立てて、彼女は階段を駆けおりた。

27

「キリップだ」

「スギムラです。いまシャーロットの空港に着きました。ヘリコプターは給油中です」

「カオリは？」

「レイナと……あ、チェスター下院議員の秘書と、ヘリの中にいます」

ジョージタウン大学の構内から飛び立ったＦＢＩのヘリコプター。南西へ向けて飛行中にキリップからタミへ無線電話が入り、給油地に着いたら地上の電話で連絡するようにと指示されたのだった。

「では、いいかね、順を追って話す」かれは陰鬱《いんうつ》な声で言った。

「はい」

「ポトマック河の車の中の死体。あれはザヴィエッツキーではなかった。ノーマン・スローン、つまり連続射殺犯のほうの死体だった。おそらくザヴィエッツキーに殺されたのだろう」

「……そんな予感がしていました。彼女は死んでいないような気がしていました」

タミが言うと、キリップは問いかけた。

「それはなぜだね」

「え？　……わかりません。何となくです」

「わたしには判《わか》る。きみの中にも幾分かザヴィエッツキーへの同情心がひそんでいるからだ。きみはいま、彼女が生存していると聞いてホッとしたような声を出した」キリップは陰鬱な口調のまま言った。

タミはぎくりとして、自分の心の中を覗《のぞ》きこんだ。そして、「ええ」と認めた。

「彼女が殺されて車ごと河の中へ沈められていたと聞いたとき、多少は気の毒に思ったのは確かです。でもそれは彼女の身にふりかかった不幸に対しての同情心です。彼女がやろうとしていること、つまりカオリに復讐《ふくしゅう》しようとしていることに対する同情心ではありません」タミは半分は自分に確認するように、そう言った。

「ああ、それも判っている」キリップはそれ以上突っ込むことはせず、少し口調を変えて静かにつづけた。

「そのザヴィエッツキーだが、きみたちが出発したあと、病院に現われたらしい」

タミは吐息をした。

「……ヘリに乗りこむ瞬間に遭遇しなくてよかったわ」

「同感だ」

「誰か怪我《けが》人は？」

「だいじょうぶだ。カオリがいないことを知って、すぐに引きあげたそうだ」

「わたしたちの行き先を、彼女が知る可能性はあるかしら」

「ないとは言えないが、可能性を減らす努力はしてみた。まずチェスターに厳重に口止めを頼んだ。ＦＢＩのスタッフにも、むろん箝口令《かんこうれい》を敷いた」

「病院の医師も知っていますわ。下院議員がカオリに話したとき、そばにいましたから。ケリーという名の精神科の医師です」

「わかった。かれにも口止めしておこう。しかし、向こうに着いても、引きつづき気を抜かずにいてほしい」

「そのつもりです」


……チェスター下院議員がとつぜん病院へ見舞いにやってきたのは、三時間ほど前のことだった。

ちょうどカオリとタミが昼食を終えたばかりのときだ。大きな花束を秘書のレイナ・ギルバートに持たせ、眉《まゆ》をよせた心配そうな表情で病室に入ってきた。

支持者たちの反発をおそれて、カオリとのかかわりを絶ちたがっていたはずのチェスターだが、やはりそんな自分の薄情な態度に気が咎《とが》めたのかもしれない。

「容態はどうだね」励ますような微笑をうかべて、かれはカオリにたずねた。

「傷については、六日後の抜糸を待つだけの状態だそうです」例によってタミが代わりに答えた。「精神的にもだいぶ落ち着いているようです。さきほど、ドクター・ケリーが来られて、いつでも退院可能だとおっしゃっていました」

「ほう、そうかね。それはよかった。レイナ、すまないが、その医師をここへ来させるように言ってきてくれないか」

ケリー医師を呼びつけ、タミの言葉を確認したチェスターは、

「オーケー」不意に指を鳴らして、こう言ったのだ。「カオリ、わたしの山荘へ行こう。もう退院できるというのなら、こんな陰気な場所にいつまでも居ることはない。地元のテネシーに、わたしは山荘を持っている。素晴らしい景色の所だ。そこでのんびり寛《くつろ》げば、心の傷もさらに癒《い》えるだろう」

「あ、でも……」

とタミが口をはさんだ。「彼女の身の危険が完全に解消するまで、移動は控《ひか》えるべきだと、わたしたちは思っています」

チェスターはタミを振り返り、苦笑した。

「きみはまるで官僚のような言葉の使いかたをするんだな。ザヴィエツキーが捕まらぬかぎり、ここを出るのは危険だ。そう言えば済む」

「ええ、おっしゃる通りです。今はまだ、ここを出るのは危険です」

ノーマン・スローンの家をFBIが急襲したものの、スローンも、そして一緒にいたと思われるザヴィエツキーも、すでに逃走していた。そういう連絡をキリップから受けたあとの事件だった。

「では、ザヴィエツキーはいつ捕まるんだ。きみたちは、何をもたもたしているんだ。捜査技術の進歩のためにと称して、きみたちが毎年国家に要求している予算額を、きみは知っているのか？」

「……………」

「まあいい。きみを叱《しか》っても始まらない。いまも言ったが、わたしの山荘はテネシーだ。あの女も、まさかそんな所までは追いかけてこないだろう。第一、そんな場所があることを、あの女は知らないだろう」

「それは何とも言えません」

「いや、知らないはずだ。わたしがその山荘を持っていることを知っているのは、親しい知人の中でも、ごく一部の者だけだ。それに……」チェスターはちょっと言い淀《よど》んだが、表現に注意して、こうつづけた。「書類上の手続きその他の問題で、いまのところ、わたし個人の名義にはなっていないしね」

「わたしが心配しているのは、移動のさいの危険です」

「移動はヘリコプターだ。この大学の構内に着陸させる」

「乗りこむときが危険です。そしてライフルの射程から出るまでも、やはり危険です」

そこへ看護婦が、電話が入っていると知らせにきた。チェスターへの電話だった。

かれは五分で戻ってきた。

「スギムラ捜査官、いいニュースを教えよう。どうやら、きみのもとへはまだ届いていないようだからな。——ヴァルダ・ザヴィエツキーが死んだ」

「…………」タミはベッドの上のカオリと目を見あわせた。

「ポトマック河に車ごと突っ込んで、死んでいるのが発見された。残るは、もう一人の殺人警官だが、かれの標的は日本人一般であって、別にカオリだけを狙《ねら》っているわけではない。もともと彼女とは何の縁もない男だからね」

「……本部に確認してみます」硬い声でタミが言うと、

「それも済ませた。担当の課長に確認の電話を入れた。ついでに山荘行きの了解も取っておいた。アメリカに対する悪印象を少しでも拭《ぬぐ》い去ってやってからカオリを帰国させたい。わたしがそう言うと、課長も快く賛成してくれた。ヘリはＦＢＩのものを手配してくれるそうだ」

「……そうですか」

「レイナ、きみが彼女らを案内して先に行ってくれたまえ。わたしはあすの午後に向こうで合流する」

「わかりました、ネッド」

そういう経緯《いきさつ》で、カオリとタミはレイナとともに病院を飛び立ち、いま給油のために、ノースカロライナ州のシャーロットに着陸している。

シャーロットは、ワシントンDCから南西へ直線距離で三一〇マイル（約五〇〇キロ）のところにある街だ。FBIの支局所在地でもある。ここで燃料を補ったあと、真西へ飛んでアパラチア山脈を跨《また》ぎ越える予定だった。山脈の向こうがテネシー州である。

キリップへの電話を終えてタミが戻ってくると、給油はすでに済んでいた。

カオリはヘリコプターの機内にいたが、レイナ・ギルバートは外へ出て、ラクダ色のコートのポケットに手をつっこみ、散歩でもするように、ゆっくりとそのあたりを歩いていた。吹きさらしの飛行場の一角、レイナのあわい褐色《かっしょく》の髪が風に踊っている。

「パイロットは？」

タミが近よって尋ねると、レイナは少し離れた建物のほうへ首を回した。

「手洗いよ」

ヘリコプターの後部横腹にＦＢＩの文字と紋章が記されている。

そのヘリコプターはベルの２０６Ｌ、通称ロングレンジャーと呼ばれる機種だ。座席は七つある。タミは仕事で何度も乗っていた。

ベル社のヘリは、回転翼《ローター》が二枚しかない機種が多く、このロングレンジャーもそうだった。二枚羽根のローターは、シーソー・ローターとも呼ばれ、特有の揺れがあって、タミはあまり好きではなかった。

白い胴体の上に黒く突き出た排気管。それを見あげながらタミはレイナに言った。

「風はあるけれど、やっぱりワシントンよりは暖かいわね」

「そうね」レイナはお義理の返事をして、目をそらした。

チェスターと一緒に病院へ来たときから、彼女は必要なこと以外、口をきかなかった。とくにタミと話すのを避けている気配があった。

「チェスターさんはなぜ気が変わったのかしら」タミは横目でレイナを見た。

「………」レイナは答えず、はるか西のかなたに横たわる、灰色の山嶺《さんれい》に向けて目を細めている。

タミはつづけた。

「選挙区からの沢山の手紙を無視するなんて、政治家としてはずいぶん勇気のいることでしょうね。しかも地元の山荘にカオリを招待したりして、あとで知れたら次の選挙で落選しないかしら」

レイナがタミやカオリに対してよそよそしい態度でいるのも、それを懸念《けねん》して困惑しているからかもしれない。タミはそう思っていた。

しかし、レイナは笑った。

タミの言葉を聞いて、不意に笑いだした。風で顔にまとわりつく髪を両手でおさえながら、おかしそうに笑った。

「何がおかしいの？」タミはいぶかしく、また不愉快でもあった。

「ごめんなさい」レイナは笑うのをやめた。「わたしは、あなたが何もかも判っていて、わたしたちを軽蔑《けいべつ》しているだろうと思っていたの。勘違いだったわ。おたがいに勘違いね」

「何のこと？　わたしが何を勘違いしているというの？」

レイナは少しためらっていたが、やがてまっすぐタミを見た。

「ネッドはけっして選挙区からの手紙や電話を無視したりしないわ。そんなことをしたら、このアメリカでは政治家をやっていけない。かれはいつだって選挙民に気に入ってもらえるようにしか動かないわ。こんどのことについても、それは同じよ」

「おっしゃることが、まだわからない」タミは眉をよせてレイナを見た。

レイナはまた遠くの山嶺に目を向け、ヘリコプターを見返り、それからタミに視線をもどした。

「おととい、病院を訪ねてあなたに話したわね、もうカオリの面倒を見ることはできないと。あれは彼女の父親が殺されて、彼女自身も銃で狙われた直後だったわね」

「ええ、そうね」

「あの事件が報道されたあと、夕方から翌日にかけて、事務所に電話がかかり始めたの。それまで来ていた電話や手紙とは打って変わって、ほとんどがカオリへの同情論だった。そして今朝になって同じ意見の手紙がどっさり届いたの。カオリはもう充分に罰をうけたから、後見人としてのネッドが力になってやるべきだ。それがわれわれテネシー人のやりかただ、というような手紙。父親まで殺された哀れな娘を見捨てることがあれば、われわれがお前を見捨てるぞ、というようなのもあったわ。ネッドが病院へ飛んでいった理由、彼女を地元の山荘へ招いた理由は、そういうことなの。まるでドタバタ喜劇ね。そしてわたしもそのドタバタを、こうして手伝っているというわけ」

なるほど、そうだったのか、とタミは納得した。

アメリカ人だわ、とも思った。殴られたら倍にして殴り返さずにはいられない。だが、相手が打ちひしがれると、今度は面倒見のいいおじさんおばさんに変身する。そういう選挙民の前で、チェスターは舞台上の自分の役割をどんどん変えていっているわけだ。

ドタバタ喜劇ね、と自嘲《じちょう》的に言うレイナの腕を、タミはコートの上から軽く叩《たた》いた。タミやカオリに対して彼女が妙によそよそしくしていたのは、そんな自分たちの無節操な行動を恥じ、また、タミがそうした裏を見抜いているだろうと思い、軽蔑の眼差《まなざ》しを恐れていたのだ。

ヘリコプターのパイロットがトイレを終えてもどってきた。タミとレイナはうつむきがちに、並んでヘリコプターへ歩いた。

摩滅した浮き彫りのように、起伏のなだらかなアパラチア山脈。

ゆったりと波うつ尾根を縫って、ハイウェイが通っている。ヘリはそれをたどるようにして山脈を横切ってゆく。山腹の広葉樹林はほとんど葉を落としており、寒々とした幹の隙間《すきま》の斜面をヘリの影がうねりながら嘗《な》めてゆく。

キャビンにはタービン・エンジンの騒音が充満し、全員が耳当てをしている。カオリも包帯の上からそれを着け、窓に額を寄せて下界を見おろしている。ザヴィエツキーの生存を彼女はまだ知らない。知らせるのは山荘に着いてからにしよう、とタミは思っている。

やがて、前方にやや傾斜角度のある峰々が見えてきた。低く寝そべった尾根の連なりの中で、そこだけがこころもち身をもたげている。グレートスモーキー山地だ。長大なアパラチア山脈の中で、ほとんど唯一の険しい山並である。高山部はすでに雪を冠《かぶ》っており、峰々の肩や腰に〈スモーキー〉の名の由来となった煙霧のような雲がまとわりついている。

ヘリはその雲をよけて、山地の南を回りこんでいった。

28

ヘリコプターはグレートスモーキー山地を右に見て飛んだ。

眼下に湖がある。東洋の竜が爪《つめ》を広げてのたうっているような形の湖だ。深い渓谷《けいこく》を堰《せ》きとめたダム湖である。グレートスモーキー山地の横腹にきざみ込まれたいくつもの谷が、その細長い湖に向かって落ちている。

複雑な気流に揺すられながら、ヘリコプターは湖上を飛び、そしてその下流の、細い川筋をたどりはじめた。

川は蛇行《だこう》している。両側は森林地帯だ。灰緑色と褐色《かっしょく》。森林は灰色熊《グリズリー》の背中のような、冬の色をしている。冬の森の中で、川面《かわも》が空の明るみを反射して光っている。

タミはサングラスがほしくなった。傾いた太陽が正面からヘリコプターのキャビンに射《さ》しこみ、キャビンの中はオレンジ色に照り映えていた。

パイロットは初めからサングラスをかけている。そのかれにレイナが合図した。左の方角を身振りでしめした。後ろの席にいたタミも、パイロットと共に左を見た。

小高く盛りあがった台地。その突端に木を伐《き》りはらった部分があり、ふたつの木造の建物が、棚《たな》に載せた置物のように並んでいた。

パイロットはヘリを旋回させた。川筋から離れて台地へ接近した。

ふたつの建物は、山荘の母屋《おもや》とその付属の納屋《なや》のようだった。二階建ての母屋の煙突から煙が出ている。煙は風で横に寝ていた。

ヘリは山荘の背後の庭の上空に達し、着陸のスペースを確認してからゆっくりと降りていった。付近の樹木の枝が手を振るように揺れ、地面の枯れ葉が四方に舞いあがった。


山荘一階のバルコニー。

眼前に横たわる谷をはさんで急峻《きゅうしゅん》な峰が立ちあがっており、まといつく雲の切れ目から、雪を冠《かぶ》った頂きが見えた。

「下を流れているのはリトル・テネシー川」レイナが風景の説明をした。「テネシー河の支流よ。谷の向こうはグレートスモーキー山地国立公園。正面にそそり立って見えるのが、サンダーヘッド山」

三角形にとがったサンダーヘッドの雪の峰を夕陽《ゆうひ》が照らしていた。夕陽は山荘の背後にある。バルコニーから見る峰は、その夕陽を真正面に受けてオレンジ色に輝いている。ふたりともコートを着たままそれを眺《なが》めていた。カオリは、いまトイレにいる。

「もうじきこのあたりの地面も雪で真っ白になるわ。ちょうどクリスマスのころに雪がここまでおりてくるの」

冬の寒気に色あせた常緑樹の森が峰の腰をとりまいている。そしてその森が川を跨《また》ぎ、谷を越えて、この山荘のある台地にまでつづいているのだった。

「川の向こうに細い筋のようなものが見える」タミが目を細めながら言った。

「州道一一五号線が通っているの。右へ少し行くと、もうノースカロライナとの州境よ。ただし、そのあとどこまで行っても山の中だけれど」

「左は？」

「左へくだってゆくと、二時間たらずでノックスヴィルの街に着くわ」

「ここへはどの道を通ってくるの？」

「車でくる道はないわ」

「ということは、ヘリコプターでしか来られないということ？」

「ええ、人間も物資もみんなヘリ」

「歩いてくる道もないのかしら」

「それはあるけれど、州道から四時間はかかると思う。そんな道を歩くのはキャンパーたちだけだわ。それも夏のあいだだけ」

「このあたりにキャンプ場があるの？」

「後ろの森の中に何カ所かあるみたい。でも、いちばん近いキャンプ場でも、ここから何マイルも離れているそうよ」

「その道は、この季節でも歩けるかしら」

「さあ、どうかしら」レイナはバルコニーの樫《かし》の木の手すりに凭《もた》れて、肩をすくめた。

　あす、この山荘の周辺を少し見回ってみよう、とタミは思った。

「侵入者のことを警戒しているのね」レイナが言った。ザヴィエツキーが生存していることを彼女はすでに知っていた。山荘への到着をワシントンのチェスターに電話で報告したとき、そのことを知らされたのだ。「侵入防止装置と赤外線ＴＶカメラを、あとでお見せするわ。侵入防止装置は敷地のまわりにあって、音響感知式なの」

　なるほど、やはりそういうものを備えているのか。タミは、一見簡素なその山荘の、実はなかなか贅沢《ぜいたく》な造りをあらためて見まわした。

「チェスター下院議員の名前の語義、憶《おぼ》えている？」レイナが訊《き》いた。

「〈幸運と富の守護者〉。それとも〈繁栄の守護者〉だったかしら？」

「それはファースト・ネームだわ。ファミリー・ネームの語義は〈防御陣地の住人〉」

「ええ、思い出した」

「名前通りの状況になりそうね」サンダーヘッドの峰を見あげながらレイナは言った。

「ザヴィエツキー？」タミは議員秘書の横顔を見た。「彼女がここのことを知る可能性は少ないわ」

「でもゼロではない。そうでしょう？」

「……ええ」

「ネッドはヴェトナム戦争での従軍経験があるの」レイナは自分のコートの襟《えり》を指先でもてあそんだ。「かれは明日ここへ来るとき、ショットガンとライフルを持ってくるわ。ザヴィエツキーが現われたら、それを手にして闘うつもりでいるみたい。さっき電話したとき、そう言ってたわ」

「そんな状況には、たぶんならないと思う」タミは言ったが、むろん希望的観測にすぎない。

「そうあってほしいわね」レイナは吐息まじりに言った。

カオリがようやくバルコニーへ出てきた。

レイナはサンダーヘッドの峰を指さした。

「ほら、色が変わってゆく」

カオリとタミもそれを見あげた。オレンジ色に輝いていたサンダーヘッドの雪の峰が、いま真紅《しんく》に変わりつつある。その色に、タミは美しさよりも、むしろ凶々《まがまが》しさを感じてしまった。


「ベッドルームは四つあるの」レイナが言った。「だからあなたがたも、それぞれ別々に部屋を使うことができるけれど、どうなさる？」

タミは少し考えて、やはりこう言った。

「同じ部屋をお願いするわ」

「いいわ。実を言うと、そのほうが助かるの。なにしろ連絡が急だったから、モリスとリヴィーがてんてこまいしてるの」

モリスとリヴィーはこの山荘の管理人夫婦である。ともに五十代に見えた。あてがわれた部屋は二階の中央にあった。暖炉で薪《まき》が燃えており、それとは別に電気ストーヴもつけられていたが、まだ暖まってはいなかった。

窓の正面にサンダーヘッドの峰が見える。カオリとふたりで、ガラス越しにまたそれを眺めた。赤く輝いているのは、もはや頂上の部分だけだ。あとは灰青色に翳《かげ》っている。

タミは、ザヴィエツキーが死んではいないことを窓辺でカオリに話した。

カオリは驚かなかった。「やっぱりね」と無気力につぶやいた。

「知っていたの？」包帯につつまれた横顔を、タミは見た。

「途中から、目つきがまた変わったもの」カオリの前のガラスが息で曇った。

「誰の、わたしの？」

「そうよ。ここへ来る途中でどっかに着陸したでしょう。あのあと目つきが変わった」

おびえた口調ではなく、どこか投げやりなつぶやきだった。

タミが肩を抱いてやろうとすると、カオリはそっとすり抜けて、ヴィトンのバッグを開け、無言で着替えを取り出しはじめた。

タミは自分の腕を抱いて、窓の外に視線をもどした。

サンダーヘッドの峰の赤い輝きがみるみる収縮し、そして消滅した瞬間、遠い爆音が空から聞こえてきた。ヘリコプターの爆音であることは、タミにはすぐに判《わか》った。まだ多少の明るさを残す空。それを窓から見まわしたが、機影はない。なのに爆音はしだいに近づいてくる。つまり、山荘の背後から接近しているのだ。

タミは一階へ降り、山荘の西側にある玄関から空を見た。レイナもそこにいた。

ヘリコプターはすでに間近まで来ていた。FBIのヘリだった。

タミは、キリップの言葉を思い出した。途中の給油地から電話したとき、かれは言っていた。

「ノックスヴィル支局から応援の捜査官を派遣してもらうよう要請してみる」

ヘリは、玄関前の庭に降下した。

砂ぼこりと共に枯れ葉がまた舞いあがり、タミの顔に貼《は》りついてきた。

29

「はい、ボルティモア・ガス電気会社です」

「ガス料金のことで文句があるの」

「お名前は？」

「クレイよ。ミセス・クレイ」

「苦情係へお回ししますので、ちょっとお待ちください」

「きのうも電話したのよ。そしたら苦情係のひとが調べて返事をくれるって言ったの。なのに、まだ返事がないのよ。いったい、どうなってるの」

「係の名前はおわかりですか？」

「ええ、ちょっと待ってね。ここにメモしてあるわ。ああ、これよ、セルマ・ザヴィエッキー」

「わかりました。お待ちください」

「ザヴィエッキーです。ミセス・クレイ、失礼ですが、何かお間違えになっているように思います。あなたからきのうお電話を受けた憶《おぼ》えは、わたしにはないのですが」

「セルマ、わたしよ」

姉の声だった。気づいたとたん、セルマは動悸《どうき》が胸に押しよせ、手足が急速に冷えてゆくのを感じた。

「……ヴァルダ」

「この会話はまわりに聞こえるの？」

「いいえ、だいじょうぶ」セルマのいるオフィスは小さなブースに仕切られているので、やや声を低くすればもう両隣には聞こえない。

「そのオフィスは暖かい？」

「え？」

「ここは風が吹きぬけて寒い」姉の声は地霊の呻《うめ》きのように不気味な響きがあった。

「どこにいるの、ヴァルダ？」周囲に聞こえるおそれはないと思いながらも、セルマはできるだけ声をひそめていた。

「ボルティモアよ」

「戻ってきたの？」

「いまだにティムの仇《かたき》を討つこともできずに、寒さに震えて鼻水を垂らしてる。こんなことになったのも、セルマ、あんたのせいよ」

「ねえ、場所はどこなの？　教えて」セルマは苦情応対用の用紙にメモしようと、右手でボールペンを構えた。そのペンの先が小刻みに震えている。

「だめよ。またわたしを警察に売るんでしょ」

「もうそんなことしないわ。もうじき退社時間だから、会いにゆくわ」

「会って、わたしを手伝ってくれるとでも言うの？」

「そんなことはできない。できっこないでしょう」

「だったら、会う必要はない」

「無理を言わないでよ」

「ティムはあんたにとっても、たった一人の甥《おい》だったのよ。それがあんな目に遭わされて、悔しいと思わなかったの？　わたしを手伝うのは無理だとしても、どうしてその口を噤《つぐ》んでいてくれなかったのよ。わたしはあんたを恨《うら》んでる」

「ごめんなさい。でも、あなたが何かをしでかす前に、警察の手で引き止めてもらおうとしたのよ」

「それがお節介だというんだわ。あんたの首ねっこをつかんで、思い知らせてやりたいところだけど、残念ながらそんな暇はない」

「ヴァルダ、あなた、まだ諦《あきら》めないの？　警察に出頭する気はないの？」

「ないわね。やるべきことをやらないうちは、警察へ出頭するわけにはいかないのよ」

　姉の口調が何か変だった。声はまぎれもなく姉のものだが、まるで別人と話しているような気がした。どこか神経の一部に変調をきたし始めているのではないかと、セルマはふとそんな感じさえ抱いた。

「あの日本人の女を、どこまでも付け狙《ねら》うつもり？」

「もちろん、そのつもりよ。だけど、復讐《ふくしゅう》しなきゃならない相手は、まだもう一人いることを思いだしたの。まずそっちをやる」

「それは誰のこと？」

「ニュースに注意してれば、すぐにわかるわ」

「ヴァルダ、だめよ、お願い、もうやめて」

「何度も言うようだけど、あんたのせいで、わたしはあまり有利な立場にはいないわ。

状況は最悪よ。だから、一応あんたに遺言を書いといたわ。あんたが欲しがってた金の髪留めといっしょに、カムデン駅のコインロッカーに入れておいたからね。キーは駅前の電話ボックス、いちばん西側のボックスの電話機の下側に、テープで留めてあるわ。じゃあね、セルマ、わたしとティムの分まで長生きしてね」

セルマが呼びかけようとする間《ま》もなく、電話は切れた。

30

タミはその夜、ひさしぶりに入浴し、髪を洗った。

かぞえてみると、ちょうど一週間ぶりだった。地元のＦＢＩ支局から二人の捜査官が応援に来てくれているし、音響感知式の侵入防止装置も備わっている。だから安心して入浴することができた。

睡眠も深くとれた。

翌朝、目がさめたとき、後頭部の重みがようやく消えていた。

ベッドから出て窓辺へゆき、若草色のカーテンの中央に首をつっこんで外を見た。

太陽はまだ昇っていない。当然だった。真東にあるグレートスモーキー山地が高々と盛りあがって陽《ひ》をさえぎり、山荘はすっぽりとその陰に入っているのだ。きのう夕《ゆう》陽《ひ》に輝いていたサンダーヘッドの雪の峰は、いまは灰色のシルエットとなってそびえている。そしてリトル・テネシー川のながれる眼下の谷。それは、いま霧のなかに沈んでいる。夜の冷え込みが生んだ放射霧だ。

きのうの夕刻の光景があまりにも鮮やかだったために、朝のこの景色は、ディナーの翌朝の残りもののように、少々色褪《あ》せて見えた。この山荘の売り物は夕景なのだということがよくわかる。

カオリはまだ眠っている。

タミはそっと着替え、洗面所で歯を磨《みが》いて下へおりた。

階下の広間。そのソファにノックスヴィル支局の二人の捜査官が毛布をかぶって寝ていた。ソファの間のテーブルにトランプカードが乱れたまま置かれている。きっと深夜までポーカーをしていたのだ。かれらも侵入防止装置の存在に安心しているのだろう。敷地の周囲に配置された感知器が、侵入者のたてるわずかな音にも反応して、山荘内の受信機へ信号を送り、警告ブザーで中の者に知らせる。そういう装置だ。夜間にブザーが鳴れば、赤外線TVカメラで侵入者の姿を探すことができる。

タミはつめたい水を飲みたくなり、冷蔵庫をさがして台所へ行った。

台所にリヴィーがいた。管理人の妻だ。南欧系の白人で、夫婦ともに小柄《こがら》だが、ともにたくましい腰まわりをしていた。

「グッモーニング、リヴィー」

「グッモーニン、捜査官。早いね。すぐに朝食の用意をするからね」

台所の設備は、タミのアパートのそれより十倍も立派だった。しかも二十倍きれいに磨きこまれている。そしてリヴィーの料理の腕は、タミの三十倍ではきかないだろう。モリスの妻だからついでに彼女が雇われているのではなく、リヴィーの夫だからついでにモリスが雇われているのかもしれない、と昨夜食事しながらタミは思った。

「朝食はもう少しあとでもいいわ。ミネラルウォーターをください」

「そんなもの飲まなくたって、ここの湧《わ》き水はミネラルウォーターみたいなもんよ」

「湧き水を引いてるの？」

「このあたりに水道局はないからね。はいどうぞ」蛇口《じゃぐち》からコップに注《つ》いでタミにさしだした。

くびれた手首のしわを見て、タミは母親のことを思い出した。感謝祭の休みに帰省してFBIに入るつもりだと言ったとき、何で女のあんたが、とあまり賛成しなかった母。おもしろい、おれは賛成だ、と横から言ったのは父親だった。あれから六年。その間、帰ったのは三回だけだ。

「いいところね、ここは」

「代わりたけりゃ代わってあげてもいいよ。山も亭主の顔も、すっかり倦《あ》きちまったよ。それよりか、あんたみたいにピストル持って飛びまわってるほうが、よっぽど楽しそうだね」

「そうでもないわ」タミはコップをかえした。「ちょっと外を歩いてきます」

山荘は台地のへりに建っている。

谷を見おろす東側は崖《がけ》である。一〇〇フィート（約三〇メートル）ほど垂直に落ちこんで、あとはすこしずつ傾斜をゆるめながら、一マイル（約一・六キロ）ほど先のリトル・テネシー川までくだっている。その向こうは、例のグレートスモーキー山地だ。

山荘の玄関はグレートスモーキー山地とは反対の西を向いていて、そこから見えるのは大森林地帯だった。

玄関の前に、テニスコートが四、五面とれる程度の庭がある。庭といっても実際にはヘリコプターが離着陸するための、ただの空き地である。空き地の一角に納屋《なや》がある。

二階建ての山荘。納屋。空き地。ここにあるのはそれだけである。

あとは森だ。

森の中に夏のキャンプ場がある、と昨日レイナ・ギルバートが言っていた。いちばん近いキャンプ場でも、ここからは何マイルも離れているという。しかしキャンパーたちが歩く山道があり、州道から四時間かければここへも到達できるということが、タミは少し気になっている。

その道のようすを確認するために、彼女は玄関を出て空き地を横切った。ついでに、侵入防止装置の働きぶりも確かめてみるつもりだった。

風がつめたく、肌が刺されるようだった。地面に霜がおりている。

空き地の辺縁部にそって歩くと、道の入口を見つけることができた。空き地の周囲には唐檜《とうひ》と松が多く、それらの樹間一面に、枯れた下生えの草やシダ類がよじれて地面を這《は》っている。その中に、ひとすじ細い道のついているところがあった。

道へ入りこむと森のにおいが一瞬タミの呼吸を息苦しくし、ついで肺の空気がすべて入れ替わった瞬間から、頭が澄み、視力が増す感覚を得た。

タミは樹間の道を歩きはじめた。

最初はゆるやかな下りだったが、まもなく登り坂になった。フェンスも標識も見あたらず、どこまでがこの山荘の敷地なのかが不明だ。

やがて松の樹上に小型監視カメラを発見した。赤外線カメラだろう。

タミは音響感知器を探しながら、さらに先まで歩いた。感知器は巧妙に設置されているらしく、見つけることはできなかったが、適当な場所で振り返ってみると、例の監視カメラが動きだしているのが遠く見わけられた。警報ブザーに起こされた捜査官たちが、あわてて目をこすりながら、モニターを操作しているのだろう。

カメラはタミのほうをとらえて固定した。舌打ちしているかれらの顔が目にうかぶようだった。だが、こういうテストは不意でなければ意味がない。タミは遠い樹上の監視カメラを向いて、軽く手を振ってみせた。自分は男たちを怒らせてばかりいるようだ、と思いながらも、しかし必要なことをしているのだという気持ちは変わらなかった。

さて、どうしようか、と彼女は考えた。

装置の確認は済んだから、これで引き返すか。それとも、ついでにもっと先まで見てみるか。……見てみよう。

登りの勾配《こうばい》がきつくなり、マウンテン・ローレル（アメリカシャクナゲ）の群生地に出た。初夏には白とピンクの花が、このあたりに咲きみだれるのだろう。傾斜を登りながら、タミは少女時代のサマーキャンプを思い出していた。

マウンテン・ローレルは樹高が低い。周囲が急に明るくなったのはそのせいかと錯覚したが、じつは背後のグレートスモーキー山地から太陽が顔を出しはじめていたのだ。

斜面に岩が多くなり、やがて不意に岩棚《いわだな》に出た。午前の陽に照らされたその岩棚は、雑誌でもひろげて日なたぼっこをするのにちょうど良さそうな、自然のテラスだった。だが、風向きしだいでは、そこは吹きさらしの甲板でもある。

タミはひと息いれて、岩棚から周辺を眺めた。

岩棚の下の樹林は樫《かし》の木と、そして葉をすっかり落とした楓《かえで》だった。枝の間に透けて見える地面が、朽ちた落ち葉の堆積《たいせき》で赤茶色になっている。少し前の季節には、この下は見事な紅葉に覆《おお》われていたのだろう。

北の方角、遠くの低地に何か光るものが帯状に横たわっている。タミはハイスクールの地理の知識を脳の奥から引っぱり出し、あれはきっとテネシー渓谷の長大なダム湖の一部分だろうと想像した。

この岩棚で彼女はまた考えた。引き返そうか。まあもう少し行ってみるか。行ってみることにした。

周辺の地形を頭に入れておくことは警備上必要なことではある。タミもそのつもりで歩いているのだが、実はそれだけではなかった。この深い森の中を、とにかくどこまでも行ってみたい。そんな衝動に強く駆られていた。そのことを意識のすみで自覚していた。どこかでブレーキをかけないと、きりがないような気もしていた。

自分はいったいどこへ行きたがっているのだろう。この先に何があることを期待しているのだろう。意識下の領域で何かに飢え、何かを求めようとしているのか。それとも何かから逃げ出そうとしているのか。

その訳のわからぬ衝動にひとまず区切りをつけてくれたのは、吊《つ》り橋だった。

ワイヤと板でできた細い吊り橋。長さはわずか二〇ヤード（約一八メートル）たらずだが、何十年も前にかけられたものらしく、ひどい傷《いた》み具合だった。ワイヤは錆《さ》びつき、朽ちた楓の葉のような赤茶色だ。両端でワイヤを固定する何本かの杭《くい》も腐蝕《ふしょく》がすすんで、ぽっきり折れそうだ。

橋の下を急な渓流《けいりゅう》がはしっている。一〇〇ヤードも手前から水音が聞こえていた。

両岸の樹木がそこでいったん途切れて、冬晴れの空がのぞいている。

その吊り橋を目にしたとき、タミは、試されているのだ、と思った。どこまでも行きたいという自分の気持ちが本物かどうか、この吊り橋で試されているのだ。

その妙な考えを、しかしタミはすぐに頭から追い払った。どうかしている、と自分を嗤《わら》った。

渓流から湿った空気が流れ出ていて、それが他の所よりも少し暖かかった。夏は逆にこの空気がひんやりと感じられるのだろう。岩に緑褐色《りょっかっしょく》の苔《こけ》がはえ、そこに針葉樹の落ち葉が貼《は》りついている。松の根が太く浮きでて、道のわきの傾斜地に自然のべンチをつくっていた。

タミはその固いベンチに腰をおろした。

渓流の水音が頭を空白にし、あらゆる思考を押し流していってしまう。目を閉じると大雨の中にいるようでもあった。

押し流された思考のうち、けれどもひとつだけ、杭に引っかかったように残ったものがある。――同期生のビル・マクマホンのことだった。

自分自身もふくめて、人間が不可解に思えるのはいつものことだ。不可解なのは別に構わない、とタミは思っている。たいていの人間には裏がある。それもしかたがないと思っている。

しかし、そんな醒《さ》めた気持ちでいるはずの脇腹《わきばら》を、ときには不意に殴りつけられて、息が止まりそうになることがある。マクマホンのことも、それだった。

かれが連続射殺犯の家で死んでいたことは、まだ病院にいるときに聞いた。あのとき、タミはマクマホンが紙ナプキンにさらさらと描《か》いてみせた彼女の横顔のスケッチを思いうかべた。そして病院へ電話をくれたときに感じた好意の片鱗《へんりん》。そのマクマホンが実はザヴィエッキーに内部情報を漏らし、カオリを狙撃《そげき》することに手を貸していたと知って、複雑な思いだった。

タミはこのところ、人間が少し嫌《きら》いになりかけている。それがさらに加速しそうで、心配だった。

首を小さく振り、目をひらいて顔をあげた。——目の前に人が立っていた。

タミは跳《と》びあがりそうになった。

山荘管理人のモリスだった。渓流の水音が大きいため、かれの近づく足音がまったく聞こえなかったのだ。

かれは不審げな眼差《まなざ》しで、じっとタミを見ていた。

彼女は立ちあがり、水音に負けない声で言った。

「周りの様子を見てまわっていたんです」

「………」モリスは黙って無愛想にうなずいてみせた。

かれはシャヴェルを右肩に担《かつ》いでいる。腰の革ベルトには山刀とロープが吊られている。胴回りのサイズに合わせた太めのブルージーンズをややだらしなく穿《は》き、作業用と思える古びた厚手のセーターの上から、茶色のジャンパーを羽織っている。そして使い古した黒いキャップをあみだにかぶっている。

帽子の下から出た髪は白髪《しらが》まじりだが、眉毛《まゆげ》もまつげもやたらに濃く長い。肉づきのよい顎《あご》の、ひげの剃《そ》りあとも青ぐろかった。

タミは、かれの無言と、そして目つきがちょっと気になった。ただの無愛想なのか、それともかれの頭の中で、何か妙な衝動が芽を吹いている状態なのか、それがよくわからなかった。

周囲には、もちろん誰もいない。山荘は一マイル近く離れているだろう。

そこで彼女はコートを直すふりをして、セーターの腋《わき》の下につけた拳銃《けんじゅう》のホルスターをちらりとモリスに見せた。

それは、かれに対して失礼なことであったかもしれない。タミの意識過剰による思い過ごしだったのかもしれない。けれどもそうでなかった場合のことを考えれば、お互いのためにそうしておいたほうがいいだろうと思ったのだ。

ホルスターを見せたあとで、タミは微笑しながら、気さくな口調でたずねた。

「何を掘るの？」かれのシャヴェルを目でしめした。

「木だよ」かれがようやく返事をした。「クリスマスツリーを掘りにきた」

「クリスマスツリー？」

「夕方までに用意しとけと、チェスターさんに言われてるんだ」

「どこで掘るの？」

「ここだ。この上にある唐檜《とうひ》だ」モリスはタミの背後の斜面の上へ、剃りあとの濃い顎をしゃくった。「前から目をつけてたちょうどいい大きさのやつがあるんだ」

そう言うと、かれは斜面を登っていった。

タミもあとを追ってみた。落ち葉でハーフブーツが滑る。

その木は一〇フィート（約三メートル）たらずの小さな木だった。まだ幼木なのだろうか。それとも陽当《ひあ》たりの具合でそうなったのだろうか。周囲の唐檜はみんな、その五倍から十倍の高さがある。

モリスはわずか十分ほどでその木を掘り起こしてしまった。人一人をらくに埋められそうな穴が、あとに残った。かれは細いロープをぐるぐると巻きつけて、傘をすぼめるように枝と根を縛った。それを担いで帰るかれのために、タミはシャヴェルを持ってあげた。柄《え》の部分がかれの手の熱で温かくなっていた。

「このあたりも山荘の敷地内なの？」

歩きながらタミが訊《き》くと、モリスは肩をすくめた。そして言いわけをした。

「敷地の中には、手頃な木はもうないんだ。みんな大きすぎる」もういちど肩をすくめ、怒るような口調で言い足した。「去年もおととしも、最近はずっと外で探してる。チェスターさんだって、知らん顔してるが、ちゃんと知ってるさ」

敷地の外は国の森林公園だとレイナが言っていた。何万本もの樹木のうちの、わずか一本の小さな唐檜。ささいな罪。しかしチェスターという男の本質が、こういう部分に覗《のぞ》いているような気がした。

岩棚を過ぎて、マウンテン・ローレルの群生地をくだりおりた。傾斜がきついので、モリスは木を縦に抱え、根の部分をときどき地面について体を支えながら下りた。縛られた根から土がぼろぼろとこぼれ落ちた。

その土を踏んで、タミは後ろを歩いた。

「ところで、さっきの吊り橋だけれど、あれは渡ってもだいじょうぶなのかしら」

「おととし、むこう岸に警告看板が立った。以来おれは渡ってないが、この夏、でかい山猫が渡るのを見たことがある」

「この森に山猫がいるの？」タミはそれとなく背後に目をやった。

「山猫もいるし熊もいる。ぼちぼち冬眠に入るころなんだが、まだうろついてるやつもいる」

「じゃあ、独りで歩いたりしたのは危なかったわね」

「心配いらんさ。あんたには銃がある」

「………」

くだりの勾配がゆるやかになった。もうじき山荘だ。

松の樹上の監視カメラ。レンズがこちらを捉《とら》えていた。

まだ朝食をとっていないタミは、はげしい空腹感をおぼえた。

31

「ヒューバートがいないじゃないか」

国内公安・テロリスト課の課長が会議室を見まわした。本部、首都支局、ボルティモア支局。それらの捜査官を総勢四十名近く集めての会議である。

ボルティモアの捜査官の一人が弁明した。

「キリップ捜査官は、スローンの家を再調査しています」

「独りでかね？」

「ええ、そうです。で、会議には少し遅れるという連絡がありました」

「そうか」課長は濃い眉《まゆ》をひそめ、不快感を顔に表した。「どうもかれは、このところ勝手な動きが目につくな。ボルティモアでもこんな調子だったのかね」

「…………」問われた捜査官は無言で肩をすくめてごまかした。

「まあいい。時間がない。はじめよう」

課長は多忙だった。

この会議はヴァルダ・ザヴィエッキーの行方《ゆくえ》を追うための捜査会議だが、午後からは、また別の会議を主宰しなければならないのだ。

数日後に、中東と南米から元首クラスが二人つづけてやってくる。ともに複雑な政治状況をかかえる国だった。その日を控《ひか》えて、それぞれの国の反政府派グループの入国の動きをチェックし、在米の活動家を個別にマークし、またそれにからんだ職業的テロリストについての最新情報も蒐《あつ》めなければならない。むしろ、そちらのほうこそがかれの課の本業であった。

だが一方でザヴィエツキーの捜査に関しても、かれは長官や刑事部長から連日のように尻《たた》を叩かれている。ザヴィエツキーおよびノーマン・スローン関連の事件では、すでにスローン自身をいれて五人の死者が出ており、しかもＦＢＩにとって何よりも重大なことは、その中に現職の捜査官が含まれていることだった。スローンの家で死体となって発見されたビル・マクマホン捜査官。背景にどういう事情があろうと、捜査官が殺害されたという事実に変わりはない。

そこで長官命令によって他の部署からも人数が掻《か》き集められ、いまここに四十名が顔をそろえて、今後の捜査の方向を検討しようとしている。

その会議にキリップが出席していない。

初動時からザヴィエツキー捜索の責任者をつとめているキリップは、課長自身を除けば、ここにいるスタッフの要《かなめ》となる立場だ。にもかかわらず、出席していない。

一瞬不快な表情を見せた課長だが、しかし実のところ、そんなキリップの心情が判《わか》らないわけではなかった。この事件に関するかぎり、キリップとそのグループは、実質的な成果を何もあげていないのだ。会議に出席した四十名の捜査官のうちの半数は、新たに加わってきた応援部隊である。当然いままでの捜査活動の経緯《いきさつ》を根ほり葉ほり質問するだろう。総合的には課長自身が答えるが、細部にわたる質問には、やはり直接の担当責任者が説明せざるを得ない。キリップはおそらくそれが苦痛だったのだ。

それでこの会議をすっぽかしたのだ。

あの男には、似たような前歴がある。

思いながら課長は、キリップ抜きで、いつものようにてきぱきと会議を進めていった。

そして会議のあと、長官室へ報告にゆき、同席した刑事部長からもハッパをかけられて戻ってくると、課長室でキリップが待っていた。

「会議から逃げたな、ヒューバート」課長はデスクに坐《すわ》り、薄い唇に煙草をくわえた。

キリップは元気がない。もともと陰気なかれの顔だが、いつも以上にふさいだ顔つきで、課長のデスクの角をぼんやり見ている。

やはりまた例の病気が出たのだろうか、と課長は十年前を思い出しながらキリップの様子をさりげなく観察した。

十年前、キリップはオハイオ州クリーヴランドの支局にいた。クリーヴランドは製鉄で栄えた街だった。しかし、いまでは見るかげもなくさびれて、売り家の手書き看板があちこちでエリー湖からの寒風に揺れている。すでに十年前から街の不況ははじまっていた。日本に負けたのだった。不況の進行と並行して犯罪も増えた。とくに凶悪犯罪が増えた。

連続強盗殺人が起こり、同一グループの犯行と思われる事件が隣のペンシルヴェニア州にまで跨《また》がった。そこでＦＢＩの出番となり、クリーヴランド支局の捜査官たちが動きだした。そのスタッフの中にキリップもいた。

事件の捜査は意外に難航し、スタッフへの圧力は日増しに高まった。

そのころ、課長はワシントンの本部で監察補佐官をしていた。監察官に随行して、クリーヴランド支局の監査に出向いた。各支局は年一回、監察官によって会計監査、非行監査、能率監査をうけることになっている。

監査の過程で、難航中の事件の捜査体制についてもチェックがなされた。そして捜査スタッフの中に、とつぜん休暇を与えられた者がいることが判った。それがヒューバート・キリップ捜査官だった。

監察官は当然その理由をしらべた。理由は過労ということになっていたが、監察官の指示でキリップに会いにいった課長は、かれが軽度のノイローゼにかかっていることを知った。精神的な障害はFBI捜査官の資格喪失にむすびつく。ただし、休養によって回復する程度のものであれば、かれを再び捜査官として復帰させるかどうかは支局長の判断にまかせることになる。

この種のノイローゼは、無責任な人間には縁がない。仕事に熱心で、責任感の強い者ほどかかりやすいのだということを課長は承知していた。だからキリップにとって不利な報告は、あえてしないことにした。

たしかに過労でした、と課長は監察官に報告した。

あれから十年。

キリップはまたノイローゼに陥《おちい》ったのだろうか。責任感が強すぎるのも、本人にとっては不幸なことだ。

そう思いながら、課長は言った。

「奥さんや子供には、ちゃんと電話しているんだろうね。事件が解決してボルティモアに帰ったら、離婚裁判が待っていたなんてことにならんようにな」

キリップは無表情だった。苦笑すらしなかった。

椅子《いす》の肘《ひじ》掛《か》けにかけたコート。そのポケットから、丸めた雑誌の頭がのぞいている。

ＰＥＮ…とタイトルの最初の三文字が読めた。「ペントハウス」だろう。

課長はちょっと溜《た》め息をつきかけたが、煙草をひねり消して、そんなキリップにも、いちおう会議の結果だけは伝えてやることにした。

「結論から言うと、ヒューバート、われわれはカオリ・オザキを囮《おとり》にすることに決めたよ。彼女を囮にしてザヴィエッツキーをおびき出す。以前、だれかが提案していた案だ。それを実行することにした。きみは不賛成かもしれんが、もう決定したことだ。ほかに有効な手段はない。長官も了承された」

「………」キリップの眉が少し上がった。

「きみも知る通り、一時はザヴィエッツキーに共鳴する世論のほうが高かったが、三日前の狙撃事件以後は、カオリへの同情論が増えつつある。それにつれてＦＢＩへの風当たりも強くなってきた。たかが女警官一人にＦＢＩが手こずり、振り回されている。そういう印象が広がっているようだ。そのことに長官は苛立《いらだ》っておられる。ザヴィエツキーの逮捕がそれによって一時間でも早まるなら、カオリでも日本大使でもいい、何だってかまわんから囮にしろと言っておられた。場所はむろんチェスター下院議員の山荘だ。そこにカオリがいることを、ザヴィエッキーに知れるようにする。マスコミが嗅《か》ぎつけて報道したというかたちにする。われわれは山荘の周囲と付近の街に網を張り、ザヴィエッキーを待ちうける。しかも無理に生け捕る必要はない。わずかでも抵抗のそぶりを見せたら、ただちに射殺する。長官もそれでいいとおっしゃっている」

「ザヴィエッキーを殺すんですか？」キリップがやっと物を言った。

「ああ、そうなるかもしれんということだ。実はヒューバート、長官もひそかにそれを望んでおられるフシがある。遠回しにわたしに仄《ほの》めかしておられた。理由は言うまでもないだろう。マクマホンの件があるからだ。かれが内部情報をザヴィエッキーに漏らしていたことは、幸いにもまだマスコミには嗅ぎつけられていない。だがザヴィエッキーが逮捕されれば、当然そのことも表ざたになる可能性がある」

するとキリップは低い声で言った。

「それではマクマホンの濡《ぬ》れ衣《ぎぬ》が霽《は》れない」

「……え？」

「マクマホンは無実です」

「…………」課長はキリップの顔をまじまじと見守った。

「情報を漏らしていたのは、課長、あなただ」

あなたが怪しい。そう思ったのは、きのうのことだ。

きのう、スローンの家で思った。

あの家でマクマホンの死体が発見されたと聞いたとき、むろん最初はわたしもかれを疑った。内部情報を漏らしていたのはマクマホンだと思いこんだ。しかしまもなく考えを変えた。

きっかけは玄関ホールに捜査官たちが置いた「1」のプレートだ。首都支局の捜査官に確認すると、それはマクマホンの身分証が落ちていた場所の標示だった。

わたしには不可解だった。なぜ身分証があんなところに落ちていたのか。

撃たれて倒れたはずみにポケットから滑り落ちたのか。いや、われわれは簡単に落ちるような場所に大事な身分証を入れたりはしない。かれは自分でポケットから身分証を出したんだ。あそこでスローンにＦＢＩの身分証を提示してみせたんだ。

そこを撃たれた。だから身分証があの場所に落ちていた。

なぜ、かれは身分証を提示したのか。初対面の相手のもとへ、しかも職務で行ったからだ。そうとしか考えられない。

かれは誰かの指示によって、職務のつもりであの家を訪問したんだ。

では、誰が指示したのか。

わたしは当然、上司のあなたを第一番に疑ったが、証拠は何もなかった。スタッフの誰かが、あなたからの指示だと偽ってかれを行かせた可能性もある。

だがいずれにせよ、その人物が内部情報を漏らした真犯人だということだけは、疑う余地がなかった。空港で見つかった拳銃《けんじゅう》の内部から指紋が採取されたことを知ったその人物は、スローンの身元が割りだされる前に、マクマホンを呼んで、たぶんこんなふうに指示したんだろう。

「連続射殺犯について情報を提供したいという者から電話があった。ガセネタかもしれんが、いちおう話を聞いてきてくれ」

そしてマクマホンを送り出した。そのあとスローンに電話した。捜査官が参考人としてお前を調べに行ったから殺して逃げろ。そう教えた。

スローンとザヴィエッキーの所在を知るその人物は、かれらを包囲して射殺することはいつでもできると思っていた。だがその前に、内部情報の漏洩者《ろうえいしゃ》として自分の身代わりを仕立てておこうと考えた。マクマホンがそれに選ばれたわけだ。

ところで、マクマホンはきのうの朝、本部へは寄らずに、自宅から直接あの家へ行っている。そのことを、わたしは今朝になって知った。

ということは、かれはおそらく電話で指示を受けたのだ。電話で訪問先の住所を教えられた。手帳にそれをメモして出かけていった。

その手帳のメモを、わたしは確認したかった。それがあれば、たとえ電話をしてきた人物の名前は不明でも、少なくとも誰かの指示でマクマホンがあの家に出向いたことを示す有力な証拠にはなる。

ところが、死体となったかれの携帯品リストに、手帳が含まれていない。捜査官なら誰でも持ち歩くはずの手帳が、かれの服から発見されていない。なぜか。問題の人物がいちはやく取りだして隠したからだ。わたしはそう睨《にら》んでいる。

だが諦《あきら》めるのは早い。

電話で訪問先を指示されたとき、その住所を直接手帳にメモしたとは限らない。まず電話のそばのメモ帳にでもその番地を書きとったかもしれない。たいていの人間が電話のそばに置いておくメモ帳だ。そのあとで仕事用の手帳に書き写したのかもしれない。

わたしはそれを期待してマクマホンのアパートへ行った。

スローンの家じゃなく、マクマホンのアパートに、さっきまでわたしはいたんだ。あなたもきのう行っているね。内部情報漏洩者の家宅捜索という名目で、部下を一人だけ連れて、かれのアパートへ行っている。おそらく、わたしと同じものを捜していたんだろう。

管理人からそれを聞いて、わたしは舌打ちしたよ。しまった、遅かったと、がっくりした。

念のために見ては回ったが、メモ帳、あるいはそれに類するものはどこにもなかった。

あなたも目にしたと思うが、マクマホンはコードレス電話を使っていた。その電話機はベッドルームにあった。

このところ連日晩《おそ》くまで勤務していたから、問題の指示電話もおそらくベッドルームで受けたのだろう。しかしベッドルームにもメモを書きつけるようなものはなかった。

わたしは、てっきりあなたが見つけて持ち去ったのだと思った。

だが違った。あなたの目をのがれて、マクマホンの書いたメモは残っていた。

「これだ」

キリップは椅子の肘掛けにかけたコートのポケットから、丸めた雑誌を抜きとった。表紙を平らに伸ばすと、やはり「ペントハウス」だった。タイトルの下で、ほとんど裸に近い女がセクシーな流し目をおくっている。

課長には、しかしそれはセクシーとは感じられない。面白みがなく、退屈で、むしろ不愉快な絵柄でしかない。

「寝室にこれがあった。わたしはベッドに腰をおろしてパラパラと中を見てみた。メモを予感したわけじゃない。それはもう諦めかけていた。疲れていた。気つけ薬のつもりで、ヌード写真のページだけを何気なく拾い見たんだ。それが幸いした。マクマホンがフェルトペンで書いたメモを見つけた。電話を受けたとき、手近にメモ用紙がなかったからだろう。たまたまそばにあったこの雑誌の、たまたま開いていたページに、かれは指示された訪問先の住所を書きとったんだ」

キリップはそのページを開いて、課長のデスクに置いた。

挑発的《ちょうはつ》なヌード写真の、白い豊満な尻の上に、黒い細字用のフェルトペンを使って、大きめの字でこう書かれていた。

『108アダムズ・ハイツ、アーリントン郡』

課長の目がそのメモに貼《は》りつき、顎《あご》がわずかに震えた。

メモの数字の108。その中のゼロを円《まる》い禿《は》げ頭に見立てて、目鼻が細かく描《か》きこまれていた。濃い眉。うすい唇。特徴をよくとらえた課長の似顔絵になっていた。

「あなたはかれに住所を伝えたあと、おそらく何かくどくどと注意を与えたんだろう。たとえば、そこを訪問することは他のスタッフには言うな。例によって漏洩者の口から犯人に漏れれば、この情報提供者を危険にさらすことになるかもしれない。そんなことを言ったのかもしれない。そういう注意を聞かされているあいだ、かれはペンを動かしてメモにこんないたずら書きをしたんだ。電話の主を誰かに伝えようというつもりは、もちろんなかったはずだが」

キリップがそこまで語ったとき、課長は物も言わずに雑誌に手をのばして、すばやくそのページを破りとり、くしゃくしゃに丸めて口に押しこんだ。

キリップは黙って見ていた。

課長は何度か咀嚼《そしゃく》したあと、苦しそうに顔をゆがめながらも飲みこんでしまった。

それを見届けたうえで、キリップはつぶやいた。

「あなたがザヴィエッツキーの支援者だったとはね」

課長は立ちあがって水差しの水をコップに注《つ》ぎ、ゆっくりと飲み干した。喉《のど》が鳴った。飲み干したあと、じっとキリップを見たが、やがてデスクにもどり、卓上のワードプロセッサーのキーを叩いた。キリップは近づいて、画面に打ちだされた文字を読んだ。

——いや、わたしはザヴィエッツキーの支援者ではない。

と書かれていた。

——スローンに弱みを握られていて、断われなかったのだ。

キリップが読んだ直後、課長は文字を消去した。口で喋《しゃべ》らなかったのは、テープ録音を警戒したのだろう。

「弱み？　どんな」キリップは訊《き》いた。

課長はまたキーを叩き、そしてすばやく消した。

——言いたくない。それに、きみがいま語ったことを、他の者の前で認める気もない。

「だと思うが、無理だろう。あなたがいま飲んだのは、複製なんだ。研究所の文書課にいる手先の器用な者に、本物をまねて書いてもらったものだ」

課長はうなだれて動かなくなった。しばらくうなだれたあと、またキーを叩こうとしたが、その手をもどして口で言った。

「……そんな気がしたよ。きみは抜け目がないからな。だが不親切な男だな。どうして飲みこむ前に言ってくれないんだ」課長は片手で喉をおさえた。

「マクマホンの声が聞こえたんだ」

「………」課長はキリップを窺《うかが》い見た。

「ほっておけ、とかれは言った」

課長はのろのろと立ちあがって、窓の外を眺《なが》めた。

「あの家でビルの死体を見たとき、わたしは胃が裏返るような苦痛を感じた。馬鹿なことをした。後悔している」

その背中にキリップは訊いた。

「ザヴィエツキーは、いまどこにいる」

ワシントンの街に目を漂わせたまま、課長は答えた。

「それは知らん。ほんとうだ」

32

カオリが動いている。

レイナ・ギルバートと一緒にクリスマスツリーの飾りつけに熱中している。モリスが掘り出してきた一〇フィートの唐檜《とうひ》は、毎年そのために使われるという大きな樽《たる》に植えこまれて、一階の広間の中央に据《す》えられていた。

カオリは脚立《きゃたつ》に乗って、銀色の星をツリーのてっぺんにつけようとしている。ザヴィエツキーはまだ捕まっていない。所在も判《わか》っていない。この山荘のことを彼女が嗅《か》ぎつけないという保証もない。その不安感をまぎらせるために、カオリは動いているのだろう。ブルーのセーターを腕まくりして、見たところ元気にふるまっている。

カオリをここへ連れてきたのはいいことだった、とタミは思った。チェスター下院議員の思惑が何であろうと、そんなことはどうでもいい。病院のベッドでアルマジロのように丸くなっているよりは、こうして動いているほうがカオリにとってもずっといいに違いない。

そのときブザーが鳴った。

侵入防止装置の警報ブザーだ。ブザーは広間と管理人夫婦の部屋とで鳴るようになっている。

隅《すみ》のほうでポーカーをしていた地元支局の二人の捜査官が、そろって振り向き、タミがそこにいるのを見て、彼女のしわざではないことを確かめた。他の者もみんな山荘内にいる。

カオリの動きも止まった。つけかけていた星を持ったまま急いで脚立から降り、不安げにソファの隅に坐《すわ》った。

捜査官たちはカードを置いて隣の小部屋へ行った。赤外線監視カメラの受像機がその中にあるのだ。タミもあとにつづいて入った。

音響感知器はぜんぶで六カ所に仕掛けられており、カメラは三台が設置されている。どの感知器が音をとらえたかは赤ランプの点滅で判るようになっている。それによって、どのカメラで音源を探せばいいかも決まる。

いま赤ランプは第三感知器のところで点滅しており、その付近を見るには二番カメラを使えばいいのだった。第三感知器は小道のそばにある。誰かが小道を通って近づいてきたのだ。

「熊か山猫ということも考えられるな」捜査官の一人が言った。

「おれはさっき、このモニターで雌《めす》の山猫を見たぞ」もう一人が応じる。

「そうかい、実はおれもだよ」

かれらはタミに聞かせているのだ。

やがて受像機に、人影がひとつ映った。樹間の小道を歩いてくる。捜査官はカメラの向きを固定し、ズームアップした。

「男のようだな」一人が言った。

しかしタミはかれらの後ろから慎重にモニター画面を凝視した。ザヴィエッキーは髪を短く切っている。キリップが電話でそう言っていた。男に見まちがえる可能性もある。まして赤外線カメラの映像はふつうのカメラとちがって陰画のように見える部分もあり、顔立ちが読みとりにくかった。

画面の人物は一歩一歩漕《こ》ぐように上体を揺らして、かなり疲れた足どりだった。じっと見ていたタミの目が、やがて一・五倍に大きくなった。二人の男に聞こえるのもかまわずに舌打ちし、小部屋を出て、玄関へ向かった。

「おどろいたわマイケル。こんなところで出遭うなんて、偶然ね」

タミは腰に両手をあて、森の出口に立ちはだかって、かれを迎えた。

マイケル・カッツは、何かを言い返す気力もない様子で、背中からデイパックをおろし、そこに坐りこんだ。

タミは腕組みをして、横目でにらみながら、かれの回りを二、三回まわった。

「立ちなさいよマイケル。ゴールはもうじきよ。このまま目をつむってまっすぐ行くといいわ。体が宙に浮いたと思っても目を開けないでね。五秒後にあなたは、そのひどい状態から解放されて、やすらかな世界にいるわ」

マイケルは坐りこんだまま黒縁の眼鏡をハンカチで拭《ぬぐ》い、かけなおして周囲を見まわした。

「監視カメラがあるんだな、このへんに」

「カメラもあるし、地雷もあるわ。よく吹き飛ばされずに来られたわね」

「こんなことなら、ヘリで来ればよかった。くそっ、五時間もかかってしまった」

「だったら、予選落ちね。ふつうは四時間で来られるそうよ」

「風景を愉《たの》しみながら来たのさ」かれは負けおしみを言った。

「途中、吊《つ》り橋があったでしょう。いまにも落ちそうな古い吊り橋」

「ああ、警告看板が出ていた」

「なのに渡ってきたの？」

「あそこに辿《たど》り着くまでに四時間半も歩いたんだ。渡らずに帰れるもんか」

「すばらしい記者魂だわ」

マイケルはスニーカーをぬいで白い綿ソックスの上から足を揉《も》んだ。大きな赤いスニーカー。部分的に汚れてはいるが、まだ買ったばかりのものだと判る。

「なぜヘリで来なかったの？」

「追い返されると思ったからさ」

「その考えは正しいわ。見つかった段階で、あなたは追い返される運命よ。でも、どうやって、ここのことを知ったの？」

「ヘリコプターを見たんだ。きのう病院を覗《のぞ》きにいってみたら、構内からFBIのヘリが飛び立つところだった。機内にきみの顔がちらっと見えた。それからもうひとり知っている顔があった。操縦士の隣にいた女だ。あれはチェスター下院議員の秘書だ。名前も知っている。レイナ・ギルバート」

さすがに美人のことには詳《くわ》しいわね。そんな皮肉を口にしそうになったが、おさえた。靴《くつ》の先で松ぼっくりをころがしながら、タミは黙って先を聞いた。

「そこでぼくはチェスターの事務所に電話した。下院議員とのインタヴューの件で至急ギルバート秘書と打ち合わせがしたいと言ったんだ。思った通り、彼女の行き先の電話番号だけは教えてくれた。テネシー州の東部。ということはチェスターの地元近辺だろうと思って、夕方の飛行機でノックスヴィルまで来た。で、かれの後援会長に会いにいった。チェスターなんかと違って素朴《そぼく》ないい人物でね、十分もしないうちにぼくはこの山荘のことを聞き出していた」

得意そうに話すマイケルに、タミは言った。

「うまくやったわね。でも、ここであなたはアウトになったんだから、日が傾かないうちに、ベンチへ戻ったほうがいいわよ」

「すこし休ませてもらうことはできないかい？」哀れみを乞《こ》う目でタミを見あげた。

「この場所でなら、どうぞ、いいわよ」

「ここ？　このつめたい地面の上でかい？」

「そうよ」

「コーヒー一杯、もらうこともできないのかい？」

「街へ下りれば二杯でも三杯でも飲めるわ」

マイケルはソックスもぬぎ、指と踵《かかと》のマメを黙ってタミに見せた。見憶《みおぼ》えのある大きな足。親指と小指が屋根のように内側に傾いている。ベッドの毛布から出ているのを、タミが何度もくすぐった足。目を覚ましたかれに追いかけられ、捕まえられて揉みあいながらセックスを愉しんだ。

タミはなるべく冷淡にその足を見おろし、

「大変ね」とだけ言ってやった。

マイケルはあきらめて、ソックスを履きなおした。

「きみに比べたら、こんな森はエデンの園みたいなもんだ」

「わたしもそう思う」

「………」かれは肩を落として元気なくつぶやいた。「この足で下るのは無理だ。迎えのヘリを呼んでもらおうかな」

タミは少し考えてから言った。

「いいわ。ただし交換条件がある」

「交換条件?」

「帰ってからも、この山荘のことはいっさい書かないでほしいの」

「それはできないよ」

「ヘリが来るまで山荘の中で待っててていいわ。熱いコーヒーもつける」

「だめだよ。ことわる」マイケルはとりあわなかった。

「だったらヘリは来ないわ。エデンの園を歩いて下りなさい。言っとくけど、熊や山猫もいるわよ。来るとき出遭わなかった?」

「………」マイケルはいまいましそうに彼女を見あげた。「むかしの仇《かたき》を討っているつもりかい?」

「見そこなわないで。そんな女じゃないわよ。するべき仕事をしているだけよ。それにマイケル、この取材はそんなに大事な意味があるの? カオリの隠れ場所を世間に知らせることが、そんなに重要なニュース? 喜ぶのはザヴィエツキーだけだわ。あなた、ザヴィエツキーの手伝いがしたいの？」

　マイケルは自分の足をじっと見つめ、ソックスの中で指先をもこもこと動かしていたが、やがて観念した。

「オーケー。降伏する。収容所へ案内してくれ」

「いいわ。コーヒーを飲んでいって」


　二杯目のコーヒーをタミが自《みず》らマイケルに運んでいったとき、電話が入った。受話器をとったレイナがタミを呼んだ。

「ワシントンのＦＢＩ本部からよ」

「ありがとう」

　飾りつけの進むクリスマスツリーを振り返りながら、タミは受話器を耳にあてた。

「スギムラです」

「キリップだ。そこは、まわりに誰かいるかね？」

　ツリーを中心に何人もがいる。

「……ええ」

「ほかの場所に電話機は？」

「ええ、あります。そちらで受けましょうか？」タミは小声で言った。

「いや、いい。やめておこう。わざわざ場所を変えると、かえって好奇心をそそることになる。あいづちだけ打ちながらわたしの話を聞いてくれればいい」

「わかりました」

「じつは、そこの山荘に、ザヴィエツキーをおびき寄せることになった」

「え？」

「カオリを囮《おとり》に使う。ただし、本人をはじめ山荘内にいる者たちには、このことは伏せておく」

「待ってください。そんなことは――」

「あいづちだ、タミ。あいづちだけだ」

「だって……」

「そこの山荘のことがマスコミに漏れるように、いまから手配する。マスコミを通じてザヴィエツキーが知れば、きっとそこへ行こうとする。だが、だいじょうぶだ。彼女はカオリの姿を見ることはないだろう。その前に逮捕、もしくは射殺される」

「………」

「だから山荘内の人間はだれひとり危険にさらされることはない。万一の場合を考えて、きみにだけはこの作戦のことを知らせておくが、しかしその万一は、おそらく発生しないだろう」

「マイケル、ちょっと来て」

タミはかれをバルコニーへ呼び出した。

「何だい、収容所長」熱いコーヒーで人心地ついたマイケルは、少し元気を取りもどしていた。

「あの……」タミは樫《かし》の木の手すりを撫でた。「さっきの条件だけれど――」報道規制を撤回しなければならなかった。けれど、言い方に困った。どんどん書いてザヴィエッツキーに知らせてくれとも言えない。

「わかってる。約束したことは守る。この山荘のことは記事にしない」サンダーヘッドの峰を見あげながら、かれはきっぱりと言明した。「きみの言う通りだ。カオリの隠れ場所を世間に知らせたって、それで喜ぶのはザヴィエッツキーだけだ」

「…………」タミは手すりに肘《ひじ》をついて、髪に左手をつっこんだ。

「信用できないのかい？　書かないといったら書かない」

「もちろん、信じてるわ」タミはあいまいに微笑した。

「寒いから中へ入ろうか」

「……ええ、そうね。でも」

「何？」

「いえ、何でもない」

33

「しかし、うまく引っかかりますかね、ザヴィエツキーは」

捜査官の一人が言った。本部ビルのエレヴェーターの中だ。

「さあな」キリップは正直なところ、自信がなかった。「知恵のはたらく女だからな。罠《わな》だと気づくかもしれんな」

だが、いまのところ他に妙案はなかった。

それに長官の決裁がおりているので、いまさら白紙にもどすこともできない。

別の一人が言った。

「あの女はいきなり病院へ乗りこむような無謀なこともやっている。餌《えさ》を見せれば必ず飛びつくさ」

エレヴェーターを出て、屋上のヘリ・ポートへ歩きながら、キリップは反論した。

「いや、あれは一概《いちがい》に無謀とは言えない。彼女はその前に、自分の死を偽装している。スローンの頭に自分の髪を接着しただけの粗雑な偽装だが、それでも二時間はわれわれを騙《だま》すことができた。病院へ乗りこんだのは、その間のことだ。偽装に騙されてこちらの警備がゆるむことを計算した上で乗りこんだんだ」

ヘリ・ポートに、マクダネル・ダグラスの500Eが五枚羽根の回転翼《ローター》を低速で回しながら待機していた。両端が尖《とが》った卵のような胴体。七人乗りである。

「だが病院襲撃は空振《からぶ》りだった」「さっきの捜査官が、やや声を大きくした。エンジン音と風にさからうためだ。「ザヴィエッキーは、だから焦《あせ》っているはずだ」

「それは言える」キリップも声を高めた。「われわれ以上に焦っているかもしれない。期待するとすれば、その点だ」

回転翼《ローター》からの風に全員が髪を逆立て、それぞれショットガンやライフルを抱え、腰をかがめるような姿勢でヘリコプターに歩み寄った。

順に乗りこもうとしているとき、女性捜査官が一人、褐色《かっしょく》の髪を踊らせながら小走りに追ってきた。

「キリップ捜査官」

キリップはヘリコプターのステップにかけた足をおろして、彼女のほうへもどった。

「何だね」

「ボルティモア支局から電話がありました」

女性捜査官は屋上の外光に目を細め、踊る髪を両手でおさえ、口喧嘩《くちげんか》でもするような声でひと息に言った。「地方検事のロスコー氏が撃たれたそうです。カオリ・オザキを不起訴にした検事です。ロスコー氏は死にました。犯人はザヴィエツキーです。いま、保安官事務所のパトカーが彼女の車を追跡中だそうです」

キリップはヘリへ駆けもどり、乗りこみながらパイロットに叫んだ。

「行き先変更だ。ボルティモアだ。全速力でボルティモアへ飛んでくれ」

そして、機内の捜査官たちを見返った。「ザヴィエツキーが現われた」


ザヴィエツキーの息子の事故死。その原因はかれ自身をふくめた少年たちの側にあったとして、カオリを訴追しなかった地方検事。その人物をヴァルダ・ザヴィエツキーが射殺した。彼女の復讐《ふくしゅう》の標的は、カオリ以外に、もう一人いたのだ。

このことは、しかしまったく予想されなかったわけではない。

ザヴィエツキーが復讐を口走って失踪《しっそう》した当初から、念のために、この地方検事にも警護がついていた。アナランデル郡の保安官事務所から保安官助手が二名、警護のために派遣されていた。けれども、カオリとちがって地方検事には日々の仕事がある。自宅と職場との間を往復しなければならない。しかも、ザヴィエツキーは長距離射撃用ライフルを持っている。二名ばかりの警護者は、実際にはほんの気休め程度の意義しかなかった。

ザヴィエツキーはそこを狙《ねら》ったのだ。

カオリを殺すチャンスがなかなかつかめないことに苛立《いらだ》ったザヴィエツキーは、銃口の向きをいったん変えて、もう一人の標的ロスコー検事を狙うことにしたのだ。

これはカオリを狙うことよりも簡単だったに違いない。事実、ザヴィエツキーは成功した。だが簡単だという意識が、おそらくザヴィエツキーにも気のゆるみを与えたのだろう。逃走の段階でついに捕捉《ほそく》されてしまった。保安官事務所のパトカーに追跡を受けているという。

よくあるケースだ、とキリップは思った。

事件というのは、ときにこういう形で終息に向かうことがある。捜査官にとっても、犯人自身にとっても、思いがけない方角で、思いがけない展開によって、とつぜん終息に至ることがある。

しかし問題は、いまザヴィエツキーの車を捕捉し追跡している保安官助手たちの力量だ。かれらがザヴィエツキーにまかれてしまえば、また振り出しに戻ってしまう。応援の車も四方から駆けつけているはずだが、それまでなんとか食らいついていてくれるようにと、キリップは痛切に願った。

ＦＢＩ本部ビルの屋上から飛び立ったヘリコプターは、途中、最大巡航速度の一三九ノット（時速二五三キロ）を出して、北東へ飛んだ。

飛行中も、キリップはボルティモア支局と無線で連絡をとりあった。

「ザヴィエツキーの車はさきほどパタスコ河を渡りました。市内へ逃げこむつもりのようです」

「彼女のホームグラウンドだ。そこで追っ手を振り切ろうというわけだな。追跡は継続できているか？」

「だいじょうぶです。市警察のヘリが空から捕捉し、パトカーも応援に駆けつけています。待ってください、いま新しい連絡が入りました。——ザヴィエツキーは追いつめられて、ハノーヴァー・ストリートで車を捨てました。ビルに逃げ込んだそうです。無人の廃ビルです。現在、包囲態勢が組まれつつあります」

キリップはひと息、深呼吸した。

「近くにヘリが降りられる場所はあるかね？」

「フェデラルヒル・パークに降りてください」

「港の近くのか？」

「ええ、そこへ迎えの車を回します」

本部出発後十五分で、ヘリコプターはボルティモア港のそばにある小さな公園、フェデラルヒル・パークの枯れ芝に着陸した。

そのビルは、港湾地区の西を南北にはしるハノーヴァー・ストリートから、ひとすじ港側へ入ったところにあった。

五階建ての古びたビルで、すでに取り壊しが決まっているという。褐色砂岩の外壁が、付近の排気ガスを永年吸いつづけて灰褐色にくすんでいる。ところどころが割れたままになった窓ガラス。残ったガラスも薄汚れて、午後三時の冬の陽《ひ》をにぶく反射している。

「間違いなく中にいるのかね？　あの女は小細工をする。逃げられてしまってはいないだろうな」キリップは、そばにいる支局の同僚に確認した。

「ああ、確かにいる。ビルへ逃げこんだ直後に、パトカーが周囲の道をぜんぶ塞《ふさ》いだ。それにきみが着く前に、五階の窓からライフルで二発撃ってきた。あそこの車を見てみろよ。ボディーにすごい穴があいているだろう。例の五〇口径弾にちがいない」

ＦＢＩの捜査官たちも、ボルティモア市警察の警官たちも、車の陰に身を隠しながら、しかしそれでもどこか不安そうな顔つきだった。

「指揮はわれわれが執《と》っていいんだな？」

「ああ、ヒューバート、きみが執ってくれ。市警察の運用部長も来ているが、こちらの指揮に従うと言っている」

「投降の呼びかけはしたかね？」

「マイクで呼びかけたさ。五〇口径弾を撃ちこまれたのはそのときだ」

「撃たれたのは、われわれの車だな」

「ああ、ひやっとしたよ」

「だが市警の警官やパトカーに対しては、彼女は撃っていないわけだな」

「……今のところはな」

「こちらの配置は？」

「屋上に市警の一小隊がいる。非常階段からあがったんだ。うちのモーガンとハリソンがそこへ合流した。こちらからの指示を待っている。ビルの中は四階まで警官であふれている。市警のＳＷＡＴ《スワット》も、まもなく到着するはずだ」

ＳＷＡＴ（特殊装備戦術隊）。えりすぐりの射撃熟練者で編成されており、あらゆる特殊作戦に出動する。

「市警の連中は、本気になってくれているか？」

「え、どういう意味だ」

「言葉どおりの意味だ。連中は一週間あまり前までザヴィエツキーといっしょに働いていた。彼女の立場に同情している者は今でも多いはずだ」

「それはそうかもしれんが……」

「連中を後方へ呼びもどそう。前面はわれわれだけで固めることにする。わたしも屋上へ昇る。そこから指揮を執る」

「ふむ、市警の連中にとっても、そのほうがありがたいかもしれんな」

「催涙ガス銃はあるか？」

「ＳＷＡＴチームが持ってくるだろう」

「到着しだい、向かいのビルからそれを撃ちこませよう」


現在この場にいるＦＢＩ捜査官は十四名だった。キリップは屋上に五名、四階に五名、ビルの下に二名、向かいのビルの屋上にも二名を配置した。かれ自身も防弾用ベストをつけ、ショットガンを持って屋上へ昇った。

屋上の風はつめたかった。港の灰色の水面が狐《きつね》の尾のように、少しくねりながら陸へ入りこんでいるのが見えた。両側からたくさんの埠頭《ふとう》が、粗い櫛《くし》の歯のように突き出ている。

狐の尾の先端部、港のいちばん奥まったところに、コンステレーションの姿が見える。このボルティモアで進水した帆船。合衆国最初の軍艦だ。帆船博物館となっているその船を、ザヴィエツキーの死んだ息子も、おそらく教師に引率されて一度は見学に来たことだろう。

「ヒューバート、彼女の顔がまたちらっと見えた。三つ並んだ窓のちょうどまんなかだ。きみの立っている位置の真下だ」向かいのビルの屋上から無線連絡があった。

「わかった」

キリップは、足元のコンクリートの床を見た。粗い仕上げの屋上の床。この足の下にザヴィエツキーがいる。包囲の輪にとじこめられて、彼女はいま何を考えているだろうか。悔しさに歯噛《はが》みし、呻《うめ》きながら部屋を歩き回っている彼女の姿を、キリップは想像した。

あきらめろ、とかれは胸の中で語りかけた。気持ちはわかるが、あきらめろ。ザヴィエツキーへの同情。それはかれの中にも最初からあった。彼女への同情にかたむく警官たちの心情も、キリップにはよくわかっていた。だからこそ過度に警戒したのだ。自分自身の気持ちをもきびしく警戒した。同情と容認とは別だ。同情はするが容認することはできなかった。してはならないと思っていた。

しかし、こうして包囲の中に彼女を閉じ込めてしまうと、やはりいくぶんの哀れさを感じないではない。かれはザヴィエツキーの目を思い出した。FBIの各支局が実施している地方警察官のための巡回講座。講師のキリップをするどい質問で困らせた大柄な女性警官。四年前のあのときに、ただ一度だけかれはザヴィエツキーと顔を合わせている。美しく、そして強い目をしていた。あの強さが、彼女をここまで来させてしまったのだ。

だがもうあきらめろ、あきらめてくれ、と足の下のザヴィエツキーに、かれは心の中で語りかけていた。

ＳＷＡＴのチームが到着した。

ダークブルーの戦闘服に同色の帽子をかぶり、防弾用ベストをつけている。キリップは無線で、催涙ガス弾の撃ちこみを指示した。

「その前にガスマスクを屋上へ届けてくれないか。彼女が投降しない場合はわれわれが突入する」

やがてＳＷＡＴの隊員が向かいのビルの屋上に昇り、催涙ガス銃をかまえて五階の窓に狙いをつけた。だがそのとき、横で双眼鏡を目にあてていたＦＢＩ捜査官の一人が、隊員の肩を不意におさえた。

窓から、ザヴィエツキーの顔が覗《のぞ》いたのだ。

ガラスの割れたところから彼女はこちらを見ていた。催涙ガス銃をかまえたＳＷＡＴの隊員を見ていた。ライフルは手にしていない。かわりに何かこぶし大のものを、果物でも持つようにそっと頬《ほお》にあてている。

「手榴弾《しゅりゅうだん》だ」捜査官はつぶやいた。「手榴弾を持ってるぞ」

そしてそのことを無線でキリップに報告した。

「何個だ。何個持っている?」キリップが訊《き》いた。

「それは判《わか》らないが、いま手にしているのは一個だ」

ザヴィエツキーは視線を下げ、下の路上にいる市警察の警官たちを見おろした。その中には彼女をよく知る者たちも多く、かれらも車や建物の陰から顔を出して彼女を見あげた。

「ヴァルダ!」と手でメガフォンをつくって呼びかける者もいた。

ザヴィエツキーはその声にかすかな笑みを返した。

「どうする、ヒューバート」

「少し様子を見よう」

「あ、奥へもどるぞ」

ザヴィエツキーは手榴弾を胸の前に抱くようにして両手で持ち、ゆっくりと窓から離れていった。

「ヒューバート、自殺だ。彼女は自殺する気だ」

「なに……」

「まちがいない。きっとそうだ」

「騙されるな。彼女はきのうもわれわれを欺《あざむ》いている」

「じゃあ、やはりガス弾を撃ちこむのか?」

「ああ、撃ちこんでくれ」

「……オーケー、わかった」

携帯無線機から聞こえるやりとりに耳を傾けていたSWATの隊員に向かい、捜査官は目でうなずいてみせた。

隊員は催涙ガス銃をかまえなおそうとした。

その瞬間、廃ビルの五階で爆発音がとどろき、割れ残っていた窓ガラスが水しぶきのように宙に舞った。ガラスの細片の一部は向かいのビルの屋上にまでも届き、のこりは下の路上に向かってきらめきながら舞い落ちていった。

34

ザヴィエツキーの死体は、文字どおり五体がバラバラだった。

検屍官《けんし》がそれを元のかたちにつなぎ寄せ、捜査官たちもかれを手伝って、細かな断片まで根気よく拾い集めた。細かくちぎれ飛んだのは、おもに腕と腹の部分だった。腹に押しつけるような姿勢で手榴弾《しゅりゅうだん》を爆発させたのだろう。脚、そして頭部は、比較的原型をとどめており、したがって顔も確認することができた。爆発の衝撃で下顎《したあご》が破壊されている以外には損傷はなく、キリップは彼女のためにも、そして自分たちの確認作業のためにも、そのことでほっとした。死体の顔を見るまでは、かれはザヴィエッツキーの死を簡単に信用する気にはなれなかったのだ。何か小細工があるのではないか、偽装があるのではないかと疑った。

偽装といえば、髪をバッサリと切り落とした彼女の頭。不揃《ふぞろ》いで、ぎざぎざになった短い頭髪が哀れをもよおした。この一週間余りの〈闘い〉のせいで、頬もさすがに少しやつれて痩《や》せている。

・五〇口径の長距離狙撃《そげき》用ライフル。白いスプレーを吹きつけられたそれが、部屋の中に転がっていた。ザヴィエッツキーの血の飛沫《ひまつ》や肉片がこびりついている。その銃も、犯罪に使用された武器の現物として、やがてＦＢＩ本部ビルの銃器庫に陳列されることになる。

キリップは、ヴァルダ・ザヴィエッツキーの無残な死体をもういちど眺《なが》めおろしてから、その部屋を出てエレヴェーターのボタンを押した。

けれども、すでにこのビルには電気が通じていないことを思い出し、階段をくだった。全身に脱力感があり、五階分の階段をくだるのが大儀だった。

「終わったよ」

というキリップの声を聞いて、タミは受話器を持ちかえながら大きく吐息をした。

「自爆、したんですか」安堵《あんど》感はむろんあったが、どこか後味の悪い思いが残った。

「気の毒だという気持ちが、いまでもやはりあるかね？」キリップが訊《き》いた。

タミは少し考えてから答えた。

「スローンのことはともかくとしても、地方検事を殺したことで、彼女は完全な殺人者になったわ。だから――」

「……だから？」

「いいえ、それでも、やっぱり少しだけ気の毒な感じがします」

「実は、わたしもだ」キリップはさらに言葉をつづけそうな息づかいをしたが、しかし何も言わなかった。

「カオリに伝えます」タミは低く言った。

「うむ、そうしてくれ。きみもご苦労だったな」キリップの声もどこか沈んでいる。

「いいえ、けっきょく出番はなかったわ。幸いなことに」

「いや、神経だ。神経が疲れたことだろう。カオリはきみに感謝すべきだ」

「彼女はここへ来て、少し元気になりました」タミは声の調子をつとめて明るくした。

「それはいい」キリップも合わせようとした。

「まもなくチェスター下院議員も到着するはずです。何か伝えることはありますか？」

「事件が解決したのでゴルフに誘いたいと言っておいてくれないか」

「ほんとうに?」

「冗談だ」

「はじめて聞いたわ、あなたの冗談」

「あまりうまくないだろう」

「うまくなくても、ときどき聞きたいわ」

「……じゃあ、カオリによろしくな。これから苦手な報告書を仕上げなくちゃならん」

「メリー・クリスマス」

「わたしはその挨拶《あいさつ》は当日にしか言わないことにしている」

「でしたら、グッナイト、キリップさん」

「グッナイト、スギムラ捜査官」

陽《ひ》はしかしまだ沈んではいなかった。サンダーヘッドのいただきが赤く輝いていた。

その輝きを背に負うようにしてネッド・チェスターの乗るヘリコプターが山荘へ舞い降りてきた。つづいてもう一機あらわれたのは、マイケルを迎えにきたヘリかと夕ミは思ったが、そうではなく、地元のTV局のヘリだった。

事件終結の報《しら》せを途中の無線連絡で知ったチェスターは、それをいちはやくTV局に教え、自分のほうから取材を誘いかけたのだった。

まだ頭と頰《ほお》に包帯をつけたままのカオリ。彼女を腕のなかに抱きしめるチェスター。クリスマスツリーをバックにしたその光景が、さっそくカメラに収録された。

TV局のヘリが引きあげたあと、地元FBI支局のヘリが二人の捜査官を迎えにきた。だが、マイケルのために頼んだヘリはまだ来ない。

「そんなヘリはキャンセルしたまえ」チェスターが言った。かれは、マイケルがニューヨーク・タイムズの記者と知って、ぜひ一泊するようにと勧めた。マスコミとの接触が、かれはとても好きなのだ。マイケルは、むろんそれを受けた。


カオリを囲んで、晩餐《ばんさん》をとった。

チェスターがタキシードを着、レイナがイヴニングドレスを着、カオリも持ち物の中からそれらしいドレスを着たので、タミはしかたなく例のグレーのスーツを着た。セーターとコーデュロイのズボンよりはましだろうと思ったのだ。しかしもっと場違いなのがマイケルだった。かれは森の中を登ってきたときの服装のまま、テーブルについた。セーターとジーンズと赤いスニーカー。だが、そんなことは気にもしていない様子だ。

管理人の妻リヴィーが朝から支度した料理が、つぎつぎにテーブルに並んだ。チェスターがワシントンからアイスボックスに入れて持ってきた牡蠣《かき》も、シチューに入れられている。ローストビーフ、サツマイモ料理、ポテト、フルーツサラダ、それと木の実を使ったパイとプラムプディング。

タミはこの一週間、ほとんどカオリとふたりだけで食べたわびしい食事の光景を思いかえした。けれど考えてみると、その前はもっとわびしい食事もしていたのだ。休日に独りでビデオを見ながらコーンフレークスとチーズで昼食をとる暮らし。そして今回の仕事が終わったいま、彼女はふたたびトレントンへ帰り、その暮らしにもどるのだ。

タミは隣の席にいるマイケルの横顔をちらりと見た。学生時代の二年間、いっしょに食事をし、いっしょに愉《たの》しみ、いっしょに眠った男。

そのマイケルは、チェスターと話をしていた。

「マイケル、という名前の語義を、きみは自分で知っているかね?」チェスターが言っている。

「いいえ、知りませんが」

「名前の語義をしらべることが、わたしの趣味のひとつでね」

「ほう、それは面白そうですね」

「わたしの友人にもマイケルという名の男が二人いて、それで憶《おぼ》えているんだが、この名前はヘブライ語源で〈神の如《ごと》き〉という意味になる」

「神の如き？」

「ヘブライ語源の名前には神にちなんだものが非常に多いんだ。きみたち新聞はときに神の如くに振る舞うことがあるから、ぴったりの名前じゃないか」

「われわれはそんなに傲慢《ごうまん》じゃありませんよ」

「似たような影響力を揮《ふる》うこともあるということさ。で、わたし自身の名前の語義だが、聞きたいかね？」

「ぜひ」マイケルはそつがない。

ネッド＝幸運と富の守護者、チェスター＝防御陣地の住人。例の解説を聞きながら、タミはレイナと目を見かわした。

死んだザヴィエツキーのことには、誰も触れようとしない。

名前問答が一段落したあとで、チェスターはタキシードのポケットから飾りリボンのついた小箱を取りだした。

「ちょっと早めだが、カオリ、きみへのクリスマス・プレゼントだ」

プラムプディングを食べていたカオリは、はにかむような表情でほかの者たちを見、そして首をすくめて礼を言いながら手を出した。

うながされて包みを開いた。香水だった。シャネルの五番だ。

「きみの名前にちなんでこういう物を選んだのだが、気に入ってくれるかな」一語一語単語を区切るようにしてカオリに言った。

「ありがとう」カオリは包帯の中で微笑し、そしてタミのほうを見た。身内の者に向けるような目だった。包帯は白く、新しい。この晩餐にそなえてタミが巻き直してやったのだ。

チェスターがタミのほうを向いて言った。

「レイナは、シャネルなら十九番にすべきだったと言うんだ。五番には麝香《ムスク》が入っていて官能的すぎるからだそうだ。しかし十九番というのは、木とか苔《こけ》の香りのエッセンスだろう。そういう匂《にお》いだったら、この山荘のまわりでたっぷり嗅《か》げばいいさ。そう思わないかね」

シャネルの五番。そんなものよりもっと濃厚なプワゾンが、カオリのルイ・ヴィトンのバッグに入っているのをタミは知っている。それが日本でのはやりなのだそうだ。

チェスターがまたカオリに向き直り、スピーチの口調で言った。

「この国できみが経験したことについて、わたしは何と詫《わ》びていいか判《わか》らない。きみのお父さんは、立派な人だった。わたしは尊敬していた。そ・ん・け・い、わかるかね？　とにかくきみの若さでは、過去よりも未来の分量のほうがずっと多い。悲しみはすぐには癒《い》えないかもしれないが、これからの未来にまでそれを引きずっていってほしくない。今夜、きみは久しぶりにぐっすり眠れることだろう。ぐっすり眠ってその眠りが覚めた明日、きみは新しい人生の朝を迎えることになるわけだ。きみは勇気のある女性だと、わたしは信じている。ゆ・う・き、わかるね？　では、きみの勇気ある出発に乾杯だ」

それをしおに、マイケルが口もとを拭《ふ》いて立ちあがり、チェスターに晩餐の礼を述《の》べた。マイケルの目くばせに気づいてタミも席を立った。

クリスマスツリーの陰に回ったところで、マイケルはぼやいた。

「昼のマメが痛い」

「慣れない真似《まね》をするからよ」タミはそう言ったが、声には多少のいたわりを含めた。

「きみはモニターでぼくの死にそうな歩き方を見て、大笑いしていたんだろう」

「ひどい状態だったわね。ワシントンから歩いてきたのかと思った」

「いっそサンタクロースの格好でもしてくれれば、もっと愉しんでもらえたかもしれないな」かれはツリーの葉の先についた小さな銀箔《ぎんぱく》張りのベルを指ではじいた。

「それは言えるわね」

「ぼくを発見した装置は、どこにあるんだい」

「赤外線監視カメラのモニター？　隣の小部屋よ」

タミが案内すると、マイケルは椅子《いす》に腰をおろし、モニターのスイッチを入れて、夜の森の中を映し出した。

「まず足音を感知してブザーが鳴るの。で、二番のカメラがあなたをとらえたのよ」

かれは勝手にカメラを操作している。操作しながら、こう訊いた。

「きみは自分の言った言葉をよく憶えているほうかい？」何か意味ありげな質問だった。

「どういうこと？」タミはかれの肩に片手を置いて、くせ毛のつむじを見おろした。

「このあいだワシントンで再会したときに言った言葉さ」

「ハロー、マイケル、元気そうね、って言ったわ」

「ちがう。そのあと、車の中で言った言葉だ。ぼくが昔のことを後悔していると言ったら、それはいま言うべきじゃない、ときみは言った。別のときに言うべきだ、と言った。いまの任務についていないときに言うのなら信用してもいいという意味のことを言った。憶えてるかい？」モニター画面の中の森を見ながら、そう訊く。

「……ええ、そのようなことを言った憶えがあるわ」タミも画面を見ながら答えた。

「いま、あの言葉を言ったら信用してもらえるかな」かれはモニターから目を離して、タミを見あげた。天井の灯《ひ》が眼鏡のレンズに映りこんでいる。

「どうかしら。すこし考えてみないと判らないわ」タミもかれを見かえした。ワインの酔いがいくらか目もとに出ているのを自分で感じた。

「考えてみて信用してもいいと結論が出たら、ぼくの部屋に来てくれないか。鍵《かぎ》をかけずに待っているから」マイケルは、肩にのったタミの手に自分の手をかさねた。

「それは今夜のことを言ってるの?」

「もちろん、そうさ」ささやくように答えた。

タミは乱暴に手を引き抜いた。

「あきれたわ。女なしではひと晩も過ごせないわけ?」

マイケルは一瞬戸惑い、それからムッと眉《まゆ》をよせた。

「おい、何てことを言うんだよ。きみこそあきれた女だな。相手の心をまるで見ようとしない」かれはモニターに八つ当たりして、スイッチを乱暴に切った。

「あなたの心は昔さんざん見たわ」

かれは吐息まじりに首を横に振った。

「あのね、タミ、人間は変わる。成長して脱皮する。トンボのようにだ」

「唐檜《とうひ》や松は、何年たっても唐檜と松だわ」

自分が依怙地《いこじ》になっている理由を、タミは知っていた。ザヴィエツキーのことが胸にあったのだ。誰ひとり彼女の冥福《めいふく》を祈ろうともせず、自分たちだけのハッピーエンドにひたっている様子に、さっきからずっと違和感をおぼえていたのだ。その気持ちが、今たまたまマイケルを相手にこぼれ出ているのだ。

久しぶりのアルコールで感情の振幅が大きくなっているのかもしれないと思い、少し頭を冷やそうとタミは考えた。

マイケルのほうも、言葉で迫るのは得策ではないと気づいたのか、そっと彼女の背に手をやって、ひとまずその小部屋を出た。

広間にもどるとカオリの姿がなかった。ひとりで先に部屋へ上ったのだろうか。そう思って二階への階段を見あげたとき、通りがかりにリヴィーが言った。

「あのお嬢さんなら、バルコニーへ出てるよ」

「寒くない？」

タミが声をかけると、カオリは振り向いて手すりに肘《ひじ》を置いた。赤いドレスのすそが弱い風に揺れている。

彼女のそばに寄ると、香水の香りが強くにおった。狙撃《そげき》されて入院して以来、オーデコロンすらつけていなかったカオリだが、さっきもらったシャネルの五番を試しにつけてみたのだろう。あるいは、そうするようにチェスターにうながされたのかもしれない。

タミの肩に手が置かれたので横を見ると、マイケルがついてきていた。

窓から広間の明かりが漏れ、リヴィーが食卓を片づけているのが見えた。夫のモリスがそれを手伝っている。

タミは自分も手伝いたくなったが、しかしリヴィーはそれを喜ばないだろう。彼女はこの家の主婦ではない。雇われて仕事をしているのだ。

クリスマスツリーの脇《わき》のソファに、チェスターとレイナがいる。

親密な雰囲気。タミやマイケルのいる前では見せなかった微妙な雰囲気が、ふたりの間に漂っているのがわかる。タミは、かれらとの初対面のときに、ふたりの肉体関係を想像したことを思い出した。勘は当たるものだ、と心の中でつぶやきながら、けれどもレイナのイメージがいくぶん安くなったのは確かだった。なぜなら、レイナはけっしてチェスターを心から好いているとは思えないからだ。タミがレイナから感じた強い上昇志向。それはかなり濁りをおびたものであることが、すこし判ってきた。濁らなければ上昇できないと思っているのかもしれない。

「あのふたり、できてるよ」タミの視線をたどってカオリが言った。

彼女がわざわざこの寒いバルコニーに出たのは、自分が除《の》け者になっているのを感じたからだとタミは気づいた。この山荘の主賓でありながら、同時に除け者でもあることを、彼女なりに感じとっているのだ。肩に置かれたマイケルの手が、タミはやや気になった。

「月が明るいな」

マイケルが言い、タミも振り向いて空を見あげた。月の下でサンダーヘッドの雪の峰が宙に白く浮きあがっていた。

そのとき、離れた場所から銃声がした。

二発つづいて聞こえ、わずかな間《ま》をおいてまた二発つづいた。

山にあたって谺《こだま》したように二発ずつ聞こえたが、しかし方角は背後だった。つまり、山荘の中だ。

振り向いたタミは、全身が硬直した。——窓の内側の広間、クリスマスツリーのそばのソファに、チェスターとレイナが折り重なるようにして崩れている。

ツリーの向こう側を誰かが足早に歩いて、二階への階段を駆けあがっていった。

窓越しにちらりと見えたその姿に、タミは目を疑った。

大柄だった。男物の黒革のジャンパーを着てはいたが、しかし男の体型ではなかった。そして短く切られた褐色《かっしょく》の髪。手にしていた拳銃《けんじゅう》は、銃身の上にヴェンチレーテッド・リブ（通風骨）のついた、ひと目みて判る特徴のある拳銃、コルト・パイソンだった。

「ザヴィエツキー……」タミはかすれた声でつぶやいた。

「ヒィー」と細い声を洩《も》らしてカオリがタミにしがみついてきた。

肩が痛い。マイケルの手がかちかちになって食いこんでいた。

タミはふたりを押しのけるようにして、広間の中へ入った。頭上でドアを蹴破《けやぶ》る音がした。ザヴィエツキーが二階の部屋をしらべているのだ。

ソファに崩れているチェスターとレイナ。ともに額に穴があき、後頭部が裂けて血と脳漿《のうしょう》が背後の壁に飛び散っている。むろん即死だ。

カオリが顔を覆《おお》ってしゃがみこみ、

「やだよ、信じらんないよ」と細い泣き声を出した。

「黙って」タミは小声で叱《しか》った。

そしてクリスマスツリーの反対側へ回り、食卓のそばの床を見た。モリスとリヴィーの夫婦が、同じように頭を撃ちぬかれて倒れていた。

タミは混乱していた。

ザヴィエツキーがなぜ生きているのか。死んだというのは間違いだったのか。しかも、なぜここへ入ってこられたのか。警報ブザーは鳴らなかったのか。

鳴らなかったのかもしれない。タミは気づいた。さっき監視カメラのモニターをマイケルがさわった。あのとき警報ブザーのスイッチをオフにしてしまったのかもしれない。

階上で、またドアを蹴破る音がした。部屋を順番にしらべ回っているのだ。いちいちノブなど回さずに、片っぱしから蹴破っている。

タミは思った。さっきの銃声の間隔を思った。まず二発。ほんのわずか間があいて、また二発。合計三秒もかかっていない。三秒以内に四人の頭をそれぞれ一発で撃ちぬいている。ソファと食卓とは、ツリーを挟んでだいぶ離れている。ほぼ真ん中から両側へ撃ったとしても七ヤード（六・四メートル）はある。タミはその距離で三秒以内に四人の頭部に銃弾を命中させる自信などなかった。あの女と自分とでは腕が違いすぎる。そのことを痛切に思った。

見ると、マイケルが暖炉の火掻き棒をつかんでいる。そんなものでどうしようというのか。

またドアを蹴破る音。三つめだ。部屋はあとひとつしかない。

「タミ……」マイケルの声も、かすれてうわずっている。

「しっ！」タミは自分の頭がヒステリー状態になる寸前であるのを感じた。

四つめのドアを蹴破る音が聞こえた。

35

「キリップだ」

「ヒューバートか、ピーターソンだ」ＦＢＩ研究所科学分析部のラリー・ピーターソン。

「どうだったね、ラリー」キリップは緊張した声でたずねた。

「別人だ。前頭洞《ぜんとうどう》のＸ線写真を撮《と》ったが、ヴァルダ・ザヴィエツキーのものとは一致しなかった」

「……やはりか」キリップは噛《か》みしめた歯のあいだから低く唸《うな》った。受話器をにぎり潰《つぶ》しそうなほど手に力をこめていた。

「しかしヒューバート、よくおかしいと気がついたな」

「ああ、妹がいなくなったというので、不審を感じたんだ」

　姉の死を妹セルマに知らせようとしたところ、所在がつかめなかった。ボルティモア市内の彼女のアパートは、ヴァルダの出現にそなえて市警察の警官が交代で張っていたが、昨夜セルマは帰宅した気配がないという。〈ヴァルダの自殺〉によって張り込みは解除されたものの、姉の死を通知する必要から、セルマ本人の所在が探された。

所在は夜になっても判明せず、その段階でようやくキリップの胸に一つの疑いが頭をもたげたのだった。

ヴァルダは警邏《けいら》巡査時代に、犯人追跡中の車の事故で頭部を打っている。彼女について調べた際、そんな記録があったことをキリップは思い出した。そこで南ボルティモア総合病院に問い合わせて、そのときの彼女の頭部X線写真があることを確認した。その写真を電送でワシントンのFBI本部へ送り、研究所の科学分析部で死体のものと照合してくれるように依頼したのだった。前頭洞。すなわち頭蓋《とうがい》骨の額にある空洞。その形は指紋と同じく千差万別であり、X線写真でこれを比較すれば同一人物であるかないかが判定できる。

そしてその照合結果を、いまキリップは耳にしたわけだった。自爆した死体の前頭洞はヴァルダ・ザヴィエツキーのものとは一致しなかったという。

「何という奴《やつ》だ。あの女は自分の妹を身代わりに殺したんだ」キリップは呻《うめ》いた。

「双子《ふたご》なのか?」ピーターソンが訊《き》いた。

「ちがう。しかしよく似ていたそうだ。容貌《ようぼう》がかなり似ていたらしい。だが身長がやや低かった。五フィート九インチ。姉のヴァルダよりも二インチ低い」

「死体の大腿《だいたい》骨と脛《けい》骨からの推定値も、ほぼそんなもんだ」

「その差を隠すために手榴弾《しゅりゅうだん》で五体をバラバラに吹き飛ばしたんだ。自分の妹の体をだぞ」キリップはほとんど逆上しかけていた。

死体の顔。下顎《したあご》が爆発の衝撃で破壊されていたが、その他はほぼ原型をとどめていた。四年前のヴァルダよりも、そして写真のヴァルダよりも、いくぶん痩《や》せていたが、それは一週間余りの〈闘い〉の疲れのせいだとキリップは勝手に思いこんだ。しかも髪が、本物のヴァルダに似せて短く不揃《ふぞろ》いに切られていた。

のみならずヴァルダは、妹の両手に手榴弾を握らせて爆発させた。だから両手の指はこなごなに吹き飛ばされていて、指紋の確認は省かねばならなかった。両手に握らせた手榴弾。それをさらに腹の前で爆発させたのは、検屍《けんし》のさい、出産経験の有無を見分けられないようにするためだったのかもしれない。

あの女は二度までも自分の死を偽装した。しかも二度目の今回は、巧妙きわまる偽装だ。地方検事を射殺し、そしてその現場からの逃走に失敗して追いつめられたかのように見せかけて、あの廃ビルへ逃げこんだ。ビルの中に、あらかじめ妹のセルマを監禁しておいた。昨日のうちに何らかの手段でセルマをおびき出し、拉致《らち》し、あそこに閉じ込めたのだろう。おそらく、セルマは失神状態にさせられていたのに違いない。その手に手榴弾を握らせ、爆発させて自分の自殺を偽装した。

手榴弾の安全ピンを引きぬいてから爆発するまでには、数秒の余裕がある。その間にヴァルダ自身はどこかに身を隠して爆発を避け、そのあと捜査官たちが死体を収容して引きあげるまで、じっと待ったのだろう。しかしいったいどこに隠れたのか。そうだ、エレヴェーターかもしれない。電気が止められて動かなくなっていたエレヴェーター。あの中に隠れていたのかもしれない。

巧妙で、冷酷無残な偽装だ。

狂っている、とキリップは思った。胸の片隅《かたすみ》にあったザヴィエツキーへの同情心は、もはやあとかたもなく消し飛び、目を血走らせた狂気の女の不気味さに心が凍《こお》る思いだった。

かれは電話をいったん切り、すぐにテネシーにあるチェスター下院議員の山荘にかけ直した。

……呼びだし音がいつまでも続き、応答はなかった。

電話が鳴っている。

ヴァルダ・ザヴィエツキーはそれを無視して、階段の上から広間を見おろした。

広間の中央にクリスマスツリー。その両側にソファと食卓。ソファにひと組、食卓のそばの床にひと組、男と女が倒れている。いずれの女も、カオリ・オザキではない。

二階の四つの部屋にも、あの女はいなかった。どこに潜《ひそ》んでいるのか。

ヴァルダは階段の上に立ったまま、拳銃《けんじゅう》の輪胴《シリンダー》から空《から》の薬莢《やっきょう》を落とした。未使用の弾がまだ二発まじっていたが、それも一緒に捨て、革ジャンパーのポケットからスピード・ローダー（即時装塡《そうてん》器）をとりだして、新しい弾を六発装塡した。

電話がようやく鳴りやんだ。捨てた空薬莢のひとつが転がって、階段を一段ずつ落ちてゆく音が、いまの山荘内の唯一《ゆいいつ》の音だった。

ヴァルダは視線の方向に銃口を動かしながら、薬莢のあとをゆっくりと降りた。広間の床まで降り、あらためて水平の位置から周囲を見まわした。窓が気になった。クリスマスツリーの向こう側の窓。そのガラスが鏡になってツリーの電飾や天井の照明、そしてヴァルダ自身の姿を映している。窓の横に、ドアがある。それが開いたままだ。つめたい風がそこから入りこんでいる。ドアの外はバルコニーのようだ。

彼女は拳銃を窓ガラスに向け、そこに映ったクリスマスツリーを撃った。ガラスが割れて外の闇《やみ》がのぞいた。一気に走り寄って、割れた窓から銃口を突き出した。月明かりを浴びたバルコニーに人影はなかった。ドアから出て、手すりの外も確認してみた。下は崖《がけ》だった。

広間にもどり、ふたたび周囲に視線を向けたとき、かすかな物音が聞こえた。アーチ状に壁がくりぬかれた奥に、台所があるようだ。ヴァルダは土の入った樽《たる》からクリスマスツリーを引きぬき、そのてっぺんを暖炉に突っ込んだ。銀箔《ぎんぱく》の星が火の中に落ち、枝の先から煙が立ちのぼった。煙は暖炉の排煙口をはみだして部屋にまであふれはじめた。冬の針葉樹。その乾いた葉や枝はたちまち炎をまとった。金銀のモールや白い綿や赤と緑の玉や小さなサンタクロースの人形も、いっしょに炎につつまれた。煙は部屋じゅうにひろがっている。

ヴァルダは自分でも咳《せ》き込《こ》みながら、そのツリーを抱えて台所の入口へ運んだ。根のほうを持ち、燃えて煙をあげる先端部をアーチ状の入口から奥へ押しこんだ。押しこんで待った。銃を構えてじっと待った。

おびただしい煙が奥に充満し、炎は壁紙を焦《こ》がしはじめた。

奥で細い悲鳴が聞こえた。ヴァルダはたちこめる煙に目の痛みをおぼえながら、銃口の先をにらみつづけた。

悲鳴は途切れることなく長ながとつづいた。その長さが異常だった。ヴァルダは気づいた。燃えるクリスマスツリーを引きずり出し、広間のほうへほうり投げ、左手で鼻と口をおさえて台所へ踏みこんだ。思ったとおり、細い悲鳴をあげているのは、コンロの上のケトルだった。さっきのかすかな物音も、湯が沸《わ》きはじめて蓋《ふた》が動いた音だったのだろう。洗い物の食器類がワゴンに重なっているほかは、誰もいなかった。

目の痛みをこらえて壁のうえの戸棚《とだな》まで、くまなく確かめたが同じだった。

ヴァルダは焦《あせ》りはじめた。

さっき二階をしらべたとき、その一室にルイ・ヴィトンのバッグがふたつあり、そばのベッドの上に衣類が何着か投げ出されていた。衣類のかたわらに包帯があった。使ったあとの、少し汚れのある包帯だった。

あの女がまだここに滞在していることは、だから間違いないのだ。その部屋にはもうひとつのベッドともうひとつのスーツケースもあった。そちらのベッドの上にはグレーのセーターと黒いコーデュロイのパンツがあった。セーターの肩には拳銃ホルスターを装着していた跡がはっきり付いていた。護衛の女がまだ一緒にいることも、それで判《わか》る。ソファのところで殺した女は、また別の女だ。なぜならイヴニングドレスに高価そうな真珠のネックレスをしていた。護衛の者がそんなものを用意してここへ来るわけがない。

カオリ・オザキとその護衛の女はどこにいるのか。

見まわすヴァルダの目の先に、ドアがひとつあった。

壁の一部のように見える目立たないドアだった。彼女はためらわずにそれを蹴破《けやぶ》った。やはり無人。小さな部屋だった。TV受像機とスイッチ類がある。監視装置のモニターであることは、ひと目でわかる。ヴァルダ自身、仕事でそういうものをいじったこともある。スイッチを入れてみた。外の森の中が映しだされた。樹木が一本一本見わけられる。赤外線監視カメラだ。カメラは1から3まであることが操作盤の表示でわかる。

1から2へ切り替えた。

ヴァルダはモニターを凝視した。

人影が映っている。女が二人。男が一人。こちらに背を向けて歩いている。

場所はヴァルダがさっき通ってきた小道のようだ。女の一人はスーツ姿。もう一人はドレスを着ており、頭に包帯をしているようだ。それがカオリ・オザキだろう。スーツの女に手をひかれている。暗闇の中で、三人は不安定な歩き方だ。木の幹にぶつからぬように、先頭をゆく男が棒のようなものを触角代わりに振りまわしている。

ヴァルダは胸の中でそのモニターに礼を言った。

「オーケー、ヴァルダ、やるのよ」自分につぶやき、小部屋を出て玄関へ向かった。

背後ではクリスマスツリーの火が敷物に燃え移って、炎が広間にひろがりつつあった。

月明かりは森の中にはほとんど射《さ》しこんでいない。ところどころに木洩《こも》れ日のようにわずかな光が落ちているだけだ。

ヴァルダはジーンズのベルトから懐中電灯を抜きとって左手に持った。単二電池が七本も入って警棒のように長い。ただし点灯はしなかった。来るときはそれで小道を照らしてきたのだが、いまはまだ点《つ》けなかった。点けれぱ、かれらにこちらの位置を教えることになる。

明かりは点けずに全身の感覚をとぎすませ、来たときの記憶を頼りに走った。落ち葉に足を滑らせて二、三度ころんだが、小道から外れずに走っている自信があった。ときどき立ちどまって耳に手をあて、前方の物音や話し声を聞きとろうとした。音や声はまだ聞こえなかった。かわりに、匂《にお》いがあった。

香水の匂いだ。

森の中は光も乏しいが、風もほとんどない。そのため、かれらが逃げたあとの小道に香水の匂いがかすかに残っていた。その香水の名が何なのか、ヴァルダはそんなことには詳《くわ》しくない。しかし、その香りにまじった麝香《ムスク》の匂いを、彼女は敏感に嗅《か》ぎわけた。彼女が殺したノーマン・スローン。あの男が頭につけていたトニックにも、そういえばやはりムスクが入っていた。ムスクは雌《めす》を惹《ひ》きつける匂いだという。だが、ヴァルダはなぜかその匂いが好きになれず、いつも不快感をおぼえる。

しかし、いまは別だった。

この匂いがヴァルダを標的のもとへ導いてくれるのだ。彼女は歓喜がこみあげてきた。これまでは不運に邪魔されて悔しい失敗を重ねたが、ようやくつきがこちらに回ってきたのだ。裁きをつかさどる女神が、とうとうヴァルダの正当性を認めてくれたのだ。

ティム、待ってなさい。もうじきよ。

ヴァルダは追いつづけた。追いつづけるうちに、しかし不意に匂いが薄れた。彼女は立ちどまり、そして引き返した。かれらは途中で小道からそれたのだ。そうに違いない。こちらの追跡に気づいたか、あるいはそれを予想して、小道から外れることにしたのだ。

ヴァルダは後もどりして慎重に匂いの痕跡《こんせき》をさぐった。そしてかれらが小道を離れた地点とその方角を嗅ぎ出した。

木の根につまずきながら樹間の傾斜を登り、彼女は匂いをたどった。匂いがしだいにはっきりしてきた。彼女はまた耳を澄ましてみた。だが物音はあいかわらず聞こえない。

しかし、ずいぶん濃い、とヴァルダは思った。匂いが、このあたりではやたらに濃い。不自然に濃すぎる。まるで瓶《びん》の蓋を開けてこの近くに置いたような。

……しまった、とヴァルダは思った。

これはカムフラージュだ。そう気づいた。

足もとの枯れシダのうえに懐中電灯を置き、点灯してすばやく離れ、近くの木の陰に身を伏せた。どこからも銃声が聞こえず銃口閃光《マズル・フラッシュ》も見えなかったことを確認してから、懐中電灯を拾いあげて、匂いの源を探した。わずか一〇フィート先の松の根元に、それはあった。シャネルの五番。思ったとおり、蓋を開けてそこに置かれていた。

ヴァルダの胸に悔しさと怒りが衝《つ》きあげてきた。匂いを使って欺《あざむ》かれたのだ。かれらの小細工にうまく引っかけられたのだ。怒りのあまり、その小さな瓶を靴《くつ》で蹴り飛ばした。あたり一帯にますます濃厚な香りが立ちこめた。だが、彼女はすぐに冷静さを取りもどした。そして気持ちを引きしめた。油断のならない相手がかれらの中にもいることを知って、体じゅうに緊張感を呼びもどした。

だいじょうぶよ、ティム。けっして逃がしはしないからね。

だいじょうぶだろうか、とタミは思った。

逃げきれるだろうか。森へ入る選択をしたのは正しかったのだろうか。

山荘でチェスターをはじめ四人の死体を見たとき、その場所でザヴィエッツキーと撃ち合うべきか、カオリを連れて森へ逃げるべきかで、タミは激しく迷った。

撃ち合って勝つ自信はまったくなかった。ザヴィエッツキーの、あの突風のような行動と、そして正確な射撃術を目《ま》のあたりにしては、どんなに自分を励ましても自信を持てるわけがなかった。

とりあえず逃げよう。逃げながら考えよう。

そう決めて、マイケルを目でうながし、カオリの手をつかんで山荘を飛び出したのだ。逃げながら自分に言い聞かせつづけた。落ち着いて。冷静に。けっしてパニックに陥《おちい》らないこと。

しかし、暗い森の中では走ることもできず、手さぐり状態でよたよたと進むしかない。タミのタウンシューズはヒールが低めなのでまだいいが、カオリはヒールの高い夜会用パンプスのせいで山道をうまく歩けなかった。道は枯れ柴《しば》や石ころだらけだから裸足《はだし》にさせることもできない。たまりかねてタミは途中の木の幹でカオリの靴のヒールを叩《たた》き折った。それにマイケルだ。かれの足も遅かった。マメがつぶれ、片足を引きずるようにして歩いている。

やがてカオリが訴えた。

「手が痛い」

「え?」タミは暗がりの中で振り向いた。

「そんな引っぱり方したら痛いよ」

「じゃあ、反対側の手に替《か》えて」たがいに喧嘩《けんか》の口調だった。

「ちょっと待って」

「ぐずぐずしないで」

「だって、これが」

「これって何」

「香水」

「香水？　どうしてそんなもの握ってるの」

「え？　ほんとだ。何でだろ。ずっと握ってた。捨てちゃお」

「待って。それ貸して」

そして、暖炉の火掻《ひか》き棒を触角代わりに振りまわしているマイケルに、タミは言ったのだった。

「カオリの手を引いて、このまま先へ行ってちょうだい。わたしもあとから追いつく」

「何をするつもりなんだい」

「時間かせぎのカムフラージュよ」

……それが五分ほど前のことだ。

あのカムフラージュは果たして功を奏してくれただろうか。

その作業のために小道を外れて樹間に入りこんだせいで、クモの巣が顔に貼《は》りついて不快だった。低い枝に額をぶつけて呻き、首の横に負った擦《す》り傷がひりひりと痛み、何かに引っかかってスカートも破れていた。そしていま再びマイケルとカオリに追いつき、背後の気配に気を揉《も》みながら、彼女は歩いている。

「マイケル、足はだいじょうぶ?」小声で訊いた。

「まだ膝《ひざ》の下についてるかという意味だったら、イエスだ」かれも小声で答えた。

登りの勾配《こうばい》がきつくなった。左右はマウンテン・ローレルの群生地だ。樹高が低いので月明かりがよく届き、足元が見やすい。みんなの吐く白い息も見える。つめたい空気の中で、しかしタミは汗ばんでいた。

斜面に岩が多くなった。もうじき岩棚があるはずだ。岩棚を越えてしばらく行けば、渓流《けいりゅう》にかかった吊《つ》り橋がある。なんとかそこまで辿《たど》り着きたい、とタミは思った。橋を渡ったあと、マイケルと力を合わせてそれを壊し、渡れなくしてしまうつもりだった。

先頭をマイケルが登り、カオリを間にはさんでタミが最後尾にいる。

まもなくマイケルが岩棚に出た。カオリに手を貸して引き寄せたあと、かれは遠くを見てつぶやいた。

「あ、燃えている」

「何が?」タミもその場で振り向いた。

後方の森の一点から炎が立ちあがっていた。そのあたりの空がぼおっと赤みを帯び、煙が斜めに湧《わ》きあがって、その煙の中に火の粉が点々と見えた。

「きっと山荘だわ。火をつけたんだわ」

「ラッキーだ」

「なぜ」

「森林警備隊のヘリが来てくれる」

「でもあそこまで戻るわけにはいかないから、同じことよ。自力で逃げるしかないわ」

　岩棚は月光にさらされている。

「それより、もっと姿勢を低くして……」タミが言いかけたとき、ブチッという音がしてマイケルの首に穴があき、つづいて背後の森で銃声が響いた。

　マイケルは火掻き棒を杖《つえ》のように握ったまま、後ろへ倒れた。

「やだ、何？」カオリが震え声で言い、自分の顔に貼りついたマイケルの肉片をつまみとって、悲鳴をあげながら身をよじった。

　タミは頭の中が真っ白に凍って思考力を失ってゆくのを感じた。全身が静電気をおびて産毛《うぶげ》が逆立った。背筋を汗がつめたく伝ってブラジャーのフックのあたりで止まった。

　そっと手をのばしてマイケルの手首をつかんだ。撃たれた首をさわって頸《けい》動脈をさぐる勇気が出なかったのだ。手首の脈はなかった。

　二弾目が空気をつんざいて頭上を飛ぶ音が聞こえ、直後にまた銃声。

「来なさい」

タミはカオリの腕をつかみ、引きずるようにして走りだした。

ヴァルダはとうとう標的を肉眼で視野にとらえた。月に照らされた岩棚の上。二〇〇ヤード（一八〇メートル）近くあったが、試してみた。マウンテン・ローレルの枝の股に銃身をはさみ、距離に応じた弾丸の下降を計算して標的のやや頭上に狙《ねら》いをおき、息を止めて引き金をひいた。そして一人を倒した。あれは男だった。残るは女二人だ。そのうちの一人がカオリ・オザキだ。

二人の女は、岩棚の向こうへ姿を消した。

ヴァルダも傾斜路を駆け登ってあとを追った。


タミは道から外れようと思った。

こんどは本当に外れよう。それしかない。このまま一本道を逃げていたのでは、必ず追いつかれてしまう。道を離れて横へ分け入り、適当な場所に身を潜めてやりすごそう。

泣いているカオリを引ったてるようにして、タミは必死に樹間に入り込んだ。わずかに洩《も》れ落ちる月光の斑点《はんてん》を頼りに、シダ類を踏みしだき、うっかりすると目を刺されかねない細い枝を手さぐりで薙《な》ぎはらい、クモの巣を吐き出し、苔《こけ》のついた倒木を跨《また》いで進んだ。その間、自分たち自身のたてる物音のせいで背後の音が聴こえない。

タミは進みながら考えていた。さっきの銃声の距離のことをだ。・三五七マグナム弾は音速よりも一割ほど速い。だから距離が遠ければ遠いほど銃声はあとから遅れてくる。

さっきの銃声は、弾そのものよりもわずかに遅れていた。ということは決して近くはない。一〇〇ヤード以内ではない。しかし二〇〇ヤード以上ということも考えられなかった。一五〇から二〇〇というところだろう。その距離を駆け登ってくれば、三十秒から四十秒で岩棚まで達するはずだ。

三十秒。こちらの持ち時間は、つまり、わずかそれだけだ。三十秒以内に身を隠し、動きを止め、息をひそめなければならない。しかも、もうそろそろそれくらいの秒数になる。まだ小道から三〇ヤード（二七メートル）程度しか離れていないが、しかたがなかった。タミはそばの唐檜《とうひ》の根元にカオリを抱きすくめるようにしてうずくまった。

目の前に、カオリの頭の白い包帯。それが妙に浮きあがって見える。タミは落ち葉の下の土をつかんでカオリの包帯にこすりつけた。カオリが何か言いかけたが、その口をおさえてどんどん土を塗りつけた。そしてホルスターから拳銃を抜き出し、ステンレス製のそれが光らないように、何かの護符のように胸に抱いた。

計算したとおりの時間に足音が聞こえはじめた。体重のある重い足音だった。足音は、月の洩れる森の中の小道を右から左へ走りぬけていった。

遠ざかる足音を聞きながら、タミはカオリの体にぐったりと被《かぶ》さっていた。つめたい地面の上で他人の体温のぬくもりが心地よかった。香水と消毒薬と土と体臭のまじったにおいを、しばらくそのまま嗅いでいた。

カオリが重たげに身動きした。

タミは胸の下で握りしめていた拳銃を、ホルスターにしまった。ブラウス越しに押しつけられた輪胴《シリンダー》の固さと冷たさが、胸に残っていた。

「ピストル持ってるのに、何で撃たないのよ」カオリが怒ったような涙声で言った。

「動く相手をこんなところから撃ったって当たらないわ。当たらないのに撃っても意味ないでしょ」

「じゃあ、何でピストルなんか持ってるのよ」

「当たる距離で使うためよ」

タミはカオリを引き起こし、さらに奥へ進もうとした。

「どこへ行くのよ」カオリが訊いた。

「ザヴィエツキーがもうじきもどってくるわ。それまでにもっと道から離れて、安全な場所で夜を明かすの」

「だって、山猫とか熊がいるんじゃないの？」

　タミは低く、ゆっくりと言った。

「そんなもの、怖い？」

　ザヴィエツキーに比べれば、このさい山猫も熊も危険度はずっと低く思える。少なくとも、かれらは銃を持っていない。カオリもそれに気づいたようだ。

「……出遇《であ》ったら嚙みついてやるよ、ちくしょう」

　言いながら歩きだそうとするカオリの肩を、しかしタミはおさえた。

「静かに」

　一瞬、光が見えたのだ。吊り橋のある方角からだ。懐中電灯の光だ。

「あ、誰か来る」カオリが救われたような声で言った。

「しっ、黙って。ザヴィエツキーかもしれない」

「え」

「やっぱりザヴィエツキーだわ。もどってきたのよ」

「何でわかるのよ」

「道の両側を調べながら来てる」

「………」カオリは無言で奥へ急ごうとした。タミもつづいた。

パンティーホースがずたずたで、シダの葉先が直《じか》に脚の肌《はだ》にふれた。その肌もきっと傷だらけにちがいなかった。

さらに四〇ヤードほど進んだところで、タミは振り返ってみた。

ザヴィエツキーの懐中電灯。――それが、ある場所で止まり、じっと下を照らしたり、周囲の樹間を縫って光芒《こうぼう》を遠くまで飛ばしたりしている。

タミはスーッと血が引くのを感じた。

ザヴィエツキーが立ち止まっている位置は、ちょうどタミとカオリが道を外れて横へ分け入った場所だった。そのあたりの、踏みしだかれたシダ類や薙ぎはらわれた下枝、ちぎれたクモの巣、擦《こす》り取られた倒木の苔、そして靴の踵《かかと》の跡。そういうものを、ザヴィエツキーの懐中電灯がいま捉《とら》えているのだ。

タミは不注意を後悔したが、けれどもそれを不注意と言えるかどうかは疑問だった。痕跡を残さぬようにしようとすれば、あの時間では五ヤードと進めなかっただろう。とにかく動こう、とタミは思った。いまは奥へ奥へと動くしかない。できるだけ物音をおさえて、動きつづけよう。

カムフラージュの方法も頭の中ではいくつか考えた。シダ類をわざと別の方角へ踏みしだいておいたり、靴跡を逆につけたりと、そういうことを考えはしたが、しかし実際にそれをしている時間の余裕はなかった。懐中電灯はわずか七、八〇ヤード後ろで動いているのだ。しかもそれは、タミたちの進んだ場所を正確にたどって追ってくる。タミは絶望感に陥《おちい》らないよう必死に自分を励ました。

が、天は彼女に悪意を持っているようだった。

「どうしたのよ」カオリが不安げにささやいた。

「脚が攣《つ》ったの」タミは痛みをこらえて、右のふくらはぎの凝固をほぐそうとした。筋肉の疲労。寒冷。そして発汗によるミネラルの喪失。こむらがえりを起こしやすい条件がたっぷり調《ととの》っていた。水分やミネラルを補わない限り、たぶん何度でもくり返すことだろう。

懐中電灯の光芒が、サーチライトのように付近の木の幹をひと撫《な》でして通った。追ってくるザヴィエツキーは、足元の痕跡の確認と、そして周辺の人影の探《さぐ》り出しとを交互におこないながら進んでいた。ときには樹上の枝の中もしらべていた。そのため追跡のスピードは決して速くはなく、距離はほとんど縮まっていないが、しかし着実に、そして慎重に、どこまでも追ってきていた。彼女は夜明けを待っているのだ、とタミは思った。こうして着実な追跡をつづけながら、ほんのわずかでも森の中が明るむ瞬間を待っているのにちがいない。

タミはなんとか解《ほぐ》しおえた右脚をかばいながら再び進みはじめたが、途中でカオリにささやいた。

「ちょっと聞いて。ここでふた手に分かれるのよ。そのほうがいいわ」

「いや」カオリはタミにしがみついてきた。「ぜったいいやだよ、怖いよ」ささやき声で拒絶した。

「あなたはなるべく跡を残さないようにして。わたしははっきり跡を残して進むわ」

「いやだよ。あいつはそんなのに騙《だま》されないよ。たのむよ」

「………」タミは吐息をして、そのままで行くことにした。カオリがタミの上着のすそを握って放さなかった。

細い枝の先がカオリの肩で折れてピシッという音がした。タミは思わず立ちすくみ、ついでカオリを押さえつけるようにして身を伏せた。いまの音はきっとザヴィエッキーのところにまで届いたはずだった。懐中電灯の光芒がこちらに向けられるのを覚悟した。しかし光はこなかった。

身を伏せたまま、じっと耳を澄ますと、ザヴィエッキーの立てる物音がかすかに聞こえてきた。微妙な起伏のある地面。靴が滑ることもあり、落ちた枯れ枝を踏むこともある。ザヴィエッキーは自分自身の立てた物音のせいで、いまのこちらの音を聞き漏らしたのかもしれない。だとすれば幸運だった。だが、そんな幸運が何度もつづくとは限らない。

それにしても静かすぎる、とタミは思った。この森に裏切られたような気持ちだった。

サマーキャンプで経験した森は、もっとさまざまな音を持っていた。昼間の熱い日光と夜間の冷気との温度差で、木々が微妙な音を洩《も》らしていたような気がする。小動物がたえずカサコソと音を立て、虫や微生物の活動までが森全体の呼吸音のようにかすかに聞こえていたような気さえする。梢《こずえ》の先端が風に揺れる音。広葉樹の葉がこすれあう音。森じゅうがそういう音に包まれていたように思う。

それにひきかえ、この森の静けさはどうだ。風の弱い夜の、冬の針葉樹の森は、こんなにも静かなものなのだろうか。

早く進みたいと気は焦りながらも、音を立てることにおびえて、タミとカオリは這《は》うように動いていた。

物音。

そうだ、物音を消せる場所がある。タミはそう気づいた。渓流だ。渓流の方角へ進めばいい。渓流のそばまで行き、激しい雨音のようなあの流れの音にまぎれて、こちらの動きを早めよう。そして渓流ぞいに動いて例の吊り橋のところへ出るようにする。

吊り橋。

タミの頭にそのイメージが再びふくれあがった。わずか二〇ヤードたらずだが、いまにも落ちそうだったあの危なげな吊り橋。山荘を飛び出したときに最初に考えたのが、あの吊り橋のことだった。あれを渡って向こう岸についたあと、橋を落としてしまえば追跡を断《た》てるのではないか。マイケルと力を合わせてそれをするつもりだった。

だが、いまは少し違った。

そんな甘い考えは持っていなかった。たとえあの吊り橋を落とすことができたとしても、それでザヴィエッツキーの追跡が断てるとはとても思えなかった。ザヴィエッツキーはあの流れを押し渡ってでも追ってくるだろう。あの渓流は、流れは速いが深くはない。ザヴィエッツキーがその気になれば、決して越えられない障害ではない。

いまタミの脳裏を占めているイメージは、あの吊り橋を落とす状況のそれではなく、ザヴィエッツキーがあの吊り橋を渡って追ってくる状況の映像だった。

あそこでなら勝てるかもしれない、とタミは思ったのだ。ザヴィエッツキーの射撃の腕がどんなにすぐれていようとも、あの不安定な吊り橋の上からでは、正確な狙いをつけることは難しい。先にあの吊り橋を渡ってザヴィエッツキーを待ち伏せ、あそこで彼女を迎え撃とう。タミの頭はその考えでいっぱいになった。

うまくゆくだろうか、という懐疑的な気持ちはつとめて抑《おさ》えこんだ。

ただ逃げているのではなく、有利な決戦場所を求めての移動なのだと自分に言い聞かせるようにした。でないと、敗北感と絶望感にとらわれて、四肢《しし》の筋力が急速に落ちていってしまいそうだった。

タミは両耳に手をあてて、水音のする方角をさぐった。右手前方にそれが聞こえたような気がした。上着のすそを放さないカオリといっしょに、その方角をめざした。

渓流の水音は、たしかに物音を消してくれた。

激しい雨音のように、ふたりの足音など完全に消し去ってくれた。しかし消えたものは、もうひとつあった。

吊り橋がなかった。

手前岸にあった杭《くい》、朽ちかけていたあの何本かの杭が全てへし折られ、あるいは引き抜かれ、錆《さ》びたワイヤや踏み板ごと下の渓流へ落とされていた。両岸の木々の途切れた空から、月がまるで照明灯のようにその残骸《ざんがい》を照らしていた。ザヴィエツキーのしわざであることは疑いなかった。あの女は、あらかじめこちらの逃げ道を断《た》っておいたのだ。

タミのもくろみは完全に外れてしまった。対決の場所にここを選んだ意味がまったく無くなっていた。とすれば、また逃げつづけなければならない。どこへ逃げるか。

橋がなくてもザヴィエッキーなら流れを押し渡って迫ってくるだろう。タミはさっきそう思った。だったら、こちらも渡って逃げよう。

彼女はカオリの耳のそばに口を寄せて言った。

「来なさいカオリ、ここを渡るわ」

「できっこないよ。流されるよ」白く泡立つ急流を見おろして、カオリは身ぶるいした。

タミは背後の樹間をすかし見た。道の両側が土手のように小高く盛りあがっていて、ザヴィエッキーの懐中電灯の光はまだその向こうに隠れている。

「よく聞いて。まずあの真ん中の岩へ辿《たど》り着くようにするの。岩にワイヤがひっかかってるでしょ。そのワイヤをつかんで、それをたぐりながら向こう岸の岩まで、なんとか体をもってゆくのよ」

言いながらタミは、本当にそんなことが可能だろうか、と自分で自分の言葉に疑いを抱いていた。

「もし流されちゃったらどうするのよ」カオリはまた涙声だ。

「いいわ、ちょっと待って。流れの強さを調べてみる」タミは粘土質の急斜面をずり落ちるようにして岩だらけの渓谷へおりた。そしていま自分が言ったことが可能かどうか確かめようとした。

月の下で光りながらほとばしる水に、片足を入れてみた。

渓流の上に立ちこめる湿った空気。朝に来たときにはそれを暖かく感じたはずだが、いま膝《ひざ》から下を包みこんだ水はしびれるようにつめたく、そのつめたさが静脈を伝って腿《もも》から腰までせりあがってきた。またこむらがえりが起きそうな予感があった。

タミはもう一方の足も水に入れた。破れたスカートのすそが、しぶきでたちまち濡《ぬ》れそぼった。

足先に力を入れて踏ん張っていないと、足払いをかけられたように体が浮いて水の中に倒れこんでしまいそうだった。踏ん張りながら片足を前に出した。その途端《とたん》、ずぶっといきなり腰まで沈み、安定をなくした拍子《ひょうし》に体ごと倒され顔にまで水を浴びた。踠《もが》くようにしてそばの岩にかじりついた。右足の靴がもぎとられ、流されていた。濡れた服が急速に冷え、タミはこむらがえりよりも心臓麻痺《まひ》を心配した。

渡ること自体は不可能ではない、とタミは思った。不可能ではないが時間がかかりそうだった。流れに抵抗し、足場をさぐりながら進まねばならないので、どんなに急いでも五分はかかる。五分のあいだに、きっとザヴィエツキーはここへ達する。そうなれば、明るい月の下で、上から狙い撃ちにされてしまう。

タミは岸へ引き返し、斜面を這い登った。

濡れた体がどんどん冷えてゆく。歯が鳴らないようにくいしばった。くいしばりながら、四方を見た。ザヴィエッキーが来るはずの方向を見、その反対側を見、他の方向もきょろきょろと見た。

カオリは無言でそれを見ていたが、不意に力が抜けたようにしゃがみこみ、顔を伏せて丸くなった。

タミはどうすべきか必死に考えた。いま一番したいことは誰かの背中に隠れて泣き伏すことだったが、そんな背中はどこにもなかった。グレシャムさん、と彼女は高校生のころにヴォランティアで訪問した老人の名を胸の中で呼んだ。グレシャムさん、あなたならこんなときどうしますか？　何かいい知恵はありませんか？　アカデミーで習ったことは、ここではほとんど役に立ちそうにないわ。だって向こうも腕ききの警官なのよ。

渓流の水音が頭の中をうるさく流れてゆく。近づくザヴィエッキーの足音も、むろん聞こえない。

タミはまたザヴィエッキーが追ってくる方向を見、反対側を見た。

反対側。道の脇《わき》の傾斜地に、松の根が太く浮きでて、ベンチのようになっている。朝、タミがそこに腰をおろし、目を閉じてぼんやりしていた場所だ。目を開けたとき、すぐ前に管理人のモリスが立っていて、おどろいた場所だ。

タミは突然パンティーホースを脱ぎはじめた。ずたずたに破れ、濡れて脚に貼りついているのを引き剝《は》がしながら脱いだ。

「カオリ、あなたのパンティーホースも脱いで」顎《あご》が震えて発音がおかしかった。

「……？」カオリが無気力に顔をあげた。

「パンティーストッキングよ。早く脱いで」

「だから、何でなの」

「何でもいいから、言う通りにして」

「ずっと言う通りにしてきたよ。一週間ずっとロボットみたいにしてたじゃない。なのにこんなふうだよ」

「じゃあ、あと一回だけロボットになって」

「…………」

「お願い。時間がないのよ。脱いだら包帯もとって」

「包帯も？」

「全部つなげて長い紐《ひも》をつくるの」

二足のパンティーホースと包帯。端をむすんでつなげると一〇ヤード（九メートル強）はありそうだった。

「来なさい。こっちよ」タミは紐を持って走った。片足の靴がなかったが、痛さを我慢して走った。道の横の、土手のように盛りあがった斜面を急いで駆け登った。ザヴイエツキーがあらわれるはずの方角とは反対側の斜面だ。登りながら上着を脱いだ。濡れて脱ぎにくかったので、袖《そで》が裏返った。

カオリも疲れきった足取りでついてきた。

振り返ると、道をはさんだ背後の斜面の上に、懐中電灯の光芒が見えはじめるところだった。


ヴァルダは斜面をおりて道に出た。

吊り橋の前の道。吊り橋はむろん落としてある。だから、彼女らが向こう岸へ渡ったはずはない。川とは逆の、山荘への道筋を懐中電灯ですばやく照らし、人影がないことを確認してから、周囲の木々のあいだへ光を向け、例によって慎重に点検した。渓流の縁《ふち》を月が照らし、道に血が滴《したた》り落ちたような跡が見えている。懐中電灯の光をそこへ重ねた。血ではなく、水で濡れていたのだ。

彼女らはいったん川へ下りようとした。川を渡ろうとした。だが諦《あきら》めて引き返した。ここに立って考えた。どこへ逃げるかを考えた。考えて突っ立っていた場所の粘土質の土に、水がぽたぽたと滴《したた》り落ち、小さな水たまりさえできている。

水の滴りはどちらへ向いているか。目の前の斜面へと向かっている。

ヴァルダは懐中電灯の光でそれをたどった。斜面の軟らかい土に靴跡がはっきり残っている。踏まれた松の枯れ葉がめりこんでいる。底の平らな靴と、そして低めのヒールがついた靴。さっきからずっと追ってきた靴跡だ。ただし、ヒールつきの靴は片方だけになっている。右足は裸足《はだし》だ。裸足では森の中を速く進むことはできない。

そろそろふたりを視野に捕捉《ほそく》し、一気にやってしまおう。ヴァルダはそう思った。

ここまでは、がむしゃらな追跡を控《ひか》えて慎重に追ってきた。なぜならカオリ・オザキには護衛の女がついている。護衛はとうぜん銃を持っている。だから、ヴァルダも注意を怠らずに、なるべく懐中電灯を体から離して持ち、相手の出方を観察しながら追ってきた。だが、向こうはとうとう一度も撃ってこなかった。理由は明白だ。FBIのくせに射撃の腕に自信がないのだ。弾がはずれて、逆に自分の位置を知らせることになるのを恐れているのだ。

さわがしい渓流の水音。その音に重なってヘリコプターの爆音がかすかに聞こえた。山荘の火事が麓《ふもと》にも見えて、森林警備隊が飛んできたのだろう。

そろそろやってしまわなくては、とヴァルダはもういちど思った。

タミは、脱いだ上着に紐をむすびつけ、唐檜《とうひ》の根元に置いた。

そこから紐を地面に這わせて、隣の唐檜の陰まで届かせた。そこにカオリを伏せさせ、紐の先端を握らせた。伏せたカオリの上に周辺の枯れシダをちぎってかけながら、タミは言い聞かせた。

「紐はそっと引くのよ。生きてる人間みたいに服を少しずつ動かすの。いいわね」

「こんなことで騙せるの？」

「やってみなきゃ判らないわ」

「あたしだけ置いて逃げる気じゃないよね」

「そんなことしない」

「ほんとに？」

むかしグレシャム老人とも、こんな問答をしたことが思い出された。

「本当よ。わたしはそばに隠れてる。今度はちゃんと銃を使う。いい？　どんなことがあっても逃げ出しちゃだめよ」

カオリの返事はすすり泣きだった。


ヴァルダはいったん懐中電灯を消して傾斜面を登り、平坦《へいたん》になったところで横へ十歩移動した。その位置から再び光を周囲に飛ばした。

ちらっと何かが見えた。三〇ヤードほど先の木の陰だ。誰かがそこにうずくまっている。ヴァルダは光をしぼってその場所を照らした。

グレーの服を着た者がいる。身を伏せて、もぞもぞと動いている。ヴァルダは黒い革ジャンパーを脱いだ。彼女が殺してポトマック河に車ごと沈めたノーマン・スローン。かれのジャンパーだ。そのジャンパーを丸めて台をつくった。懐中電灯をその上に置いて光の方向を固定した。自由になった両手でコルト・パイソンを構えた。前方を照らす懐中電灯の光の反映で、自分が手にした拳銃の輪郭もほのかに見える。両手をまっすぐに伸ばし、銃の照門と照星と標的とを一直線にかさねた。

そして引き金にかけた指を引きしぼろうとしたとき、また標的がもぞもぞと動いた。動くさいに、近くの枯れシダもすこし揺れ動いた。シダの揺れはかすかなものだったが、しかしずいぶん広範囲に揺れたような気がした。

ヴァルダは目を凝らして、もういちど標的を観察した。もぞもぞと動くその動き方に、重量感がまったくなかった。中身のない服だけが、何かに操《あやつ》られて動いているような、そんな印象だ。服を操る糸か紐のようなものが地面を長く這っていて、そのためにシダが揺れたのではないか。ヴァルダはそう気づいた。

照準をわざと標的から外して一発撃った。渓流の水音をつんざいて森の中に・三五七マグナムの轟音《ごうおん》が反響した。

標的は動かなくなった。弾に当たった状態を演出しているのだ。ヴァルダは苦笑した。彼女自身がＦＢＩを相手に演じてみせた偽装との、あまりの落差に苦笑してしまった。

だが、この偽装の目的は何かとヴァルダは考えた。自分を引き寄せるためだと思った。撃った標的の死を確認するために彼女が近づく。相手は付近に隠れてそれを待ち、至近距離から銃撃してくるつもりなのだ。

ヴァルダは、さっきの枯れシダのかすかな揺れを思いかえした。シダが揺れた範囲を、もういちど脳裏に再現した。再現しながらそれをたどると右隣の木に達した。その木の根元の陰と、そしてその上の枝の陰に、人のいる気配があった。

ステンレスの拳銃が光を反射しないように左手で覆《おお》いながら、タミはじっと待った。顔にも土をこすりつけていた。しかし無駄《むだ》ではないか、そんなことをしても途中でこの場所をザヴィエッキーに勘づかれてしまうのではないかという不安が、抑えても抑えても胸に湧《わ》いてきた。だが、いまさら動くわけにはいかなかった。ザヴィエッキーの接近をここでじっと待つしかなかった。

ヴァルダは移動した。

点灯したままの懐中電灯をその場に残して、すばやく移動しはじめた。渓流の水音がこのあたりにまで届き、その移動の音を消してくれた。右へ右へと移動し、問題の木を迂回《うかい》した。相手の裏をかいて背後から一挙にふたりを襲うつもりだった。迂回から直進に移り、歩度をさらに速めた。その気配がようやく相手にも伝わった。

カオリが悲鳴をあげ、背中の枯れシダを散らし、転がるようにして逃げだした。だめ、とタミは叫びそうになった。動いたらだめ。

逃げた女がカオリ・オザキだとヴァルダには判った。しかし彼女は先に枝の上に潜《ひそ》む標的に向けて引き金を引いた。銃を持っているはずだからだ。二〇ヤードたらずだった。ヴァルダの腕では外すわけがなかった。マグナムの銃声がまた森に反響した。

タミはようやく身を起こした。

モリスがクリスマスツリーを掘り出したあとの穴。そこから身を起こして拳銃を前に突きだした。「銃を捨てて、ザヴィエッキー！」

ヴァルダは一瞬声のする場所が判らなかった。枝の上の標的。それは今まちがいなく撃ち抜いたはずなのだ。が、違う、とも思った。音が違う。あれは弾が肉に叩《たた》きこまれる音ではなく、木にめりこむ音だった。混乱しながら見回す目に、斜め前の土の中から上半身だけを出している黒い影が見えた。遠くの懐中電灯の光が逆光になって顔はよく見えないが、つけているのはブラジャーだけのようであり、まっすぐこちらへ伸ばした両腕の先で拳銃が白っぽくひかっていた。

「ＦＢＩよ。銃を捨てて！」タミははげしい動悸《どうき》に目まいがしそうだった。寒さと緊張で指がこわばっていた。そのせいで勝手に指が引き金を引きしぼってしまいそうな気がしたり、反対にいざ引きしぼろうと思ってもうまく動いてくれないような気もした。

ヴァルダは怒りで全身が震えた。カオリ・オザキへの復讐を阻《はば》んだ目の前の女に対する怒り。自分の失策に対する怒り。世の中のすべてへの怒り。怒りは喉《のど》にせりあがって呻《うめ》きになった。呻きが叫びに変わった。

「ティーム！」叫びながら銃口を女に向けていた。

引き金をしぼった。タミは拳銃の引き金を三度引きしぼった。ザヴィエツキーの胸の中央へ向けて二発、頭部へ一発、・三八口径の弾を撃ちこんだ。乾いた破裂音が三回、森に響きわたった。

タミは唐檜《とうひ》の枝の上からブラウスとスカートを取った。

濡れてつめたく冷えきったそれを固く絞り、歯を鳴らしながら身につけた。ブラウスの胸と背に銃弾の穴があいていた。遠くでこちらを照らしている懐中電灯。それを拾ってきて、ザヴィエツキーの顔に光をあてた。

初めて間近で見るヴァルダ・ザヴィエツキー。この七日間、その名がいっときも頭を離れることのなかったザヴィエツキーが、いま死体となってタミの足もとに倒れている。右の眉の上に穴があいて、そこからの血がこめかみから耳のほうへと流れ、見開かれた目が空《くう》をにらんでいる。かがみこんで、その目をそっと閉じてやると、意外にしずかな死顔になった。

タミはカオリを呼んだ。離れた場所から、か細い返事があった。

「終わったわ」タミは死体を見おろしたまま言った。ザヴィエツキーに向かって言っているような気持ちに、ふと陥りかけた。

カオリの気配に振り向くと、彼女は震えながら手を合わせていた。


火災の熱は森の出口のずっと手前から感じられた。

火が森の木にまで及んでいるのではないかとタミは少し心配だったが、ヘリコプターの離着陸用に伐《き》りひらかれた空き地が、なんとかそれを防いだようだ。風の弱い日であったことも幸いしていた。

ヘリコプターが三機、火災の煙を避けながら上空にいた。

いったん着陸したヘリもあったらしく、ひとが数人、森の出口にシルエットになって立っているのが見えた。炎はまだ鎮《しず》まっていないようだ。

火事場に近づくにつれ暖かくなってくるのが、タミは嬉《うれ》しかった。服も乾きつつあるような気がした。

森の出口から届く赤い光で、横を歩くカオリの顔が火照《ほて》って見えた。包帯がなくなった右頬に十針ほどの黒い縫い糸の列が並んでいる。泥と擦り傷と涙の跡にまみれたその顔を見て、タミは自分の顔の汚れぐあいも判断できた。

森の出口の人影はほとんど動かない。みんな、火事のほうを見ているようだ。ヘリの爆音の下で声をあげるのも大儀だったので、ふたりとも黙ってかれらに近づいていった。

小柄《こがら》な影が、無線でヘリと交信している。キリップだとタミには判った。やがて誰かが振り向き、それにつられて他の者たちも振り向いた。キリップも振り向いた。

取り乱さずに報告しよう、とタミは思った。

おもな参考文献

「米国の警察」上野治男著　良書普及会
「合衆国警察制度」村川一郎著　しなの出版
「隣の芝生イン・アメリカ」泉尚子著　時事通信社
「日本人を知らないアメリカ人　アメリカ人を知らない日本人」加藤恭子／マイケル・バーガー著　TBSブリタニカ
「日本たたきの深層」朝日新聞一九九〇年一月五日―三月二〇日

なお、FBI事務局にも感謝したい。合衆国の国民でもなければ納税者でもない私のこまごまとした問い合わせに対して、それぞれの該当資料をしっかりそろえて送ってくれたからだ。

解説——本作に登場する「日本人」の意味とは

マライ・メントライン

『クリスマス黙示録』は一九九〇年発表の作品。

九〇年の日本といえばまさにバブル絶頂期であり、「技術大国ニッポン」のイメージが国際的に広まったタイミングでもあり、そんな日本社会での対外的な関心は、

・自分たちは実力あるっぽいけど、どこまで国際的に通用するのか？
・欧米で目立つとやっぱし不当に差別されたりするんだろうか？
・ていうか、そもそもウチら、好かれてるの嫌われてるの？
・ジャパンバッシング怖い！
・いやバッシングには堂々と反撃せいや！

といったあたりに収束し、それらの要素が、（日本企業が）ロックフェラー・センターを買収！（日本人が）歴史的名画を超高額落札！　といった報道が飛び交う中、グルグルと渦巻いて終わらぬ議論を呼んでいたという。基本的にリーマン・ショック後の日本的日常しか知らない私にとっては、何とも興味をそそられる話だ。

そういった時代背景を踏まえると、本作の小説的な仕掛けはいっそう興味深く感じ

られる。特に、モノローグによる主観描写の対象がアメリカ人キャラクターのみ（主人公のタミさんを日本人扱いしちゃダメですよ）で、日本人キャラクターはあくまで「外国人による観察描写の対象」にすぎず、決して悪ではないけれど、居てくれてそれほど有難みを感じさせる存在でもない、というドライな描き方が。

普通は逆なのではないか。そして、欧米列強の老獪《ろうかい》な（あるいは強引な）手練手管を日本人キャラが頑張ってなんとか打倒して、自ら（というか日本）の存在価値を相手に認めさせる！　的な筋書きが期待されたのでは？　たとえば当時、ホンダエンジンによるF1グランプリ界制覇のプロセス（一九八三〜一九九二）は、実話でありながら基本骨格としてそういう劇画的ストーリーラインだったと聞く。それを承知の上で、敢《あ》えての逆設定に挑《いど》んだ『クリスマス黙示録』。このへん著者の真意を窺《うかが》い知りたいところだが、残念ながら多島斗志之さんは現在、たいへん連絡の取りにくい状況にあるため確認するのが不可能とのこと。

しかしその仕掛けが生み出す「意味」なら、ある程度は自力で掘り出すこともできよう。

ミステリなれば当然のこと、本作ではストーリーの進行とともに各種の背景事情が適切に解かれ開示されてゆく。が、ただひとつ最後まで不明瞭なまま残った重大要素がある。物語のそもそもの起点となった事件、留学生カオリ・オザキの運転する車がザヴィエッキー巡査部長の息子を撥《は》ねた顛末《てんまつ》の実相だ。日本人主観のモノローグ描写の欠落が、ここで大きなポイントとなる。

この件、公式にはザヴィエッキーの息子（たち）の態度に問題があったことになっており、その認識のもとで主人公サイドは活動する。しかし裁定が公正だったかどうか実はビミョー、政治的介入の可能性が……ということもさりげなく記されており、実はここが本作の最大の「深みポイント」ではないかと私は感じる。いわゆるミステリ的技巧というより、読み込みと解釈の多義性をもたらすポイントとして。

カオリ・オザキの現場でのふるまいに、実際、問題はなかったのかもしれない。もしそうであれば、ストーリーを素直に読んでのイメージ通り、本作は「勝手に復讐鬼と化した偏執的なワンマンアーミーからの脱出劇」以外の何物でもない。が、もしそうでなかったとしたら……？

カオリ・オザキが能動的な悪だったとは考えづらい。しかし、「その場を切り抜けるための現実的ふるまいとして、やらないほうがいいようなコトを派手にやらかした。法律的にアウトかどうかは、司法関係者の判断による」的なパターンだった可能性はある。というか、バブル期ニッポン的な時代背景や人物背景などもろもろ込みで考えると、むしろその可能性のほうが高い。決して表沙汰にはならないし、そもそも本人は覚えていないだろうし、**もし覚えていても本作では決して描写されない構造になっているし**、主人公タミ・スギムラの認識の範囲外の話だろうけど。

となると、物語の根元の部分から文脈と風景は大きく変わってくる。経済優先的な政治介入による法的操作がもたらす「道理」の圧殺隠蔽《あっさついんぺい》。それに対する怒りが、ザヴィエツキーをあれほどまで鬼にした！　と考えると、実はいろいろな辻褄《つじつま》が合ってしまう。彼女がそもそも「法」よりも「直感的な道理」を重視し、観察力と判断力が豊かで、その直感で捉えられる「悪」に嫌悪感を覚えるタイプの人物であることは作中の端々で述べられているが、その設定が初めて真に活きてくるのだ。『子連れ狼』の拝一刀《おがみいっとう》のような……といえばわかりやすいかもしれない。まさに「謀《はか》ったな柳生《やぎゅう》ッ！」の強烈パッション。要は、法を超えた道理のための復讐とアピールであり、その意味はたいへん重い。

ちなみにこれを明示的にメインテーマにした、言い換えれば「ザヴィエツキー視点を核心に据えた」作品として、たとえばフェルディナント・フォン・シーラッハの『コリーニ事件』が挙げられる。ナチ人脈を維持したまま継続した戦後ドイツ法曹界による「戦争犯罪隠蔽」のカラクリをめぐる殺人事件の物語で、その話題性と衝撃は、なんと、ドイツ連邦法務省がこの領域の過去再検討委員会を設置するという現実的影響をもたらした。映画版もそこそこ評判になったが、原作からの余計な改変ゆえ本来の味わいが失われている（それは『クリスマス黙示録』も同じか……）ので、あまりオススメできない。

そもそもザヴィエツキーは米国のいわゆる移民系プア・ホワイト層を象徴するキャラクターであり、その意味でも、彼女の向上心が「呪《のろ》い」に変質してゆく状況にはいろいろと見逃せない面がある。幸か不幸かカリスマ性を有していたため、彼女の反抗には、制服警官を中心とした草の根的な同調・支持が集まってゆく。実はこの図式、よくよく見ると、エスタブリッシュメント的支配の偽善・無神経さに対し長年にわたり蓄積していた不満の発露そのものといえる。ここで「ニッポン」は、原因というより触媒《しょくばい》にすぎない面があるのだ。そして本作発表当時に比べ現在、ご存知のとおりザヴィエツキー的な心理と怒りはより一般化し、それがトランプ現象を中心とするポピュリズム化を強力に駆動《くどう》している。物語上、事件と事態を深化させてゆく原理に、単なる人種差別にとどまらない社会的怨念の普遍的構造を的確に仕込んだ著者の慧眼《けいがん》には改めて感服せずにいられない。このような視座こそ、作品が時代を経て陳腐化するかどうかを大きく分けるポイントであり、話題的に古い要素があっても読みごたえはまるで古くない。これぞ復刊傑作「発掘」の醍醐味《だいごみ》のひとつといえるだろう。

ときに『クリスマス黙示録』、根本的にはサバイバル劇であり、生き残りのためには関係者が知性と感性を研ぎ澄ませてベストを尽くさねばならない。そしてキーパーソンを厳選した際、その中に残念ながら日本人キャラクターは含まれない……というのが、日本人モノローグの欠落という仕掛けに著者が託《たく》したひそかな主張ではないか、とも感じる。

なぜキーパーソンから外れるのか？　よくもわるくも日常感覚が根本的にヌルいからだ。

なぜヌルいのか？　冷戦構造のもと、対外的な「武」の領域に属するほとんどをアメリカに丸投げしていたからだ。そして本作の主人公タミ・スギムラは、このマクロな社会的葛藤《かっとう》を一身に集約させたキャラクターでもあり、その面でも秀逸だと思う。

復刊の二〇二一年のいま、読み手の環境の最大の変化がそこだ。冷戦終結後約三十年、今なおアメリカはいちおう日本の保護者的な立場ではあるものの、以前に比べて「お荷物」「金づる」として見ている面が強くなった感触は否めない。ポピュリズム時代の本格到来とともに、対米従属のリスクは以前にも増して高まっているが、かといって対中関係を独力で何とか出来るかといえばおそらく無理だ。実に悩ましい。いっぽう、日本社会の内部で進行する社会の格差階層化は、生活領域での「生き残り」ノウハウの必要性を日々痛感させてくれる。

　現実的なサバイバビリティのニーズが各所各層で高まっている環境下、いまの日本人なら『クリスマス黙示録』作中で、キーパーソンとしてモノローグがちゃんと描かれる存在たりうるだろうか？　というか「そういう存在になっていないと、情勢的にいろいろヤバい」といえるかもしれない。本作はそんな感覚のテスターというか試金石的な存在として、今なお密かな価値を維持している気がする。時代性を超えた一流アクションサスペンスというだけでなく。

　この「トクマの特選！」シリーズでは今後、多島斗志之さんの他の「登場が早すぎた」逸品の復刊も予定しているとのこと。そこで彼のどんな先見性が再発見されるのか、期待して待ちたいところだ。


　余談ながら。

　本作冒頭の、映画『ダイ・ハード』を材料にした「アメリカの日本人観」の相場考察シーンは秀逸だが、あの映画に登場する強盗テロリストたちは（アフリカ系メンバーも含め）明確にドイツ人だった。ちなみにドイツ公開版でのみ「ドイツから来た」ではなく「ヨーロッパから来た」という説明に差し替えられていたそうで、営業の「文化的配慮」のエグみというものを改めて感じずにいられない。つまり『ダイ・ハード』はフィクション世界での第二次世界大戦の敗戦国にあてがわれた「悪役かやられ役か」という選択肢を極限まで洗練させた傑作なわけで、『クリスマス黙示録』の根本的なテーマ性とも併せていろいろ考えさせられる。主人公のブルース・ウィリスが実はおもいっきりドイツ系だったりする点もまた。

文化的な戦後処理というのは、一見それ系に見えない点も含め、まだまだいろいろと終わっていないのだ。

二〇二一年十月

この作品は１９９０年12月新潮社より刊行されました。２００９年12月刊の双葉文庫版を底本としています。

本作品はフィクションであり実在の個人・団体などとは一切関係がありません。

なお、本作品中に今日では使用を避ける表現がありますが、作品の時代背景および差別性の有無を考慮し、そのままといたしました。なにとぞご理解のほど、お願い申し上げます。

（編集部）

徳間文庫

多島斗志之裏ベスト1

クリスマス黙示録《もくしろく》

2021年12月15日 初刷

著者 多《た》島《じま》斗《と》志《し》之《ゆき》

発行者 小宮英行

発行所 株式会社徳間書店

東京都品川区上大崎三－一－一 〒141－8202
目黒セントラルスクエア

電話 編集〇三(五四〇三)四三四九
販売〇四九(二九三)五五二一

振替 〇〇一四〇－〇－四四三九二

印刷
製本 大日本印刷株式会社

ISBN978-4-19-894702-6 (乱丁、落丁本はお取りかえいたします)